목마른
도시

목마른
도시

———

권
남
희 에
세
이
집

전출판

권 남 희 權南希 kwon nam hee

전주 출생. 1987년 월간문학 수필 당선.
현재 사단법인 한국수필가협회 편집주간.
덕성여대 평생교육원, 한국문협 평생교육원,
MBC 아카데미, 롯데문화센터 수필강의

작품집 미시족(문학관) • 어머니의 남자(송파문학) • 시간의 방 혼자
남다(문학관) • 그대 삶의 붉은 포도밭(문학관) • 육감 하이테
크(선우미디어) • 목마른 도시(정은출판) / 수필선집 :내 마음
의 나무(시선사)

전시 일곱 작가의 소장품 전시(2011. 7) 문학의 집, 서울
문학지 편집 자료전시(2014.12-2015. 1) 문학의 집, 서울 –
이후 현대문학관 전시
아홉 수필가의 소장품 전시(2015. 3)문학의 집, 서울
여덟 문인의 작은기쁨전(2016. 2. 18-3. 20) 문학의집, 서울
문인극 :〈위대한 실종〉박정기 연출 – 오디오맨 출연
광복 70주년 기념 전옥주 희곡. 임선빈 연출
〈하꼬대 마을사람들〉출연.

E-mail stepany1218@hanmail.net
권남희 수필문학관 blog.daum.net/stepany1218

글 쓰고 강의하고 책을 짓고 여행다니며 사진찍는 일이 전부가 된
지금 나는 빌게이츠를 만나 같이 책을 내는 일을 상상한다.
미국의 컴퓨터 천재 빌게이츠와 나는 동갑이다. 그가 쓴 책《미래
로 가는 길》《생각의 속도》등을 읽은 후 그와 나는 아무 상관도
없지만 틈만 나면 나는 그와 비교를 한다. 우리는 어린 시절 갖고
놀았던 장남감에서 벌써 가는 길이 확연히 달랐다. 빌게이츠는 13
살 때 부모님이 커다란 계산기인 컴퓨터를 사주었고 나는 전기도
들어오지 않는 도시 변두리 농가 외딴 집에서 동생들 보살피고 밭
두렁을 헤매는 게 전부였다. 어쨌든 그와 내가 만나는 꼭지점은
있으리라 믿어본다.

기적을 일으킨 내 인생의 글쓰기

　날마다 기적같은 삶을 살고 있습니다. 작가들과 문화탐방을 위해 미술관이나 문학관, 박물관, 유적지 등, 어디로 갈 것인지 결정하고 추진하는 일에서 느끼는 기쁨은 크기만 합니다. 학기 수업에 맞는 인문학 책이나 문학, 예술 관련 책을 고르기 위해 서점에 나가 독서삼매경에 빠지면 무한 행복감은 핏줄을 타고 돌아다니기 마련입니다.

　〈구별짓기 Distinction〉의 저자 삐에르부르디에의 분류를 빌리면 '신흥 쁘띠 브르주아지'의 아비투스habitus(습관과 다른, 아리스토텔레스의 'hexis'개념으로, 교육같은 것에 의해 영향받을 수 있는 심리적 성향)이며 고도의 생성적 에너지이랄까요?

　글을 쓰지 않았다면 무엇을 했을까, 내가 나를 궁금해할 때가 있습니다. 하고 싶은 것들은 많았습니다. 외교관, 여행안내자, 화가, 바느질, 요리, 건축가…… 하지만 하고 싶은 것과 할 수 있는 것들 사이에는 큰 갭이 있었습니다. 부모님은 '팔자운운······' 하면서 바느질을 못하게 했고, 더군다나 여자가 그림을 그린다는 것은 굶어 죽는 일이라며 오직 교사를 권유했습니다.

하지만 다른 방면에 재주가 보이지 않고 공부도 월등하지 않으니 행동반경이 좁아진 나는 생각만 많은 사람이 되었습니다. 다행스러웠던 점은 책을 사야 된다고 하면 부모님은 무조건 돈을 주었기에 책을 가까이했던 나의 습관은 나의 운명을 부르는 직관을 키워주었던 것 같습니다.

학교를 졸업하자 사회는 이미 학력이나 좋은 직업이 계급을 정하는 묘한 기류가 흐르고 있어 굴욕감과 무력감에 나를 빠트렸습니다. 결국 나는 내가 원하는 어느 것도 되지 못했습니다. 절대 호락호락하지 않은 사회적 시선은 내가 원하는 세계의 경험을 불가능하게 하여 나는 위축되고 소외된 것을 깨달아야 했습니다. 부모 덕에 세상이 나를 위해 존재할 것 같았던 20대는 빨리 끝났습니다. 칫솔로 길바닥을 닦는 일거리에 존엄성을 훼손받았던 유태인만큼도 못되는 30대는 참담했습니다.

내 힘으로 해낼 수 있는 것들이 줄어드는 상황에서 오로지 책과 글쓰기로 나의 꿈을 찾아내기 시작했습니다. 결혼과 육아 틈틈이 나는 새로운 것들에 무작정 덤벼들기도 하고 사진, 미술 등 이것저것 배운다며 기웃거리느라 부산했습니다.

아직까지 책을 좋아한다는 한 가지로 나는 살고 있습니다. 책에 나의 모든 것을 싣고 살아 움직인다는 사실이 기적이라는 생각을 합니다. 삶의 격을 지키는 방법을 글쓰기와 책에서 얻게 한 시간, 얼마나 소중한지요.

2016년 3월
권남희 수필가_(사.한국수필가협회 편집주간)

카프리 상점에서

1부 못을 뽑다

2부 바람결에 수굿수굿

3부 목마른 도시

4부 멈춰선 1초 앞에서

5부 빈둥거리며 생각여행하기

작품해설

1부 못을 뽑다

이태리 산 지미냐노 가는 길

오래도록 벽의 순결함을 지켜 주고

그 어떤 상처도 내지 않을 것이라고.

아주 작은 못조차 박는 일을 스스로 용서하지 않을 것처럼

벽을 바라보다 행복한 상상까지 했다.

이 벽은 앙드레지드나 모파상, 화가 파울 클레가

드나들며 영감을 얻었던

튀니지 시디부사이드의 카페 드나트 하얀 집처럼

행운을 불러올 것이라고……

벽이 다칠까 봐 늘 조심조심 바라보기만 했기에

아무것도 하지 않아도 벽은

한동안 그 존재만으로 충분한 사랑을 받았다.

ISTANBUL

PARIS

NEWYORK

터키 이스탄불 톱가프 증권 광장에서

못을 뽑다

벽이 갈라진다. 너무 큰 못을 벽에 겨누고 두드려 박은 것이다. 오래된 벽이 더 이상 감당할 수 없다는 것을 왜 깨닫지 못했을까. 새해 아침부터 못 박을 곳이 없나 벽을 바라보다 일을 냈다. 집안 곳곳에 못을 박고 뽑아낸 흔적과 새로 박은 못들이 있다. 벽은 이미 간격 조정을 할 수 없을 만큼 박힌 못으로 가득 찬 느낌이지만 미처 비명 지를 틈도 주지 않고 대못을 박기 시작한다. 못 박히는 소리는 온 집안을 울리고 아래 위층까지 대못 치는 소리가 퍼져나간다. 망치 소리는 내 팔을 따라 몸 안으로 돌아다니며 진동하다가 머리까지 흔들기 시작한다. 엘리베이터 안에는 밤 아홉시 이후에는 벽에 못을 박지 말아달라는 안내 문구가 붙어 있다. 아침이지만 잠시 숨을 고른다.

새집을 계약하고 이사했을 때 벽들은 얼마나 순결했

던가. 저 눈밭에 사슴이라더니, 벽들은 손대면 절대 안
될 것처럼 잡티 하나 없는 뽀얀 얼굴로 우리를 맞이했
다.

하얀 실크 벽지로 마감한 그 우아함에 매혹당해 벽
을 보고 맹세를 했다. 오래도록 벽의 순결함을 지켜 주
고 그 어떤 상처도 내지 않을 것이라고. 아주 작은 못
조차 박는 일을 스스로 용서하지 않을 것처럼 벽을 바
라보다 행복한 상상까지 했다. 이 벽은 앙드레지드나
모파상, 화가 파울 클레가 드나들며 영감을 얻었던 튀
니지 시디부사이드의 카페 드나트 하얀 집처럼 행운을
불러올 것이라고……. 지중해를 연상시키는 쪽빛 그림
의 커다란 액자를 건 다음 아무것도 걸지 않았다. 대부
분 액자는 조심스럽게 벽에 기대어 두거나 창고에 넣
어 두었다. 꼭 걸어두고 싶은 그림이 있을 때는 벽과
얼마나 조화를 이룰까 간격을 재고 망설이기를 수없이
하며 벽을 아꼈다. 벽이 다칠까 봐 늘 조심조심 바라보
기만 했기에, 아무것도 하지 않아도 벽은 한동안 그 존
재만으로 충분한 사랑을 받았다.

한 해 두 해 지나면서 슬슬 못을 찾기 시작했다. 벽

을 위한 순결서약서는 지킬 수 없는 약속이었다. 지쳐가던 나는 지루하다는 핑계를 댔다. 그 어느 것도 걸어 둘 수 없는 벽은 바보 같고, 할 말 있는 거리들이 그동안 참을 만큼 참았다고 얼굴을 내밀었다. 수많은 사람들이 남긴 낙서로 가득한 술집의 벽은 예술성을 얻는 경지인데, 아무도 찾지 않는 벽은 이기적인 얼굴이었다. 시간이 흐를수록 벽은 음식물이 튀고 먼지가 내려앉고 누렇게 바래, 더 이상 우아하지도 순결하지도 않았다. 더러워진 벽을 가린다며 우리는 각자 젊은 날 받았던 상장부터 갖가지 걸개액자를 꺼내어 걸기 시작했다. 벽을 함부로 다룰수록 못이 수시로 박혀 벽이 흔들렸다. 거실에, 안방에, 점점 더 많은 액자, 더 큰 액자가 걸리는 날은 대못이 벽에 박혔다.

벽은 못을 거부하는 것으로 말을 하고, 새해 아침 못 박는 소리가 거슬렸는지 남편은 정초부터 왜 못을 박느냐고 불평을 한다. 그의 소리를 무시한 채 못을 더 세게 두드린다, 문득 남편에게 하지 못하는 말을 못 박기로 대신하고 있는 자신을 깨닫는다. 그와 나의 관계도 그렇게 서로에게 못 박기나 하다가 가슴은 점점 멀리 갈라져 나가고 있음을 느낀다.

처음 만남을 시작했을 때, 사랑을 키워 나갈 때 우리는 상대를 배려하는 말만 해 주고 마음 상할까 봐 참아 주고 기다려 주며 노력했었다. 새로 사들인 화초에 정성을 들여 꽃을 피우는 것처럼 언제나 꽃을 피우고 가꾸는 일에 몰두했었다.

어느 순간 서로가 주는 덕담 한마디에 환호하고 아끼는 마음으로 바라보는 시간이 사라졌다. 마음은 투박해진 채 허물이 없어졌다는 핑계로 못 박는 말을 서슴지 않는다. 서로는 못이나 박는 벽이 되어 버리고, 상처받은 벽은 비명을 지르며 여기저기 뚫린 구멍으로 담아 둘 수 없는 말들을 쏟아놓기도 한다. 벽은 더 이상 행복을 주지 않고 카페 드나트처럼 영감을 주지도 않는다. 보고 싶지 않고 듣고 싶지 않을 때 벽에게 못질을 시작하는 것이다. 못 박힌 채 더렵혀진 벽은 자꾸만 부스럭거리고 있다.

우리는 못이 뽑히지 않아 견딜 수 없는 아픔이 밀려들때 서슴지 않고 서로에게 더 큰 못을 박았다. 너무 큰 못을 견디지 못하고 갈라진 벽을 어루만진다. 계속되는 못질로 믿음을 잃은 벽, 이곳저곳의 균열은 벽 안에 갇혀 있다가 큰못 한 방에 끝내 무너질 수도 있을 것 같다.

이제 나는 못 박기를 그만두어야 한다고 생각한다. 장도리를 살펴본다. 박기 기능도 있지만 못을 뽑을 때도 필요한 장치가 있다.

오늘, 그동안 박았던 못을 뽑는 일부터 해야 할 것 같다.

가위

아이의 몸에서 자꾸만 머리카락이 나옵니다. 아무리 털어도 머리카락은 사라지지 않습니다.

양말에도 속옷에도 스웨터에도 머리카락은 붙어 있습니다. 손님의 머리카락을 잘라내고 염색해 주고 파마를 하는 일에 하루 종일 매달리다 오는 아이의 옷에는 머리카락과 염색약과 파마약이 항상 묻어 있습니다. 옷을 사고 멋 부리는 일에 올인하던 아이는 이제 좋은 옷도 입지 못합니다. 엄마의 마음은, 식사시간을 맞출 수 없어 일하다가 선 채로 먹곤 하는 아이의 밥에 머리카락이 날아들까 하는 걱정으로 가득합니다. 아이의 숨결을 따라 머리카락이 몸으로 들어가지 않을까, 말은 하지 못하고 전전긍긍입니다.

'가위는 두고 오는데 머리카락은 집까지 따라오는구나!

가위질로 잘려나간 머리카락은 무게가 실려 바닥으

로 떨어지지만 무게중심을 잃은 머리카락은 아이의 몸에 달라붙습니다.

아이를 바라보는 나의 가슴 한쪽에는 사라지지 않은 슬픔이 있어 늘 눈물이 납니다.

그 때 아빠가 곁을 지켜 주었더라면 좀 더 공부를 적극적으로 하지 않았을까, 가고 싶은 미술 대학을 가지 않았을까 생각합니다. 아이에게 해 주지 못한 것들만 떠올라 안타깝기만 합니다.

함께 살지 못하는 아빠를 얼마나 그리워한 아이였는지, 일기를 보다 눈물을 흘리기도 하였습니다. 아빠 없는 자리는 크기만 하여, 소심해진 채 남자로서 커나가야 할 가닥을 잡지 못하고 누나만 따라다니던 아이. 엄마 손에 이끌려 남자들이 하는 어지간한 운동 종목은 다 배우러 다녔던 시간이 벽에 걸려 있는 상장으로 말을 할 뿐입니다.

사춘기가 되자 아이는 '엄마가 남자를 알아?' 말대꾸를 시작하며 멀어져 갔습니다. 새벽이 되도록 들어오지 않는 아이를 기다리느라 현관 입구에 불을 켜 둡니다. 어두운 골목을 들어오다가 불을 보면 혹시 엄마의 마음을 알까 기대해 보는 것입니다.

하지만 골목은 언제나 아이의 발자욱 소리보다 신문 떨어지는 소리가 먼저 들리는 날이 많았습니다. 방황하는 아이에게 나는 자꾸만 고맙다는 편지를 씁니다.

"네가 있음으로 엄마는 비로소 살아갈 이유가 생기는구나. 내게 태어나고 내게 있어 주어 고맙다. 사랑한다."

그 많은 대학을 우수수 떨어져 추풍낙엽이 된 채 풀죽은 아이에게 '걱정마. 뭐든 되겠지' 말합니다.

어느 날부터 아이는 머리 손질과 스타일 공부를 시작했습니다. 초등학교를 나온 유명 헤어디자이너의 미용학원을 다니고 자격시험에 합격하면서, 가발로는 제대로 연습이 안되어 연습할 진짜 사람이 필요했습니다. 초등학교 나온 선생님보다야 학력은 조금 길었겠지만, 그를 따라잡으려면 그의 곁에서 천 번 만 번의 가위질이 필요한 일이었습니다. 아이는 선생님처럼 좋은 가위를 갖는 꿈을 꾸며 집에서도 틈나는 대로 가위질 훈련을 했습니다. 가위만 들었다고 가위가 말을 잘 듣는 것도 아니라는 것을 깨달은 아이는 가위를 들고 봉사활동도 다니며 경험을 쌓았습니다.

미처 디자이너가 쓰는 비싼 가위를 사지 못해 천원

샵 가위로 연습할 때 머리를 망칠까 봐 슬그머니 달아났지만, 엄마인 나는 머리를 맡겼습니다. 솜씨는 서툴고 가위가 말을 듣지 않아 자꾸만 잘라내다 아주 짧은 사내아이 머리가 되어도, 뭉텅이로 잘려 머리결에 구멍이 나도 "멋지구나" 말해줍니다. 나는 몇 년간 미용실을 가지 않고 아이가 연구해 내는 스타일의 연습용이 되어 갖가지 머리를 연출하고 다녔습니다.

미용실 바닥을 쓸고 머리를 감겨 주고 오고가는 손님에게 절하며 서 있기 수년이 지났습니다.

때로 "이걸 머리라고 했냐. 원상태로 복구시켜라"며 수고비는 커녕 돈을 챙겨가는 손님을 만나기도 하고, 염색약과 파마약으로 손은 늘 허물이 벗어지고 날선 가위에 손을 다쳐 지혈이 안 되는 일을 겪으며 용케도 버틴 시간들이 가위에 얹혀 있습니다.

"엄마, 이제 정식으로 디자이너야."

아이가 처음 받은 명함을 줍니다. 선생님이 추천한 가위 하나도 장만했습니다.

어느 날, 몇 달 동안 모은 돈으로 사둔 가위를 선물하기 위해 아이의 일터로 갔습니다. 아이의 입학식에 가는 것처럼 가슴이 설레고 떨렸습니다. 아이는 가슴에 꽃을 달고 열심히 손님의 머리를 손질하고 있습니다. 손님 눈높이에 맞추느라 무릎을 꿇고 웃으며 행복해하는 표정입니다.

나는 아이의 테이블에 가위와 함께 '가위! 내 아들을 부탁해' 그렇게 쓴 쪽지를 두고 나왔습니다.

아이가 쓰는 크고 작은 가위들은 잘 정돈이 되어 마치 졸업장처럼 빛나는 걸 보았습니다.

그곳에서 가위들은 제각각 할 일을 기다리느라 당당합니다.

터

　강남거리는 '터'를 빼앗긴 폐허의 얼굴이다. 사람을 위한 공간이 없다. '터'(고어 'Rum)는 원래 사람들이 살아갈 곳을 만들기 위해 비우는 곳이다. 'Rum'*은 모든 사물보다 인간의 거주를 위해 비워진 것이다. 돈 쓰러 오는 사람을 끌어들이기 위해 거주민들을 쫓아낸 거리는 어딘지 비정함을 품고 있다. 터가 사라져 존재할 곳이 없다는 막연함. 네모반듯한 수십 층의 유리건물 앞에 서면 어느 한 구석 마음이 들어설 틈을 찾을 수 없어 불안하다.

　별빛을 삼킨 불야성 거리…… 이곳이 뉴욕인가, 이태원인가? 클럽과 카페, 탈출구를 찾는 젊음이 뜻을 합해 하룻밤 미치는 문화만 살아남은 장소일 뿐이다. 시대의 울기鬱氣를 발산하기 위해 날마다 축제가 벌어

＊ Rum 터 : 이종관의《공간의 현상학, 풍경 그리고 건축에서》

지는 이곳, 별 쏟아지는 논에서 개구리 울던 그 정다운 풍경을 엎어버린 이곳, 시적 언어는 사라지고 마르셀 뒤샹의 변기 '샘'의 해프닝만 남아 이른 아침 출근길을 아프고 쓸쓸하게 한다.

빌딩 지어 올리는 일이 끊이지 않는 도심 거리에서 나는 오늘도 빌딩 하나를 해체한다. 불도저도 없고 포크레인도 없다. 오로지 공상을 연장 삼아 상상력 부재의 유리와 철골의 정사각형 빌딩, 간판만 즐비한 모더니즘 건물의 이기심을 뜯어낸다. 성형외과를 뜯고 치과와 피부과, 산부인과, 커피 체인점, 네일샵, 모텔, 에스테틱스, 유학원, 어학원, 스마트폰 대리점, 패스트패션 상점을 차례로 허물어버린다. 다 부수고 나니 남은 공간은 지하 알라딘 중고서점과 그 건너편 교보타워 지하 교보문고다.

드디어 강남 일대가 눈을 뒤집어 쓴 초가집이 옹기종기 모여 있는 듯하고 모내기 끝난 논물이 별빛을 받아 찰랑거린다.

건물 외벽에서 번쩍이는 광고전광판을 보며 나는 별 쏟아졌던 외가의 마당을 떠올린다. 대나무 숲 뒤란과 평상이 있던 마당, 여름 방학이면 나를 반겨주던 외할머니, 소여물을 썰던 외삼촌, 외숙모와 그곳 친구들……. 더 이상 돌아갈 고향이 없다는, 터를 잃고 떠돌아야 한다는 불안 때문에 상실감이 사라지지 않는다.

낭만과 고전적 풍경을 버리지 않은 채 상상력으로 잘 빚은 로마 건축처럼 우리의 고향이 수백 년 동안 변하지 않고 있었다면 어땠을까. 백 년 오백 년 천 년의 그 터를 지키려면 엄청난 장애물들과 싸워 이겨야 하는 도시. 아무리 높은 빌딩이 올라가도 인간을 위한 터가 아닌 이상 끊임없이 옮겨다녀야 한다는 강박관념으로 인간은 존재감이 약하다.

오래 전 나는 내가 태어나고 내가 자랐던 곳이 터라는 믿음이 강했었다. 내가 태어났던 곳에서 부모님과 영원히 살 줄 알았던 때, 나는 그곳이 절대 변하지 않을 줄 알았다. 부모님이 자리를 잡은 그 터에서 단단한 믿음을 가지고 내 모든 존재의 형태를 만들고 있었다. 날마다 눈을 뜨면 보게 되는 마당의 꽃들과 열려 있는 대문, 학교 가는 길, 내 이름이 불리고 우정을 쌓고 서로를 사랑으로 품어주어야 한다는 것을 배우던 장소였다.

그러나 어느 날 개발 바람에 밀려 우리 집이 반으로 갈라지고 방문 앞으로 자동차가 다니는 큰길이 생기게 되었다. 어머니는 우리들의 절대공간을 지키기 위해 시청 앞에서 밤낮으로 1인 시위를 벌이기도 했다. 터에서 편안하게 죽음을 맞이해야 하는 '운명'이 사라지는 불행을 막기 위해 어머니는 필사적이었다. 반토막난 마당을 꿋꿋하게 지키다가, 아버지와 어머니는 산이 있고 강물이 흐르는 자연으로 터를 삼고 죽음을 맞이했다.

하지만 우리는 죽은 후에도 귀환할 수 있는 터가 없어 풍경이 될 수 없는 도시인들이다.

폐허 위에 반전을 설계한다. 빌딩과 자동차길이 논과 밭, 살림집 마당을 부수었으니 이제 거꾸로 강남 거리에 삶의 풍경을 앉히는 것이다. 논농사와 추수 풍경, 김장하는 풍경이 거리에서 벌어지는 것이다.

농업과 건축이 융합하는 애그리텍쳐Agritecture 시대가 온다는데 이런 빌딩은 어떨까? 모기, 파리, 개구리, 뱀, 새 떼 등 자연 풍경 속 생명들이 어울려 사는 피라미드 신전에 인간이 죽음으로 안착하는 터를……

터키 안탈야 카페 골목

양파 까는 날

양파 껍질 벗기기는 어느 누구도 울지 않을 수 없게 만든다. 우아하게 화장한 날은 양파를 건드리지 말 것이다. 최루탄 못지않은 양파의 술폭시드 성분이 분무기처럼 얼굴에 뿌려지면 눈물은 트로트 가락처럼 구슬프게 흘러내리고 만다. 굳이 울지 않으려 애를 쓸 필요도 없다. 그저 물세수한 얼굴로 침착하게, 벗겨지는 껍질만큼 울어 주면 될 일이다. 언제나 웃음 띤 얼굴인 채 밝아야 할 뿐 마음 놓고 울 만한 곳도 찾을 수 없는 세상, 양파 까는 날처럼 핑계 김에 울기 좋은 날이 어디 있을까.

양파 한 박스를 받았다. 장아찌 만들기 좋은 크기다. 양파가 풍년이라 길가에 잔뜩 쌓아두었다고 하니, 그 또한 가슴이 멍해져 양파 한 상자를 보고 벌써 울컥하여 눈물을 찔끔거린다. 농사짓는 이의 노고와 애잔한 마음이 보여 안타까운 것이다.

네팔 지진을 집중 보도하고 있는 TV 앞에 양파를 쏟아놓는다. 큰마음 먹고 딴청부리듯 해찰하며 양파를 깐다. 몇 개를 깔 때만 해도 견딜 만했는데 자제했던 나의 눈물샘이 터졌는지 슬슬 눈이 따갑고 눈물이 질금거리기 시작한다. 문화유산도 무너진 네팔, 주저앉은 집 사이로 구조하는 장면이 너무나 더디다. 집들은 온데간데없고 취약한 장비와 애타는 가족들의 모습만 클로즈업 된다. 너댓 살 남자아이가 동생으로 보이는 두 살 정도의 여자아이를 감싼 채 길거리에 주저앉아 있는 장면에 가슴이 무너진다. 그들 앞길이 막막해 보여 양파를 핑계로 눈물을 쏟는다. 가방 하나를 8년 넘게 대물림하느라 사방이 뜯어졌는데 해맑게 학교를 가던 네팔 고아원 아이들이 떠오른다. 어미가 되고 나니 세상은 울 일이 더 많아져 버렸다.

우는 일 앞에서 나는 늘 자존심을 세우느라 비겁했었다. 커피타임이 없던 시절, 동네 아줌마들은 우리 집에 모여 멀쩡하게 김치 담그다가도 막걸리타임을 만들어 '여자의 일생'을 노래 부르고 여자를 구속하는 사회에 저항하듯 집합체가 되어 눈물을 쏟았다. 그 중심에 있는 어머니가 부끄러웠던 사춘기의 나는 '청승맞다'고 쏘아붙이며 차갑게 굴곤 했다.

양파 껍질이 쌓여 갈수록 울음거리는 점점 늘어난다. 여간해서는 냉소적일 뿐 빨려 들어가지 않던 막장 드라마의 뻔하고 험난한 주인공 삶에 나는 분개하여 눈물 흘리고 욕을 뱉으며 제대로 유치해진다. 끝내 나도, 막장 드라마처럼 치밀하게 접근하여 보란 듯이 남편과 살림을 차려 내게 치명타를 날렸던 그 여자를 등장시킨다. '그래, 남의 눈에서 피눈물 흘리게 했으니 문밖에 나설 때마다 저승길이 열릴 것이다.'

막걸리를 같이 마셔 주는 동네 아줌마들도 없고 양파도 깔 줄 몰랐던 나는 자존심을 세우고 있다가, 비오는 날이면 우산을 들고 길거리를 돌아다니며 우산 속에서 중얼거렸다.

양파 껍질 벗기는 속도가 빨라지고 거칠어진다. 둥근 알몸을 드러내는 양파가 쌓일수록 내 가슴속에서 평생 사라지지 않는 뱀파이어 그 여자와 다시 얼굴을 맞대고 서로의 약점을 찾아 할퀴고 물어뜯는 일을 멈추지 않는다.

'하다못해 말도 부끄러우면 땀을 흘린다는데 뻔뻔한

줄 알아요.'

본전도 찾을 수 없는 빤한 말에, 다이아반지와 목걸이를 하고 나온 그 여자는 한껏 교양을 뽐내며 응수했다.

'이봐요. 나는 말이 아니니까 댁 남편에게 물어봐요.'

뜨겁게 지지고 볶아 단맛 뽑아내는 재주가 약했던 내 인생은, 양파처럼 끊임없이 같은 모습으로 벗겨지기만 할 뿐 달라지지 않았다. 표피마다 매운 맛을 둥글게 말고 있다가 가끔씩 눈물을 흘리게 만들고 사라지는 것이다. 시간이 갈수록 양파 껍질 벗기기는 경지에 올랐는데 양파는 영문도 모른 채 살점이 뜯겨 나가고 내 눈물은 점입가경으로 얼굴을 뒤덮는다. 양파에 무너지면 체면이고 교양이고 없다. 수돗물에 얼굴을 씻고 다시 정좌를 한다. 사람들을 울게 하는 양파 앞에 백기를 들고 울음 울 준비를 다시 하는 것이다.

나의 상처는 양파를 닮아 그 껍질을 벗길 때마다 최루성 눈물을 흘려야 한다. 형체도 가뭇하던 것들이 흘리는 눈물과 함께 양파 껍질이 되고 만다.

시간이 흐르면서 양파 껍질 까기는 내 일상에서 제

례의식이 되었다. 양파 껍질로 환생한 내 아픔은 얄팍하고 고단하게 나뒹굴다, 그토록 우습게만 보았던 세상 어미들의 눈물이었음을 확인하게 된다.

양파 껍질이 수북하게 쌓일수록 나는 정제되어 다시 태어나는 것이다.

포도알의
수를 기억해야 하는가

포도 한 송이에 포도알이 몇 개나 달려 있는지 세어
본다. '몇 개 달려 있는지 세어 본다는 것도 쓸데없는
일인데, 바로 잊어버릴 숫자이지 않은가. 왜 이러지?
기억의 천재 푸네스가 되려나…….' 그런 생각으로 숫
자 세기를 포기한 채 포도를 먹기 시작한다.

아르헨티나 소설가 보르헤스는 단편소설 〈기억의 천
재 푸네스〉에서, 불면증을 앓으며 끊임없이 전 인생을
기억하는 일에 몰입하다 죽은 열아홉 살의 이레네오
푸네스를 묘사했다.

푸네스는 포도나무에 달려 있던 모든 잎들과 가지들
과 포도 알들의 수를 기억하고, 모든 숲의 나무들 나뭇
잎과 그 순간까지 기억한다. 1882년 4월 30일 새벽 남
쪽 하늘에 떠 있던 구름들의 형태를 기억하고 있다. 라
틴어도 몰랐던 푸네스는 라틴어 사전을 읽고 대화가 아

닌 어떤 단락을 통째로 암송한다. 하루 전체를 복원하는 작업으로 하루를 보내느라 그는 잠들지 못한다. 다른 각도에서 거울을 볼 때마다 달라지는 자신의 얼굴을 이해하지 못해 화들짝 놀라는 푸네스의 세계는 풍요롭지만 즉각적으로 인지되는 세부적인 것만 있을 뿐이어서 플라톤적인 생각을 할 수 없는 것이 문제였다.

"나의 기억은 쓰레기 하치장과 같지요."

푸네스는 말했다.

보르헤스는 푸네스를 등장시키면서 기억세포가 끝없이 증식되는 세상이 올 것을 내다본 것일까. 스마트폰의 무한 기억 능력을 예견한 것처럼, '기억'해 내느라 '불면증'을 앓는 사람에 대한 글을, 일찍이 20세기 초에 세상에 내놓은 것이다.

우리는 모두 잠들지 않는 〈기억의 천재 푸네스〉를 닮은 스마트 폰을 갖고 산다. 언제 어디서나 잠들지 않은 채 저장과 기억의 반복뿐인 기기에 매달린 사람들을 만난다. 모든 정보와 자료들이 수천 수만 가지의 형태로 나타나는 기적에 놀라며 검색과 입력, 무한복제와 퍼나르기에 몰입한다.

무슨 이유인지 대용량의 기억 기계 앞에 나의 기억력은 곧 불도저에 뭉크러지고 말 형편없는 모습이다. 이제 무엇이든 굳이 힘들여서 기억하고 생각할 낼 필요가 없다. 나는 아무 생각 없이 검색기계에 원하는 식당, 가고 싶은 여행지, 궁금한 인물, 읽고 싶은 책에 관한 단어를 친다. 예전처럼 내 머릿속 뇌의 지도를 꺼내거나 수첩을 열고 이리저리 생각하고 연구하면서 따져보지 않는다. 택시를 타도 기사는 자연스럽게 검색창에 갈 곳을 입력하고 어느 길로 가야 지름길인지 실시간으로 기계가 가르쳐 주는 대로 움직인다. 경험이 풍부하다는 의미가 달라지고 있는 것이다.

노래방 기계가 나온 뒤 나는 노랫말을 잊어버렸다. 어느 한 구절이라도 암송하느라 애쓰고 곱씹으면서 불렀던 그 노래 맛을 느끼지 못한다는 사실을 고백한다. 총기가 좋다며 어머니 앞에서 노래 가사를 들려주던 나의 시간도 묻혀 버렸고 향수와 애절함을 잊은 지 오래이니 모락모락 피어오르던 정감도 가뭇하다. 학생들은 수업 도중에도 스마트폰으로 검색하여 선생에게 틀린 부분을 지적한다. 학생 출석부를 받아들고 자기 반 학생들 이름을 외우던 선생님의 기억력은 관심과 사랑이지 않았을까. 더 이상 종이 성적표에 점수를 주면서 고민하지 않아도 된다. 기기에 저장하고 불러내고 관리하는 일만 남아 실체가 약한 세상이다. 상처에 아파하고 어른들의 잔소리를 곱씹고 친구를 배려하던 그런 내 인생의 맛은 어디로 간 것일까. 단수수대를 씹으면서 단물을 삼키고 거친 밀과 질긴 나물을 씹던 튼튼한 나의 턱은 기억을 잃고 바슬거리기 시작한다.

불러내기와 퍼즐 맞추기 앞에 내 상상력은 곧 절단 나버릴 모양새다. 기억을 어떤 형태로 빚을 것인가. 작가의 기억력은 기억의 천재 앞에서 새로운 시험대에 올랐다. 작가들의 기억장치는 효모라도 있는 듯 세상사를 발효시키고 숙성시켜 슬픔까지도 얼마나 아름답게 그려내는 필기도구였던가. 그냥 기억만 해내도 독특하면 대단한 금맥이라도 찾아낸 것처럼 빛을 보고 그 이야기 자체로 사랑받던 기억담이었다.

우주 질서까지 상상력으로 버무려내던 작가의 기억력은, 스마트폰 안에 떠도는 기억의 천재 푸네스 유령들을 치유해야 하는 숙제를 안고 있다. 포도알이 몇 개나 되는지 집착하는 천재들에게 포도송이마다 하늘이 울다 웃고 비바람이 춤을 추어 포도주가 익어가는 그 시간의 유산을 들려주어야 한다. 우리들은 날마다 수억 건씩 기억되는 부질없음에 보르헤스의 말처럼 쓸데없는 몸짓들을 증식시키지 않을까 두려워하면서 까마득한 현기증을 느껴야 한다.

털신을 사던 날
소녀의 운명은

이어령의 〈겨울에 잃어버린 것들 2〉를 읽는 순간 나는 내 머리를 망치로 얻어맞은 듯 멍하고 말았다. 꼭 내 말을 하고 있는 것처럼 느꼈기 때문이다. 무슨 일을 해도 돈하고는 거리가 먼 사람처럼 엉뚱한 짓을 벌여온 나로서는 '세상에 나 같은 사람이 또 있나' 위로를 제대로 받으며 그간 내가 살아온 행로를 돌아보게 된 것이다.

그 길에는 털신을 사 들고 그것이 전부인 양 털신에 자기 인생을 건 열두 살 소녀가 걸어가고 있었다. 초등학교를 졸업할 당시 학교에서는 적금을 넣었던 백원짜리 종이돈 몇 장을 학생에게 직접 돌려주었다. 3~4년 정도 부었을테니 똘망한 친구들은 부모님께 드려 다시 정기예금에 넣거나 중학교 입학금에 보태면서 그 돈을 가치 있게 쓰는 일에 투자했다.

　그러나 소녀는 그 돈을 받아서 아무 거리낌없이 자신의 털신을 사고 친구에게 선물을 사 주는 일에 써 버렸다. '사치한 옷차림에 집안 살림 무너진다'는 포스터가 벽보로 붙을 만큼 너나없이 어렵던 시절이었는데, 인지능력에 문제가 있어 보일 만큼 경제쪽 더듬이가 거의 없는 소녀였다. 이미 오래 전, 소녀가 서너 살 때부터 한쪽 더듬이만 발달해 나가고 있는 것을 부모님은 느끼지 못했을 수도 있다.

　돈하고는 거리가 먼 소녀의 행각은 그렇게 시작되고 반경이 넓어지고 있었다. 참고서도 귀한 때 여학생 잡지를나 LP판을 사 모으는 일도 그 중 하나다. 게다가 친구들은 부모님 소원대로 교사 직업을 갖기 위해 교육대학이나 사범대학 합격에 온 신경을 집중한 채 영어·수학 학원도 간신히 다니는데, 미술학원 등록하고 미술도구 들고 폼이나 잡던 소녀가 학교에서 인정받을 수 있는 것은 별로 없었다. 학교 성적은 신통치 않으면서 잡학 책들을 사들였는데 부모님은 소녀가 무엇을 사든지 학교생활이나 공부에 관련된 것이려니 하면서 견뎌 주었던 것 같다. 특히 소녀의 아버지는 런닝셔츠와 삼베 바지 두어 개로 여름 농삿일에 몰두하면서, 소녀가 무언가 사야 한다고 돈을 요구하면 아예 묻지도 않고 돈을 주었다. 언제든 철이 나려니…… 기다려주었을지도 모른다.

대학생활도 마찬가지여서 소녀는 생활감각 부분에서는 전혀 나아지지 않았다. 오히려 고독감으로 더 침잠되어 요절한 천재 예술가들 생활이나 염탐하는 시간이 많아졌다.

다른 도시에서 유학 온 친구들은 보내 주는 하숙비와 용돈을 쪼개어 적금을 붓거나 장학금을 타기 위해 노력하고, 과에서 성적 좋은 친구들은 학교에 조교로 남으려 애를 쓰고 졸업 후 교사가 되기 위해 공부에 몰입 했지만, 소녀는 어느 쪽도 아니었다. 공부가 신통치 않았으니 교사는 꿈도 못 꾸고 하숙을 하며 혼자 지내는 시간이 많아지자 학교 도서관에 나가 잡지책이나 읽고 친구들 사진 찍어서 인화해 주는 일을 취미생활로 삼았다. 그렇게 그런대로 부모 그늘에서는 부족함을 책잡히지 않으며 '자라지 않는 소녀'로 살 수 있었다.

문제는 결혼을 하자 소녀의 생활력 없는 태도가 확연하게 드러나기 시작했던 것이다. 시집살이를 하면서도 주부라기보다 자라지 않은 소녀처럼 학생 때와 똑같은 행동이 이어졌다. 사업 실패로 살던 집도 처분하고 세를 살고 있는 시집 환경이 어떤지 의식을 하지 못했다. 복학생 남편 뒷바라지는 관심도 없고, 시를 쓰고 소설 공부를 한다며 문화센터에 등록하고 오로지 읽고 싶은 문학책 사는 일과 책꽂이에 책을 채우는 일에 몰두하니, 시부모님은 한눈에 자라지 않는 소녀의 정체성을 간파했다. 시어머니와 시누이들은 의논 끝에 경제권을 맡기지 않았고 소녀는 경계대상 1호가 되었다. 살림은 시부모님이 맡고 가재도구를 사거나 심지어 집을 살 때도 자라지 않는 소녀는 당연하게 의논 대상이 되지 않았다.

집안 행사 때마다 사촌에 팔촌까지 동서들은 모여 앉아 주식 투자와 부동산 투자 이야기로 설전을 벌이고 남편에게 자문을 구하고 투자한다며 돈을 맡겨도 소녀는 끼어들지 못했다. 서로는 먼 나라 이웃 나라 사람들이었다.

열두 살 소녀의 털신을 사던, 그 과감했던, 만행 같은 행적은 아직도 끝나지 않았다.

자라지 않는 소녀는 여전히 딴 세상 사람처럼 살아 가고 있다. 퇴직 나이가 되자 친구들이나 친척들은 꿈꾸던 전원생활을 하러 젊은 날 투자해 두었던 한적한 산촌이나 제주도 한 귀퉁이로 내려가 버렸다. 그들이 떠난 도시 모퉁이에서 소녀는 아직도 정기적으로 서점에 나가 책을 뒤적이다 수십만 원어치 책을 사들이느라 카드를 긁고 있다.

폐쇄된 기착역 하나 얻어 들여 영국의 외곽 안위크 역에 자리한 바터북스 서점처럼 세상에서 가장 아름다운 서점 만들기를 꿈꾸고 있는 것이다.

북경 예술인 거리

감을 놓아두는 계절

잘 익어가는 가을이다.

낙엽 구르는 길가 붉은 감이 눈길을 끈다. 가을이 열리면 버릇으로 떠나는 단풍구경마냥 감도 몇 번 사 먹게 되는 가을 과일 중 하나다.

상가 입구 노점에서 감 한 봉지를 산다. 산책하는 길에 감의 그 얇은 피를 벗기며 달고 시원한 과육을 먹는 맛에 흥분한다. 목을 타고 넘는 단맛에 길들여진 나는 마음이 급하다. 단숨에 한 개를 먹고 연거푸 두 개까지 삼켰다.

문득 새소리가 청아하다. 아침 새소리는 더욱 맑아 마치 새벽 창문을 열고 바람을 맞는 기분이다. 가을은 모든 것들을 맑게 하는 기운이 넘쳐 소발자국에 고인 물도 먹는다 하였다. 새소리를 들으며 감을 삼키니 가을 계곡의 맑은 물 한 사발을 마시는 듯하다. 상가에서 흘러나오는 조용필 노래 "얘들아"를 따라 흥얼흥얼한다.

건너편 길가 가로수에 새소리가 요란하다. 새들

이 몰려들고 있는지 새소리는 흩어졌다 모였다 반복하며 나를 따라온다. 아이들 떠드는 소리처럼 지지배배…… 요란하다. 감을 먹기가 미안해진다. 세 개째 감을 들었을 때 분명 나는 환청을 들었다.

"저 아줌마 봐. 혼자 감을 저렇게 많이 먹을 수가 있어?"

"아줌마는 원래 많이 먹어야 돼."

"한동안 아저씨들이 산에 들어와서 무서웠는데 이제 아줌마들도 많이 와서 산나물이고 밤이고 다 챙겨 가잖아. 우리는 뭘 먹으라고……"

"인간들 이상해. 냉장고에 먹을거리 잔뜩 쌓아 두고 왜 산에 와서 우리 것을 가져가는지 몰라. 그런데 식구도 없고 외식을 많이 하니까 먹지도 않아서 꼭 상한 다음 버리잖아."

감 한 봉지를 들고 다 먹을 생각으로 시간을 끌며 천천히 걷는 나에게 새들은 아우성을 치는 듯하다. 나의 친정어머니도 새들이 경계하는 '인간'이 되어 가을이면 산으로 땡감 사냥과 도토리 줍기를 다녔지 않은가. 그런 먹을거리들을 우리는 별식이라 이름 짓고 서슴없이 챙겨 두었다.

지난가을의 까치 한 마리가 생각난다.

까치 소리가 요란하여 베란다로 나가 보니 일 층 감나무에 남겨둔 감의 속살을 까치가 발라먹고 있었다. 요리조리 껑충거리며 나뭇가지를 타고 부리로 찍어대며 춤을 추었다. 얼마나 행복했을까. 까치는 한동안 감이 떨어질 때까지 찾아와 감 속살을 발라먹곤 했다. 신기하면서 궁금증이 풀리지 않았던 일은, 까치가 다 먹을 때까지 감 속이 비어가는데 가지에서 떨어지지 않은 채 여러 날 그대로 달려 있었던 것과 가을이 끝날 때까지 처음에 왔던 그 까치가 그 까치인가였다.

감을 놓고 가기로 한다. 어디다 둘 것인가 사방을 두리번거린다. 사람들 눈에 띄지 않고 아이들 손에 닿지 않는 아파트의 비탈진 울타리 높은 쪽 돌 위에 띄엄띄엄 놓기 시작한다. 나뭇가지가 가려 주어 다행이다. 그야말로 감 하나에 새들의 행복이, 감 하나에 그들 가족의 가을이 풍요롭게 익어가기를 기도하는 시간이다. 철든 아이처럼 착해지기로 마음먹은 아침, 감을 비운 손으로 뛰기 시작한다. 산짐승들이 먹이를 따라 농가로 내려오고 멧돼지가 살길을 찾아 도심 마트를 헤집고 다니다 죽음을 맞는 시간이 다시 돌아오지 않기를 빌 뿐이다.

누가 닭의 목을 칠 것인가

"칼은 갈아 줘야 할 것 아뉴?"

복瑛이 식칼을 뽑아들었다. 닭 잡는 일로 대가족이 사는 아담한 이층집이 갑자기 시끄러워졌다.

이 층에는 집안 어른인 부모님이 지내고 일 층에는 둘째아들 부부와 두 아이, 지하에는 막내아들 부부와 역시 두 아이가 '방을 얻어 나갈 때까지'라는 단서를 달고 살았다. 앞마당에는 꽃도 가꾸고 아이들 자전거와 미니 자동차를 놓으니 일상이 동화를 쓰는가 싶었다. 뒷마당이 더 넓었는데 김장독을 묻은 다음 무엇을 할까 고심하던 시아버지는 어느 날 닭장을 제법 크게 지어놓고 병아리 스무 마리 정도를 구해 왔다. 복날 삼계탕 해 먹기 좋다며 열심히 먹이를 주고 키웠다. 어떤 닭은 제법 어른스럽게 울기까지 하여 그들 울음소리는 삼계탕을 먹는 상상으로 이어지곤 하였다.

집안 어른이 계신 집은 손님이 늘 찾아들었다. 큰아버지부터 지방에 계신 어른까지 산소일로, 문중일로 의논한다며 찾아오면 한두 끼 식사 대접은 당연하였다. 그럴 때마다 며느리들이 나서 특별식을 대접해야 하니, 시어른은 미안한 마음을 가진 채 닭을 키우면 그 경비는 덜어줄 일 아닌가 하는 마음으로 닭을 길렀다.

초복날 온 가족이 삼계탕을 먹자며 조금은 흥분된 얼굴로 거실에 모였다.

"얘, 삼계탕을 해야 할 것 아니니?"

시아버지가 물었다. 그 순간 모두는 서로의 얼굴을 쳐다보았다. 삼계탕은 닭만 키운다고 저절로 되는 게 아니라는 것을 왜 몰랐을까. 닭 키우는 일까지 해 주었으니 알아서 해 보라는 어른의 뜻이었다. 어리둥절해진 며느리 복과 희羲가 조심스럽게 물었다.

"누가 닭을 잡아주어야 하는데요."

"에이… 닭을 어떻게 죽이나!"

집안 남자들이 이구동성으로 발뺌을 했다.

누가 닭을 죽일 것인가. 명성왕후 민씨의 후손인 시아버지와 이씨 왕가의 후손 시어머니는 닭을 잡아 본 일이 없을 뿐더러, 양반 집안이었다는 자부심이 허드렛일 하는 사람과 식사도 같이 할 수 없도록 만들고 있었다. 희의 남편 역시 '감히 나에게? 둘째아들이면서 부모까지 모시고 집안의 생활을 책임지고 있는 가장인데….' 버티는 분위기였다. 술 한 잔 들어가면, 경찰서장도 가만두지 않겠다며 용맹을 과시하던 막내아들은 개미도 못 죽인다며 슬슬 빠졌다. 닭들도 텃세를 하는데 분명 시어머니의 심중은 아들을 감싸고 있으니, 치마폭에 감싸여 있는 두 아들을 어떻게 부린단 말인가?

남은 사람은 집안의 애경사와 허드렛일을 도맡고 있는 두 며느리였다. 둘째 며느리 희는 시장에서 닭 잡는 광경을 본 일 말고는 경험이 없는데, 전생에 닭 잡는 일을 업으로 삼았다 해도 다시 험한 일을 할 수 없다고 눙치고 싶었다. 모두 말없이 고등학교 중퇴자인 막내 며느리 복을 바라보았다. 친정이 산골 오지이니 충분히 닭도 잡아 보았을 생활이었지 않느냐는 그런 눈빛이었다. 형 집에 얹혀 사는 막내아들은 자기 아내인 복에게 따갑도록 눈총을 보내며 한마디 던졌다.

"소도 때려잡을 몸으로 뭘 못해."

복은 자기 남편을 흘겨보며 입을 내민 채 요지부동으로 앉아 있었다.

양계장 닭이 아니라 운동도 적당히 하고 맛이 있을 거라는 것, 목을 먼저 따서 피부터 빼는 것인지 뜨거운 물을 부어 털을 먼저 뽑는 것인지 배를 갈라야 하는 것이 먼저인지, 뱃속에 알도 있겠다는 등 말잔치만 한참 벌어지고 있을 뿐 삼계탕이 만들어질 기미가 보이지 않았다.

이 때였다. 새벽도 아닌데 뒤뜰에서 닭이 울었다. 닭 울음소리에 기회를 얻은 시어머니가 기울어진 저울을 든 여신이 되어 최후 통첩을 날렸다.

"오늘 정월 초하루도 아니고 닭 잡아도 된다! 닭날이라면 안 되지만 초하루 닭날이 아니잖니."

심중을 알면서 뜻을 거스른다는 게 달걀로 바위치기였다.

무언가 시작은 해야 할 것 같아 둘째며느리 희가 벌떡 일어나 복을 쳐다보았다.

막내 며느리 복도 결심한 듯 칼을 집어들었다. 닭이 도망다니며 구구 우는 소리, 푸드덕 거리는 소리를 들으며 가족들의 웃음소리는 커져갔지만, 그 하루 존재의 의미를 닭 잡기에서 확인하며 흘린 눈물이란! 닭 다섯 마리를 간신히 붙들어 끓는 물을 붓고 털을 뽑으려

했지만 역부족이었다. 발을 동동 구르다 닭을 자루에 담고 택시 기사에게 사정을 하여, 둘은 닭 잡아 주는 곳이 있는 시장으로 달렸다.

삼계탕 한 그릇 먹는 과정이 그리도 힘든 일이란 것을 깨달은 희는 여름이 날 때까지 닭과의 소동을 벌일 일이 끔찍하여 설거지를 마친 저녁 울면서 시아버지 앞에 엎어졌다.

"저희가 닭장수는 아닌 것 같은데요. 아무래도 닭잡는 일은 전문가에게 맡기는 게 낫지 않을까요?"

세상에 존재하는 모든 것은 세 가지 '달걀, 어머니, 싹'으로부터 뿌리를 삼는다는 우파니샤드 聖典이 그때 왜 떠올랐을까.

남은 닭들은 시장으로 모두 넘겨지고 그 여름이 끝나갈 무렵 희와 복은 결심의 칼을 뽑아들었다. 복은 대학 공부를 시작하였고 희는 작가 공부를 다시 시작하였다.

닭장 안을 빙글거리며 잡히지 않으려 생똥을 날리던 닭들의 푸드덕거림은 오래도록 사라지지 않았다.

더 미쳐야 피는 꽃

　세상 꽃들이 나를 무시한다.

　잘 피어난 꽃들을 보면, 피기도 전 모가지 툭 떨어뜨리던 동백이 생각나 좌절하고 만다. 내 인생에서 꽃 한 송이 제대로 피우지 못했다고 생각하며 자기 분야에서 능력껏 피어난 꽃들을 질투한다. 나에게 없는 정열이 갖가지 색깔로 흔들리며 나의 무능을 탓하는 것 같다. 꽃봉오리를 내밀었을 때 그들은 젖먹던 힘까지 쏟아부었을테니, 꽃이 열리는 최고봉 그 순간은 아무나 붙잡을 수 없다. 정열을 다해 미쳐야 꽃도 필 수 있기 때문이다. 모든 게 생각으로만 맴돌고 뜨뜻미지근하여 밤새워 공부한 적 없는 나를 돌아본다. 배움이든, 관계이든 몰두하여 끝을 내지 못하고 '언젠가 제대로 완성해야야지…' 이런 핑계를 대며 미루어 둔 것 투성이다. 어머니는 나를 '무능하다'고 했고 누군가는 '답답하다'며 짜증을 냈다.

동백을 키우다 번번이 실패를 했던 일은 내게 상처로 남아 있다. 제라르듀 빠르듀가 나오는 영화 〈그린 카드〉에서 보았던 유리 온실을 꿈꾸던 나는 한때 베란다에 많은 화분을 사들였다. 그중에 붉은 꽃을 잔뜩 매달고 있는 동백꽃이 나를 사로잡아 몇 개 구입했는데, 그 해만 꽃을 달고 있다가 동백은 시름시름 죽어갔다. 여름 더위에 꽃눈을 틔웠다가 겨울이 오면 슬슬 꽃봉오리를 내밀기 시작하는 동백. 나는 붉은 그 꽃을 볼 시간을 기다리며 화분 앞을 서성이고 물을 주었다.

'언제 필래? 슬쩍 내밀지 말고 활짝 피어야 한다.'

주문을 걸어두곤 했는데 영양제도 상관없었는지 막 피어나기 전 꽃봉오리인 채 점점 말라가다가 어김없이 자기 모가지를 부러뜨렸다. '눈물처럼 후두둑 떨어지는' 꽃이라 송창식은 노래 불렀지만, 나는 꼭 아기 낳다 죽은 산모를 보는 것 같아 조금만 더 힘주지! 안타까움으로 내 몸을 떨었다.

동백꽃도 나를 거부하다니……. 떨어진 동백꽃 봉오리를 들 때마다 심장이 쿵 내려앉았다. 기르던 꽃들이 죽거나 잘 되지 않으면 나는 내 능력의 한계라 느껴 기력을 잃고 죽고 싶었던 것이다.

문학에 미칠 일이다.

'내 인생은 왜 제대로 한 번 피지도 못하고 늘 이럴까.'

어린 시절 동네 알코올 중독자들이 그악스럽게 주사를 부리고 주변 사람들에게 상처를 주는 것을 보면서 '돌이킬 수 없는 것들'에 대한 생각을 많이 했다. 그런 영향인지 나는 무엇이든 적당히 하다 그만두었다. 악착스럽게 매달려 도달해 본 게 없다. 밤을 새워 시험공부 한 번 한 적 없으니 성적은 바닥이고, 사춘기 때는 다이어트한다며 실컷 먹지도 못한 채 먹다 말았으니 마디게 자란 나는 키도 작아 주눅들고 쭈뼛거리며 친구들 뒷전에 숨어 지냈다. 몸치에다 뜸지근하니 춤이나 운동도 배우다 그만둔 것 투성이다. 성인이 된 후에도 고질병으로 나타나 살사댄스, 테니스, 수채화, 볼링 등…… 다 몇 달 다니다 그만두고 말았다. 피아노, 영어 회화도 반거충이로 끝났다.

이성한테 몰입하는 일도 체면만 세우느라 '오는 사람 쫓고 가는 사람 더 쫓아내는' 식이었으니 불지르고 불타는 연애를 어찌 할 수 있을까. 속마음을 들킬까 봐 변명한 일도 우습기만 하다. 무엇이든 정성도 들이지 않고 흑즉학죽하여 끝을 못내니 "제대로 끝내는 게 없냐?"는 핀잔을 듣기도 했다. 돌이킬 수 없는 연애에 빠져 가족에게 돌아오지 않은 친구를 보면서 깊이 빠져들지 못하는 내가 부끄러웠다.

나한테 오는 모든 것은 죽어버리거나 아니면 살기 위해 도망가는 것일까?

떠나거나 죽거나 한 내 인생에서 살아남은 문학 하나!

모두가 '미칠수록 낫다'고 한 어느 작가의 말처럼 문학에 고마워하며 남은 시간 억수로 미쳐야 할 일이다. 시간 날 때만 문학을 생각하고 짜투리 시간에 글을 쓰고 아니면 말고 하는 방식도 버려야 한다. 잠 잘 때도 문학 속에서 잠들고 내 꿈도 문학 안에서 가꾸는 것이다.

문학은 생각을 필요로 하는 분야인데 생각으로 생각을 모아 생각으로 일어서고 생각으로 탑을 쌓아 그 안에서 제대로 미칠 일이다.

이태리 피렌체에서

릴케의 눈目

    시력이 나빠지자 나는 일상생활에서 자꾸 실수를 하였다. 약간 거리가 있으면 사람을 잘 몰라본다든가, 비슷한 모양에 혼동하여 물건을 잘못 사고, 글씨는 물론 숫자는 더욱 틀렸다. 결정적으로 크게 실수를 한 일은, 어느 문학공모 심사 때였다. 점수 집계를 맡은 내가 6과 8… 5, 3 등을 잘못 보고 등위를 정했다가 공모 담당자로부터 다시 호출을 받은 것이다. 최고상과 그 훨씬 아래 작품을 바꾸어 올렸는데 결과를 작성하던 담당자가 발견해 냈다. 불려가서 불미스러운 오해를 받을 염려도 하면서 바로잡고 사인하는데 그 아찔함에 자꾸 얼굴이 화끈거리고 부끄러웠다. 그 일은 한동안 내게 트라우마처럼 남아 생각날 때마다 내 자신에 소름이 돋았다.

    그 후 나는 시력검사를 하고 안경을 맞추었다. 가물가물하던 글씨와 사물들이 선명해지니 안개가 걷힌

듯 상쾌해지는 기분이었다. 안경을 쓰지 않기 위해 버티고 고집부린 날들, 그동안 알게 모르게 얼마나 많은 실수를 했던 것일까. 눈目이 나빠지면 그 사실을 받아들여야 하는데, 안경 쓴 여자에 대한 인식이 부정적으로 비춰질까 걱정하느라 안경쓰기를 거부하고 보이는 척 기를 썼던 것이다.

시력 좋은 사람도 모든 일을 자기 기분대로 판단하면 어떤 일이든 제대로 볼 수가 없다. 남편이 어느 날 쑥 빠진 방문 손잡이를 들고 화를 냈다. '딸아이가 자기에게 반항하는 표현으로 일부러 방문 손잡이를 잡아뺐다'는 얼토당토않은 이야기를 뱉었다. 쿵쾅쿵쾅 걸어가 방문을 쾅 닫고 들어갔다는 이유로 딸에게 책임을 지우는 것은 억지였다. 진즉부터 헐거워진 채 덜렁거리고 있었는데 그걸 모를 수가 있을까. 그런 그의 마음을 이해하지 못한 나 또한 억측 속에서 광기로 으르렁거렸다.

'힘든 일 있으면 떳떳하게 털어놓을 것이지. 왜 자식 가지고 트집 잡으며 공포분위기를 조성하나'

나는 남편 앞에서 문손잡이가 얼마나 헐거워졌는

지, 바람만 불어도 손잡이가 떨어질 뻔했다는 사실을 증명하려고 방문마다 다니며 흔들어 빼고 비틀었다. 그 후 손잡이를 모두 바꾼 수리비는 꽤 나갔을 것으로 안다.

자신의 주관적 기분으로 모든 것을 바라보고 판단하는 일은 충분히 위험하다. 안경을 맞춘 후 나는 자꾸 나를 돌아보았다. 글 속에서, 일상에서 나로 인해 다른 사람이 겪었을 불편이 떠올랐기 때문이다.

장미의 시인 라이너 마리아 릴케의 〈프로방스 여행〉을 읽다가 퍼뜩 깨닫는다.

보헤미안 시인으로도 이름을 날린 릴케는 프로방스를 여행하다가 마음속에서 화가 세잔을 느끼고, 그를 통해 '그냥보기'를 극복하고 '보는 법'에 대해 끊임없이 성찰하는 시간을 가지게 되었다. 세잔의 '보기'는 색을 넘어서는 색, 바라보면서 확실하게 수용하는 과정 등, 본질을 찾아내느라 고군분투한 흔적이었다. 대상 앞에서 몇 시간이고 앉아 주제에 탐구하느라 생트 빅투아르 산을 30년에 걸쳐 다각도로 그린 세잔이었다.

그런 세잔 역시 자신을 소설 작품 속에서 왜곡하여 묘사한 한 살 아래 에밀 졸라와 결별했다. 졸라와 세잔은 어렸을 때부터 절친이었다. 졸라는 그림을 그리고 세잔은 문학을 했지만 자라는 동안 서로에게서 어떤 점을 읽어냈던 것일까? 성인이 된 후 세잔은 그림을 그리고 졸라는 글을 썼다. 20대부터 작가로 유명세를 탄 졸라가 소설 〈작품〉에서 주인공 클로드 랑티에를 실패한 화가로 묘사하고 결국 목을 매 자살하는 걸로 마무리를 지었다. 초판이 나왔을 때 졸라가 세잔에게 책을 보냈지만, 세잔은 '실패한 화가 클로드 랑티에'가 자신이었다는 것을 깨닫고 절교편지를 보냈다. 졸라가 자신의 운명과 의지와 너무나 왜곡된 이미지를 나타낸 것에 화가 난 세잔은 죽을 때까지 '모든 글 나부랭이'와 거리를 두었다.

이렇듯 치열한 화가로서의 세잔 이야기를 아내 클라라 릴케에게 편지로 썼던 릴케는, 프로방스 여행 내내 '보는 법'을 연습하면서 시적 자기 성찰을 심화시킨 계기를 삼을 수 있었다.

세잔의 그림에서 세잔의 진가를 찾아낸 릴케의 안목은 대단하다.

자칫 나의 글쓰기가 달리는 말처럼 거침없이 나아
가다 왜곡의 늪으로 빠질 때, 나 역시 '릴케의 눈'을
빌려 '보는 법'을 훈련할 수밖에.

* 릴케 관련 내용은 《릴케의 프로방스 여행》(문학판 출판)을
  참고하였습니다.

2부 바람결에 수굿수굿

이태리 산 미냐노 _ 탑의 도시

바람이 지나갈 때마다
소들소들 비영비영했던 풍경은
쓰러졌다 일어나 출렁거리고 마을은 파랗게 살아났다.
그렇게 생색내지 않아도,
오래도록 노래하지 않아도
바람결에 수굿수굿,
바람결에 얼굴 붉히고,
바람 지나간 그 자리는
봄의 것들이 활짝 마음을 열고 말아
나를 부끄럽게 한다.
언제 나는 사랑 풍성한 봄바람으로
풀 한 포기 밟지 않은 채
지천에서 고개 드는 봄꽃들을 춤추게 할까.

터키 이스탄불 순수박물관, The museum of innocence

나쁜 놈 이상한 놈 좋은 놈

자우림 김윤아와 G-Dragon의 Missing you 노래에 맞추어
8분의 6박자 리듬을 타고 오♪오♪ ♬추임새를 넣으면서 읽어야 함.

오♪♬오♪♬♬♬ 나쁜 놈

오작교가 침묵에 빠지고, 스타의 거리도 아닌데 나의 발자국이 다리에 수도 없이 찍히도록 놈은 나타나지 않았다. 혼자 다니는 밤길에 극도의 공포감을 느끼는 나는 사람들 왕래도 없는 그믐밤 다리에서 놈을 만날 수 있다는 사실 하나에 용감한 여전사가 되어 있었다. '온다', '오지 않을 것이다'에 내기를 걸며 다리를 건너는 승용차와 택시들을 뚫어지게 바라보고 차들이 질주하는 도로에 내려섰다 인도로 올라섰다 하기를 얼마나 반복했을까.

젠장! 불길함은 항상 더 잘 들어맞는다.

차라리 아폴리네르 시인이 읊었던 파리의 센강이 흐르는 미라보 다리였다면, 퐁네프 다리라면 핑계라도 근사할 텐데……. 영화 〈퐁네프의 연인들〉에서 첫사랑을 잃고 눈도 멀어져가며 절망하는 화가 미셸과 그녀를 사

랑하는 알렉스는 아름다운 커플처럼 보였는데……. 그에게 눈이 멀고 있는 나는 초라하게 서 있을 뿐이었다.

노숙자처럼 살아가는 곡예사 알렉스는 퐁네프(Pont Neuf) 다리에서 만난 미셸에게 집착하느라 자기 손에 총을 쏘고 포스터에 불을 질러 방화범으로 감옥에 갇히지만, 직장 있고 가정 있는 멀쩡한 그놈은 나에게 집착하지 않을 것을 잘 알고 있다.

새벽이 오는 오작교에서 나는 결정해야 했다.

'놈은 오지 못한다.'

갑자기 한기가 몰려들고 다리가 무서워져 시내를 향해 달리기 시작했다. 삼십 대 여자가 그렇게 초라하고 작아질 수 있다는 자각이 다리를 떠나며 들고 있었다.

나는 미셸도 아니었다. 절망한 채 애인이나 한 명 생기기를 바라는 30대 아줌마였고, 물론 그놈도 알렉스는 아니었다. 놈도 그저 우유부단한 한량이었다.

오♪♬오♪♬♬♬이상한 놈

'오작교에 먼저 가서 기다려.'

그는 왜 많은 사람들이 있는 모임에서 귓속말도 아니고 보통말로 내게 던졌을까.

그때 피뢰침 만큼이나 높이 촉각을 세우고 있다가 눈을 번쩍 빛내던 여성들과 나의 눈이 마주쳤다는 것을, 그의 주변에 그녀들이 처음부터 몰려 있었다는 것을…… 오작교에서 벌을 서듯 그를 기다리며 깨달았다. '오작교 좋아하네. 차라리 호텔이라고 해라. 넌 죽었어!' 그녀들은 나에게 의미심장한 눈빛을 보내며 나를 훑어보았는데.

'옳지 않은 일에는 단합이 더 잘된다.'

과녁이 하나 생겼는데 그녀들은 합심하여 뜨거운 시선과 밀착방어로 새벽 해장국 집까지 그를 끌고 다니며 가두는데 몰입하고 있었다. 시선마다에 벽돌이 쌓여 가고 '술에 취했는데 댁에 잘 들어갔는지 사모님께 확인해야겠다'는 넉살에, '좁은 바닥에서 여자 조심하라'는 일침에, 그는 스스로 갇히고 다리를 건너오지 못했다. '도둑놈 예쁜 데 없고 정든 님 미운 데 없다'더니 그가 내게 다가드는 것을, 내가 그에게 다가드는 것을 막느라 벌인 암투에 무릎 꿇은 밤이었다. 다리 이쪽 세계와 저쪽 세계의 밤은 소리없이 터지는 불꽃놀이 한판으로 '오작교의 잠 못드는 밤'으로 이어졌다.

이리저리 아무리 해도 모두 통하지 못한 망통 패거리들일 뿐이었다.

다리도 건너지 못한 그인데, 마음까지는 그녀들이 가져가지 못했는지 불꽃처럼 팡팡 터진 소문은 그와 내가 밤을 같이 새웠다는 거였다.

그와 나의 오작교는 끝내, 바스티유 감옥을 헐어 만든 콩코드 다리처럼, 영광의 상처만 무성한 다리로 남았다.

오♪♬오♪♬♬♬ 좋은 놈~

오작교를 떠날 때 나를 지켜보던 밤하늘의 굵은 별 하나에 나는 놈의 이름을 붙였다. 그는 확실히 좋은 놈이었다.

팬이 많은 놈놈놈……, FUN한 놈, 키다리 아저씨에 훈남인 놈, 어떻게 다독였는지 동네 할머니도 놈이 자기를 좋아하고 있다고 착각하게 만드는 놈, 설탕으로 만들어진 놈, 너무나 달콤해서 이 나라 저 나라 공주들이 빼앗아가려 안달하는 놈놈놈……

다리는 재회할 때 명분도 그럴싸하게 세울 수 있는 명소이니 '좋은 놈'은 다시 다리에서 한 번 만나자고 연락할 게 분명했다.

'퐁네프의 연인'도 다리에서 다시 재회를 하고 있었

으니. 눈 수술을 마친 미쉘이 교도소로 알렉스를 면회 가고 서로 진실한 사랑이었음을 깨달으며 크리스마스에 만날 것을 약속한다. 눈 내리는 다리에서 둘은 재회하고 사랑을 이어가지만 첫사랑을 잊지 못하는 미쉘은 결국 알렉스를 아프게 한다.

좋은 놈 그놈은 역시 다시 만나자는 편지를 보내왔다. '첫 눈 내리는 날 오작교에서 무조건 만날 것'에 나는 '꼭 함박눈이 펑펑 내려야 만날 수 있다'는 단서를 붙여 답장을 보냈다. 우리는 미쉘과 알렉스가 되기에는 미처 버리지 못한 것들이 너무 많았다. 더 이상 잃을 것도 없어 보이는 미쉘도 떠나간 첫사랑을 버리지 못해 알렉스를 발작하게 만드는데, 어느 것 하나 잃고 싶지 않아 잔뜩 거머쥐고 있는 우리들은 서로의 세계를 떠나지 못해 사소한 장벽만 만나도 다리를 건너지 못할 게 뻔했다. 미친 듯 오작교로 달려가 시험대에 서는 일은 한 번으로 충분했다.

몇 년 동안 눈은 거의 내리지 않았다. 나는 나쁜 놈, 이상한 놈, 좋은 놈을 오작교에 암매장했다.

터치 터치 움직임 없는 움직씨들

그날도 權씨의 움직씨들 움직이지 않았다

박차고 일어나다

아침 해가 나를 찾기 전, 알람소리 끝나기 전 발끝으로 이불을 걷어낸다.

하루살이 움직씨들에 불을 켜고 꾸물거림의 조짐은 기지개로 쫓는다. 북창을 열어 수탉 벼슬의 붉은 도도함 같은 바람을 들이킨다. 샤워를 하는 동안 커피물은 99도로 올라 출발선의 긴장감으로 가랑거린다. 내 하루를 그리는 머릿속 지도는 헤어드라이기 소리에 맞장구를 친다. 아주 오랫동안 몇 가지 움직씨들은 반복 훈련되어, 마치 잘 이식된 장기처럼 내 것이 되었다. 가끔 면역결핍증세로 거부반응이 일어 움직씨들이 '금일 휴업'을 내거는 날은, 종일 대여섯 잔의 커피를 마시며 어슬렁거려야 한다.

乘, 타다

세상은 넓고 탈것은 많다.

삼촌이 태워주던 목마로 외가를 가던 길, 말이 끌던 마차에 또는 아버지의 자전거 뒷꽁무니에 타고 다니던 나의 길은 온갖 탈 것들로 뒤덮였다.

출근길 버스 정류장에서 사람들은, 기다리지 않아도 배차시간에 맞춰 오는 버스를 기다리느라, 아파트 어디쯤 구불거리고 있을 버스를 좇아 시선의 화살을 쏜다. 뭇 시선에 끌려 사거리 신호를 무시한 채 선을 넘어오느라, 광역버스 반도 안 되는 몸뚱이의 마을버스는 당나귀처럼 뒤뚱거리고 덜컹거린다. 나의 뜀박질도 당나귀처럼 깡총대다 버스에 오르면 고래 뱃속이 이럴까. 자리는 이미 동이 났다. 배낭을 짊어진 학생들과 산에 오르려는 은퇴자들로 제대로 서 있기도 벅차다. 승차했다고 떠나는 것은 아니다. 백년 만에 폭설이 내렸던 날 기지도 못하는 당나귀버스는 여기저기 버려진 승용차들과 피난민들처럼 들어찬 사람들의 한숨에 허억! 허연 숨을 토하다 멈추고 말았다.

전철역 에스컬레이터는 각 마을의 당나귀버스와 승용차, 택시에서 내린 사람들로 북적이고 노약자 엘리베이터는 언제 보아도 만원이다.

환승하다

세상은 갈아타기를 권한다.

부부가 검은 머리 파뿌리 되도록 사는 일은 이제 식은 죽 먹기지만, 사람들은 식은 죽, 삭은 죽의 멀건 지리함에 환승을 꿈꾼다. 사회학자는 보통사람도 두세 번 결혼하는 사회를 예언했다. 은행은 예금 갈아타기를 권장하고 보험사나 전화국은 다른 회사로 바꾸기를 유혹한다.

한가지색의 순환선이 지루할 때 환승놀이를 한다. 오렌지, 블루, 그린, 핑크 라인의 스무 개쯤 되는 개찰구에서는 '환승입니다!!'로 종일 난타전을 벌인다. 하룻밤 사이 돋는 사춘기 아이 여드름처럼, 타다닥 터지는 팝콘처럼, 환승 소리 뒤덮인 역사에서 이곳이 우주정거장인가 착각하기도 한다.

하루 열두 번의 환승을 거치면 귓속에서 출퇴근하는 전철 환승후유증을 앓는다.

'환승입니다…… 환승. 환승…. 너도 바꿔!'

터치 터치

기저귀도 떼지 않은 유아들이 터치에 능숙하다. 컴퓨터를 건드리고 스마트폰을 건드리고 게임을 한다. 순간 터치가 정보를 쌓고, 삭제키를 스치다 십 년 저장한 정보를 하루살이처럼 죽이는 오류를 일으킨다. 보이스 피싱에 낚인 계좌이체 터치는 생각해 볼 일이다. 스마트폰을 터치하고 아이패드나 컴퓨터 자판 치는 일상이 또 진화한다면, 문자나 사진을 남의 집 가게 유리문이나 공중에 펼쳐놓고 헛손질을 할 때가 올 것이다. 불어오는 한류 바람을 향해 터치 터치 인생의 품질을 바꿔야겠다.

뜯다

어머니는 수시로 나에게 "고것을 콱 쥐어뜯어버려야 너를 무시하지 않지. 어서 달려들어 뜯어내." 강요를 했다. 어디를 쥐어뜯어야 할지 몰라 나는 쭈뼛대며 "내 남편을 돌려주시면 안 되나요?" 말로 하다, 담배 꼬나문 그녀의 시니컬한 웃음에 완패당하기도 했다.

소도 풀을 뜯지 않는 세상, 고지서 봉투 뜯고 일회용 커피 봉지 뜯고 택배 상자 뜯어 내용물의 포장을 뜯는다. 사무실로 온 우편물을 뜯고 현관에 붙은 광고 전단을 뜯는다. 짬뽕이라도 배달 온 날은 칭칭 감은 랩포장을 뜯느라 가위를 들고 허둥댄다. 경비들은 건물 게시판 불법 광고를 뜯고, 불법 주정차 노란 딱지를 차 이마에 붙인 날은 뜯다 못해 할퀴고 긁고 밀고 분탕질 한판이다.

마트에서 담배를 산 남자는 담배갑에 밀착된 셀룰로이드 투명 포장을 뜯다 화를 내고, 팩 우유를 산 나는 '여는 곳' 반대쪽을 붙들고 실랑이하다 성질을 부린다. 마트 한 귀퉁이에는 뜯겨져 나간 비닐과 봉지들이 몰려 있고 밤사이 멋대로 뜯겨진 포장재들은 술 덜 깬 사람 머리칼처럼 산산하게 흐트러져 있다. 오직 뜯겨지기 위해 태어나는 소모성, 그 위대함을 본다.

돌아오다

돌아올 곳을 둔다는 것은 불행을 막는 안전장치일까.

바람난 것들은 바람기가 빠지면 간고등어 쩐 눈물로 돌아온다. 헤어짐을 당한 연인은 '돌아오는 순간 차 버릴 것이다'며 돌아오기만 기다린다.

돌아가는 버스는 느긋하다. 매일 그 시간 귀가하는 사람들은 바람 빠진 풍선으로 푸르륵 흔들린다. 아파트 단지 가로등 불빛을 어깨에 얹고 걷는 사람들은 뒷모습으로 서 있는 나무들이다.

돌아온 일에 마침표를 찍듯 씻기 굿을 한다. 더러워진 손을 씻고 분장한 얼굴을 벗기고 발 냄새를 쫓는다. '왜 씻는 일까지 내가 해야 하지?' 아침에 쌓았던 커피 잔, 접시들을 씻으며 덜덜대는 혼잣말 굿이 TV소리에 묻힌다. 아침에 뜯어 발겼던 빵 봉지와 씻지 않고 먹는 사과를 뜯었던 비닐은 조리대 위에서 숨 죽어 있다.

움직씨들 눕다

박범신의 풀잎만 눕는 것이 아니다. 열정이 다한 것은 포개어 눕다 마주 눕고 돌아눕다 외로 눕고 끝내 반듯하게 눕는다.

온종일 움직였던 내 움직씨들이 기억을 따라 제자리를 찾아든다. 번지를 잘못 찾아 눕지 않는 움직씨들도 있다. '잠들다'가 자리를 찾지 못할 때 TV를 틀고 움직씨를 달랜다. 이탈된 움직씨는 나를 공격하여 코피를 쏟게 하기 때문이다. 내일 또 반복할 내 인생의 움직씨들은 늙지도 않아 앞날은 창창하다. 호적에 오른 내 이름처럼, 공원에 세워 둔 기념 조각품처럼 그렇게.

반전을 꿈꾸다

태생적으로 인간은 갖가지 경우의 수를 두고 살아간다. 꼼수, 노림수, 별수, 무리수, 버팀수, 36계수, 고단수……

인생 최고의 수를 보여준 스티브잡스의 반전은 별수가 아니었다. 태어나 버림받고 입양되고 IT업계 수장이 되고 자신의 회사에서 쫓겨나고 귀환하여 57살로 죽으면서 반전의 수를 챙겼다. 그의 자서전을 읽으면서 어떤 수가 있을까 뒤지게 만든 것이다.

반복은 반전을 불러온다는데 누가 알까. 미동 없는 나의 움직씨들이 잠들 때 나는 여간 배짱으로 쓰지 못하는 움직씨들을 반복 반복 입력한다.

날다, 떠나다, 버리다, 대이동, 떠돌다, 연애 스캔들, 두세 번의 결혼 등.

무리수라 불리는 움직씨들을 부추겨 움직씨 업계에서 대반전을 일으키는 일이다.

논산역

피에르 바야르의 예상표절 기법

전설의 저자들을 패러디할 100년 후 텍스트를 표절하다

포스트 휴먼(Post human)의 죽음

늙지도, 죽지도 않는 생물학적 한계를 뛰어넘는 포스트 휴먼(Post human) 시대다.

죽지도 않으면서 비슷하게 반복되는 사랑놀음도 지겹다. 죽을 방법은 없을까.

헤어져도 신출귀몰 나타나는 애인들. 달나라에서도 소식을 전송해 온다. 헤어진 어떤 애인은 내 눈동자에까지 자기 영상을 전송하여 집어넣는다. 다른 사람에게 한눈팔지 말라는 것인데 눈을 감는 수밖에. 비밀번호를 바꿔도 소용이 없다. 내 홍채를 스캔해 둔 게 분명하다.

하지만 나라고 가만히 있을 수 있나? 분명 헤어진 그쪽도 다른 사람과 즐기고 있을 텐데, 나도 같은 방법으로 나를 투사시켜 보복성 영상을 보내니 연애마당은 복수혈전의 지존들만 판을 친다.

슬프고 애절한 이별 스토리는 전설이 된 지 오래다.

사랑하다 헤어지면 바로 눈동자 색깔부터 피부 색깔까지 성형하고 새로운 사람과 사랑놀이에 열중한다. 가짜 기억을 입력해 주는 회사에 가서 원하는 프로그램을 골라 조작한 기억을 뇌 속에 집어넣으니 이별의 아픔도 모르는 연인들이다.

포스트 휴먼Post human 시대에는 사이보그, 장기 교체 인간, 유전자 조작으로 태어난 인간, 컴퓨터망 인간들이 대체적으로 우월하고 좋은 대접을 받는다. 가장 하등 인간이 남녀가 무계획적으로 사랑을 하여 태어난 제5의 인간이다. 100년 전의 침팬지 정도의 취급을 받는다. 생명공학의 혜택을 거부하는 그들은 보호구역에 살고 그들끼리 원시적으로 결혼하고 살다 죽는다. 그런데도 그들 눈빛은 왠지 빛나고 알 수 없는 자부심까지 보인다. 죽을 수 있는 자유를 선택했기 때문이다.

죽어서 아름다운 방법은 없을까? 나의 애인들은 사이버 연인까지 1대부터 모두 죽지 않았다. 죽은 애인도 그대로 살려 놓는다. 물론 내 몸에 심은 컴퓨터 프로그램에 따라 관리를 한다. 일년 스케줄이 꽉 차 있다. 복고풍의 낭만주의부터 르네상스 시대, 아방가르드스타일 초현실주의, 포스트모더니즘, 해체주

의……, 없는 게 없는 연애만능주의 시대지만 빠진 게
있다.

진지함이나 가슴 찢어진다는 슬픔이 없다. 이루어질
수 없는 사랑도 없는 세상이기 때문이다. 자식도 낳지
않고 폴리거미(복수 파트너) 체제에서 즐기는 문화만 반복
되고 있다.

문학사 속에서 죽어버려 아름답게 빛나는 전설적 이
야기들을 찾아내려 제5의 인간보호구역의 도서관을 방
문한다. 그야말로 '사랑의 전설 따라 지구촌 기행'이다.
세상을 떠들썩하게 한 아름다운 사랑일수록 죽음으로
끝나 사람들이 가슴 아파하며 기록으로 남기고 있다.

그렇다. 죽어야 한다.

"제대로 사랑하다 죽기로 한다!" 마음속으로 외친다.

이루어질 수 없는 사랑일수록 한쪽은 죽고 슬픔으로
장식된 이야기들이다. 가장 오래된 비극적 사랑의 주춧
돌은 북유럽 신화 〈바빌론의 벽〉이다. 셰익스피어가 쓴
〈로미오와 줄리엣〉은 말할 나위 없이 〈바빌론의 벽〉을
표절했다.

어쭈! 자기들의 껍질을 벗어버리고 사랑을 나누다가
말라 죽는 달팽이 사랑도 있다. 사랑을 해도 해도 채워

지지 않는 그들이, 마지막 선택한 '짊어진 각자의 껍질을 버린 일'의 대가로 죽음을 당하는 것이다.

오르한 파묵의 〈순수 박물관〉은 집착 형태 사랑의 모습으로 우리와 비슷하지만 오로지 한 사람에 대한 순수함으로 가득 찬 점이 독특하다. 미인대회 입상자였던 여자주인공 퓌순이 죽자, 남자주인공 케말이 '순수 박물관'을 세워 퓌순의 모든 것을 수집해두어 관광객들이 방문하도록 했다. 제5인간 보호구역 안의 사랑에 대한 자료들은, 모든 이루어질 수 없는 사랑의 파노라마이며, 인쇄술이 발달하기 전 세계에서 가장 컸다는 알렉산더 도서관의 전형이다.

죽지 않아 지쳐 가고 있는 포스트 휴먼 시대 연인들에 대한 〈포스트 휴먼의 죽음〉 글을 쓰고 이 무한반복의 무의미한 사랑놀음을 끝내고 싶다.

＊ 포스트 휴먼(Post human)
: 늙지도, 죽지도 않는 생물학적 한계를 뛰어넘는 인간

갈릴레이의 언어로 하루를 그리다

오전 5시 알람이 운다. 1218은 숫자에는 아둔하지만 특히 아침시간의 숫자 5를 부담스러워한다. 7시간의 수면시간을 채우지 못한다는 점과 여름에도 차가운 기운을 주는 특성 때문이다.

사람들은 인간됨됨이를 말할 때 가능하면 숫자에 밝은 척하지 않아야 인간성이 좋다고 한다. 생명운동은 숫자와 떼려야 뗄 수 없는 게 사실인데, 은연중 숫자를 싫어하거나 천시하는 경향이 강하다.

아기는 엄마의 몸속에서 10개월을 채우고 세상 밖으로 나와야 정상인으로 살 수 있으니 數의 완결판이다. 몇 년 전, 6개월 만에 380그램으로 태어난 아기는 습도 100%인 인큐베이터 안에서 1분에 900회 진동하듯 주입하는 산소를 마시고 살아났다. 모두 數가 이루어낸 일이다.

파라오 무덤벽이나 〈死者의 書〉에는 '자신의 손가락 숫자를 모르는 사람은 이 배(영생으로 가는 배)에 탈 수가 없다'고 쓰여 있다. 파라오처럼 신성한 인물만 숫자를 알았던 이집트에서는 수학이 또 다른 권력이었다. 30세에 천문대장에 오르고 역사상 3대 수학학자로 알려진 아르키메데스는 '말을 할 수 있기 전에 계산하는 법을 알고 있었다'고 말했다. 아이들이 자라면서 먼저 인식하는 것이 숫자였을지도.

1218은 일어나자마자 10개의 손가락과 10개의 발가락 관절을 주무르고 15분간 샤워를 한다. 유클리드의 기하학원론에 따르면 인간의 눈을 가장 편안하게 하는 인체의 황금비율이 배꼽을 기준으로 상하 1대 1.618이라는데, 1218의 작달막한 키는 타인의 눈을 불편하게 하는 비율임에 틀림없다.

아침 6시 TV 뉴스를 틀어 그날의 기온을 확인하면서, 10가지의 과일과 야채를 갈아 0.9리터의 쥬스로 마시고 스마트폰 만보기를 확인한다. 전날은 17,345걸음에 601.2킬로칼로리가 찍혔다. 900세대가 사는 아파트 55206호를 나와 마을버스 정류장까지 천 걸음 정도를 걷는다. 가능하면 3번 이상 갈아타는 노선을 고른다. 걸어야 산다고 하니 편하게 앉아서 가는 M4101을 멀리하고 이리저리 갈아타며 전철로 움직여야 한다.

마을버스 전광판에 7시 20분이라는 현재 시간과 1번, 16번, 1570번이라는 도착 예정 버스 번호가 뜬다. 1번 마을버스를 타고 16개의 숫자로 인증된 카드를 대니 1000이 찍히면서 아래로 72000의 사용내역이 찍힌다. 15여 곳의 정류장을 지나 20분 만에 전철역에 도착한다. 플랫폼 전광판에는 '298700 보정출발' '298699 수원급행' 등이 떠 있다. B2에서 15인승 노약자 엘리베이터는 숫자 1에 불을 켜고 둥실 오른다.

노약자석이 있는 −4와 −1을 지나 −2나 −3에서 기다린다. 승강장 안내 전광판에 시간이 뜬다. 7시 50분 前역을 출발하는 전철은 2분이 지나지 않아 신호를 내면서 역사 안으로 들어온다. 200미터를 19초 30으로 주파하여 세계신기록을 세운, 자메이카 육상선수 우샤인 볼트보다 빠르다.

1218은 4자리가 모두 비어있는 노약자석에 앉지 못하고 선 채로 천정의 광고판을 본다. 성형외과 번호가 떠있고 그 옆에는 치과 견적비와 번호가 있다. 1588−0000, 1688−0000, 1577−0000. 전국 어디서나 통하는 1588 발명은 혁신이었다. 컴퓨터를 발명하는데 결

정적 기여를 한 0과 1 이분법을 개발한 수학자 라이프
니츠의 공로가 있었기에 가능한 일이었다.

하루 24시간이 모자라는 1218에게 전철은 도서관이
나 다를 바 없다. 7일에 두 권 정도 독서를 해야 하니
500여 페이지 책도 마다하지 않고 들고 다니며 포스트
잇 메모까지 한다.

10분쯤 갔을까. 165센티미터에 50킬로도 안 돼 보
이는 20대 여성이 그만 정신을 잃고 쓰러진다. 놀란
1218은 119에 신고를 하고, 그 옆의 173cm쯤의 30대
후반 남자는 여성을 안아 들고 1218에게 같이 내리자
고 한다. 119응급센터에서는 몇 번 칸으로 가야 하는
지 숫자를 말하라 한다. 서울 방향 수서역 2-3에 내려
1218과 젊은 남자는 아가씨의 스마트폰을 찾는다. 저
장된 1번을 누르니 아가씨의 남자친구가 나온다. 아가
씨의 소중한 1번을 보고 1218은 한동안 멍한 채 자신
은 누구에게 1번일까 하는 생각에 빠져 버렸다.

사무실 도착은 두 시간 후다. 8번 출구 길가 은행
ATM기에서 계좌이체를 한다. 돈이 연관된 숫자는 늘
불안하다. 잘 찍어야 한다. 1218은 많지도 않은 잔고지

만 심호흡을 한다. 어느 증권사 직원은 실수로 15초만에 120억을 날리기도 했다. 0.8을 80으로 입력해서다. 거래번호 2714-A34-8-＊＊＊＊와 거래잔액을 확인하며 영수증을 챙긴다.

사무실은 B2에서 엘리베이터 2호기를 타고 1층으로 가야 한다. 20층 건물은 엘리베이터도 지하주차장과 오피스건물 입구가 달라 갈아타야 한다. 1층 로비에서 다시 1, 2, 3, 4, 5, 6 호기의 엘리베이터 중 불이 켜진 숫자를 타고 오른다. 156길의 1906호실 12평은 4개의 책상과 하나의 회의용 테이블. 150리터 냉장고 하나로 미어터지는 느낌이다. 천여 권의 책으로 둘러싸인 책상에 앉아 도착한 10권의 작품집 겉봉을 확인한다. 110-350, 110-340, 158-720, 448-530 모두 발송된 지역코드이며 우체국 소인에는 연도와 날짜와 요금 1830, 1580518 등 숫자들이 찍혀있다. 02-532-8703 전화벨이 울리고 전화기에는 07054224497 숫자가 뜬다. 인터넷 국제전화로 무료이다. 협회 가입회원을 위해 계좌번호를 불러준다. 414-007-01-1234567은 또 다른 디지털 혁명이 일어나지 않는 한 존속할 것이다. 천 명의 회원이 모두 한곳에서 만난 적은 없지만 컴퓨터 검색으로 서로는 익히 알고 있다.

　1218의 퇴근길은 아침 출근길을 거슬러 가는 길이
다. 지하철 2호선과 9호선, 3호선 환승을 위해 9101
인증카드를 찍고 언제나 2-3에서 탑승한다. 30~40
인승 마을버스는 1, 2, 5, 11, 15, 1-1 정도의 숫자와
30분 이내의 시간으로 주민들의 순간이동을 돕는다.
중학생 서너 명이 버스를 타자마자 욕으로 대화를 이
어가는데 주변사람이 없다는 듯 스스럼이 없다. 버스
안 어른들은 모두 들리지 않는 척하느라 눈까지 감고
있다. 교사들도 욕을 듣는 세상에 하물며 상관없는 어
른들이야.

　×나, ×까, ×발, ×새끼⋯ 시작부터 끝까지 욕을
섞지 않으면 내용이 없는 것처럼 들린다. 1218은 만보
기를 흔들어 그들의 욕을 따라잡으려 하지만 만보기는
숨을 헉헉대며 숫자를 대지 못한다. 10분 동안 학생 한
명이 10번 넘는 욕을 쓰고 있다.

　간혹 비인간적이라 욕을 듣는 숫자는, 욕보다 얼마
나 아름다운가.

　자연의 커다란 언어는 숫자라고 한 천문학자, 수학

자인 갈릴레오 갈릴레이도 있고 자신의 묘비 문구를
수학의 1차 방정식을 풀어야 나이를 알 수 있게 한 그
리스 수학자 디오판토스도 있다. 날씨를 미리 알고 비
행기가 뜨고 우주선 발사가 가능한 것은 數의 발명 때
문이다.

모네와 피카소의 출근길

분석적 퀴비즘의 글쓰기

햇살이 퍼진다.

햇살은 나뭇가지 사이를 헤집고 아파트 창문마다 기어오르며 하나하나 사람들의 이마를 짚어나간다. '하루를 시작해' 소리 없는 아우성이다. 해가 떠오른 후의 동네는 여기저기서 움직이는 소리들로 사삭거린다.

햇살에 탄력 받은 아침 거리의 소리들은 유난히 톤이 높고 속 보이는 유리창처럼 투명하다. 빛을 받아 부지런히 신호등을 바꾸는 건널목은 자동차와 사람들과 버스로 쉴 틈이 없어 보인다. 때로 신호를 무시한 채 자동차도 끼어들고 사람들도 달려와 끼어들기를 서슴지않는 곳에 햇살은 점점 넓게 자리를 잡는다. 출근길 자동차들은 좀 더 빨리 달리기 위해 퍼지는 햇살과 경주하듯 고속도로 인터체인지를 향해 속력을 낸다. 마을버스 정류장에 달음질쳐 모여드는 사람들은 모두 아침 햇살을 얼굴에 담고 빛나는 모습이다. 온몸으로 햇살을 받으며 마을버스가 달려와도 출근길 상황은 종료되지 않는다. 지구에서 해가 사라지지 않는 한 사람들은 출근하는 일을 멈추지 않을 것이다. 까치는 까악 소리를 지르며 나뭇가지를 타고 햇살을 친구 삼아 놀기 시작한다.

　시시각각 버스 도착시간을 안내하는 컴퓨터가 설치된 마을버스 정류장은 시간 싸움하는 사람들의 종종걸음으로 다져지고 있다. 자동차들이 몰아오는 바람이 정류장에 서 있는 사람들 얼굴을 때린다. 까치는 직장인과 학생들을 조롱하듯 여유로운 날갯짓으로 휘익 포물선을 그리며 지나간다. 사람들이 들고 나며 자동차가 일으키는 바람, 햇살과 소리들로 버스 정류장은 균열이 일 법도 한데 10년이 넘어도 끄떡없이 건재하다. 비가 오나 눈이 오나 마을버스 정류장 지붕은 초가집 처마처럼 옹색하여 들이치는 눈비를 모두 가릴 수 없다. 우산이 우산을 치고 사람들을 적시지만, 버스 정류장은 동구 밖 오래된 나무처럼 동네에서 커다란 위안이다. 누구든 마음만 먹으면 어디로든 떠날 수 있기 때문이다. 버스 정류장을 채굴한다면 사람들이 쌓아둔

시간의 형태들이 갖가지의 발자국들로 묻혀 있을 것이다. 쉴 새 없이 그렇게 밟혀도 그 틈으로 풀들이 자라나고 있는 것을 보는 일이나, 학생들이 훌쩍 자라 청년이 된 모습에 화들짝 놀라는 일, 같은 시간 출근하는 사람을 10년 동안 마주치는 일은 행복이다.

대부분 혼자 타고 있는 승용차들은 오로지 달리는 일이 전부인 것처럼 내달려 동네를 벗어나 출근길에 합류한다. 자동차 꽁무니를 보노라면 절대 돌아오지 않을 것 같은 단호함까지 보인다. 속력을 내어 달리는 자동차 소리는 새들에게, 사람들에게, 때로는 나무에게조차 위협적이다. 그 순간만큼은 창밖에 서 있는 사람과 창문 안에 앉아 있는 사람 모두 그 경계처럼 묘한 거리감을 갖는다.

신호를 받아 달리고, 경적을 울리고, 급브레이크를 밟고 도로표지판을 스치며 자동차에 앉아 공간을 달리지만, 일분일초를 다투며 시간을 쫓는 그들. 햇살도 달아나고 까치도 한바탕 똥을 날리며 성깔을 부린다. 고속도로는 이미 달리는 자동차들로 가득 차 서로 쫓기는 시간의 얼굴들을 확인할 뿐이다.

공간에 서 있지만 출근시간에 쫓기는 사람들의 마음은 시간 속을 헤매고 있어 계절을 미처 느낄 겨를이 없다. 늦으면 몇천 원 벌금 내는 억울함을 면하려 지하철에서 내려 택시를 타는 사람들. 버스노선을 묻는 이웃의 소리도, 까치 소리도 알아듣지 못한 채 스마트폰 무아지경이다. 귀에 꽂은 이어폰으로 듣고 싶은 것만 골라듣느라 봄인지 가을인지 여름인지 바람과 햇살조차 풍족하게 느끼지 못하는 출근길.

공간이 시간을 껴안고 시간이 공간을 삼키는 출근길의 동시다발 풍경은 평면 풍경화 그리기를 거부했던 모네의 꿈이고 피카소가 그린 분석적 큐비즘 그림 마졸리*다.

---

* 마 졸리 : 한 물체를 동시에 여러 각도에서 바라보는 분석적 큐비즘으로 그린 그림 '만돌린을 타는 소녀'

백조의 목을 가진 플라스크

책이 팔리지 않는 시대를 사는 문학인은 백조의 목을 가진 플라스크다. 수많은 볼거리에 독자를 빼앗겨도, 원고 청탁이 줄어 마치 외다리로 개울을 건너야 하는 막막함이 들어도, 청빈한 마음 하나로 깊은 밤 불켜둔 채 고뇌하며 자신을 들여다보고 글쓰기를 멈추지 않는다.

조금치라도 허물을 발견하면 그것을 허용하지 못하는 자의식과 싸우느라 창백한 얼굴로 세상을 바라보는 문학인. 긴 모가지로 먼지나 세균을 걸러 자기 안을 멸균 상태로 지키는 플라스크를 꿈꾸는 문학인. 갓 태어났을 때의 순수함을 잃고 싶지 않아 날마다 유리관 안에 자신의 영혼을 가두는 문학인. 어쩌면 국어사전에 '순수 문학인'이라는 단어는 고어가 되고 '말을 사용하는 기술자'가 더 어울리는 현실이 자신을 조여 와도 우직한 모습으로 글을 쓰는 문학인.

화학자 파스퇴르는 생명의 기원을 밝혀내기 위한 시험용으로 플라스크를 만들었지만 이제 작가들은 목숨처럼 백조의 모가지를 만들어낸다.

　날마다 가슴에 쌓이는 먼지와 야만성과 싸우느라 목이 길어진 플라스크는 곧 깨질 듯 위태로워 보이지만 결코 그것은 보여지는 데서 느끼는 두려움일 뿐이라는 걸 말하고 싶다.

바람결에 수굿수굿

민들레 한 포기의 마음도 못 읽어 언제 그가 잎새를
흔들다 꽃을 피웠는지,

터진 씨앗은 어느 사이 간들바람 타고 몰래 날아가
버릴 궁리를 했는지,

종일토록 지켜보아도 보이지 않아 도무지 캄캄한
그 때,

나는 누군가의 꿈이라도 품어 줄 온기는 갖고 있었
던 것일까.

봄바람 조짐이 시작되는 습지 어디, 각시붓꽃 허리
쯤, 컴컴한 숲속이었을지도 모른다.

그곳에는 진즉부터 산바람이 돌아다니고 있었다. 봄
의 말들은 꼭 사랑의 싹을 품은 씨앗처럼 조심스럽기만
하여 켜켜이 지층을 만들었다가, 눈 깜빡할 사이 천지
를 흔들고 말았다. 일러주지 않아도 보들보들 녹진녹진
한 바람결에 쑥덕쑥덕 사랑은 덩굴지고, 바람 떠난 그

언저리마다 짝을 맺었다는 美談들이 몽글몽글하다.

봄꽃 만나고 가는 바람이 된다면 가볍게 스치고도 천하의 꽃향기를 품을 수 있겠지.

그 꺾고 싶은 마음 바람은 알아차리고 뒷덜미를 잡아채어 다른 곳으로 떠나고 말겠지.

봄 길, 봄 마을, 봄 동산, 봄 바다……, 오두막집 마당에도 바람이 지나간 듯 온통 너그러운 풍경이다.

어릴 적 기억 속 보리밭에 일던 봄바람도 꼭 그런 모습이었다.

바람이 지나갈 때마다 소들소들 비영비영했던 풍경은 쓰러졌다 일어나 출렁거리고 마을은 파랗게 살아났다.

그렇게 생색내지 않아도, 오래도록 노래하지 않아도,

바람결에 수굿수굿, 바람결에 얼굴 붉히고,

바람 지나간 그 자리는 봄의 것들이 활짝 마음을 열고 말아 나를 부끄럽게 한다.

언제 나는 사랑 풍성한 봄바람으로 풀 한 포기 밟지 않은 채 지천에서 고개 드는 봄꽃들을 춤추게 할까.

곤돌라가 있는 베니스

바람에 흔들리는 저 새벽이슬처럼

새벽 세 시 책상 앞에 앉는다.

세상이 잠든 듯 건너편 아파트도 어둠에 묻혀 있어 나의 생각에도 이슬 내리기 좋은 시간이다.

농부인 아버지를 따라 이른 아침 밭으로 나가면 내 몸으로 떨어지던 이슬이 느껴진다. 열 살 무렵이었을 까, 내 키보다 큰 토마토나 오이나무를 건드릴 때마다 떨어지는 이슬을 온몸으로 받으면, 나는 그 물방울이 집에서 퍼 올리던 펌프 물과 어딘지 다르다고 느꼈다. 퍼뜩 정신을 차려야 할 만큼 차갑고 투명하고 요란하 지 않은 시간의 방울들…….

글이 써지지 않을 때는 잡히지 않는 생각과 씨름하 기보다 편안하게 어둠 속으로 나를 밀어 넣는다. 변두 리 외딴 곳 전기도 들어오지 않던 땅에서 아버지의 토 마토와 오이나무들은 밤이 되면 고스란히 어둠을 먹고 새벽녘 이슬을 받았다. 그 토마토와 오이나무처럼 나 역시 어둠의 기운으로 맑음을 챙기는 것이다.

떠들썩하던 모든 것들이 순식간에 정리되어 책꽂이의 책처럼 꽂혀 버리는 새벽, 그 많던 번잡함과 열정이라 착각했던 생각들은 가라앉는다. 어둠 속에서 새로운 빛이 만들어지며 형태를 이루는 것처럼 오직 한 갈래의 길이 열린다. 집중하고 몰입하면서 떠오르는 나의 사고들은 분명 낮의 그 수다처럼 열띤 모습은 아닌 채 정제되어 나타난다. 존재감도 분명하지 않은 낮달처럼 흐리던 나의 사고와 언어들이 번개처럼 모습을 드러내는 시간이다.

신의 물방울로 불린 이슬 같은 새벽 3시다. 훑어 먹기만 해도 속병이 낫는다 했을 만큼 기운 맑은 가을 이슬을 만나기 위해 묵묵히 앉아 있다.

다행스러운 일은 이슬은 돈을 주고 살 수가 없다. 그저 순전히 내 힘으로 만나는 노력을 기울여야 한다. 최고의 시간이 지나면 이슬은 사라질 테니 내 손을, 내 가슴을 쥐어짜서 한 방울의 이슬을 얻을 수 있도록 기도한다.

나는 저 법정의 가슴에 귀를 대고 이슬 맺히는 그 시간 한 방울이라도 받아들 수 있다면 늘 깨어 있을 것이다.

오늘도 짝을 못 찾았다

말도 없이 짝이 사라지는 게 문제다. 처음부터 짝짝이가 옳았다면 이렇게 찾아 헤매지는 않을 것이다. 제발 좀 나와서 맞춰주었으면 좋으련만. 그게 그렇게 어려울까. 100평도 아니고 서너 평도 안 되는 아들 방에서 아무리 찾아도 보이지 않는 양말을 추적하느라 시간을 죽이곤 한다. 양말 잡아먹는 귀신이랑 동거하고 있나?

양말은 처음 살 때부터 도망갈 궁리를 하는 것인가. 꼭 소개팅 나갔을 때 마음에 들지 않으면 달아날 매뉴얼을 미리 정해 두고 나온 파트너 같지 않은가. 양말 몇 개는 이미 세탁기에서 꺼냈을 때부터 홀수가 되어 있다. 빨래통을 몇 번 드나들다 보면 어디론가 한쪽씩 사라지는 양말……. 언젠가 나오겠지 대기하는 양말 한 짝은 자식의 짝을 기다리는 나의 모습이고, 일주일 치 양말을 한꺼번에 사게 만들어 삼켜 버리는 블랙홀이다. 상류사회 남자가 영국에서 살아남으려면 실크, 울, 면, 그리고 실로 짠 양말 4가지가 필요하다고 했는데, 말이 그렇다는 거지 요즘 그렇게 정석대로 갖추고 구별하면서 신을 정신은 없을 게 뻔하다.

가끔 출근시간에 쫓길 때는 비슷한 짝짝이끼리 맞추어 둔 양말이라도 신고 뛰어나가는 아들이 한마디 던진다.

"세수할 때 매일 손빨래해서 건조한 방에 가습기처럼 널어두면 좋지 않아요?"

"너나 잘하세요! 누가 그걸 모르니?"

이렇게 받아칠 자신이 없으니

"짝 없는 아들 생각하면서 양말이라도 맞추어 보았다. 그 심정 알아?" 얼버무린다.

양말처럼 빨랫감 사이에서 대접도 못 받는 게 어디 있으랴. 한동안 쌓아두었다가 신을 양말이 없다 싶으면 보름치도 넘는 분량을 세탁기에 돌리는데, 없어진 한쪽은 이사 가지 않는 한 절대 나타나지 않는다.

옳거니! 이사를 시켜야 짝을 찾을 것인가.

세상을 고이는 일

제사상에 올리기 위해 여러 가지 과일을 상자로 들인다.

상자를 뜯을 때마다 실망하는 적이 더 많다. 포장술만 대단하지 내용물은 기대만큼 알차지 않을 때가 많기 때문이다. 사람들 마음을 잡느라 포장용으로 첫줄에 올린 과일과 밑바닥 상품이 항상 차이가 나는, 오래된 관행 같은 고질 앞에 번번이 좌절한다.

처음부터 끝까지 같은 상품으로 담아주면 안되나? 마음은 불편해지고 만다.

하지만 나 역시 접시에 과일을 괼 때 물건 파는 이와 같은 방법을 쓴다. 작은 것들을 아래로 깔고 보기 좋고 큼지막한 것들을 위로 올리느라 애를 먹는다.

무의식적이다.

지금까지 배워 온 패턴대로 당연하다는 듯 제물을 괴며 별다른 생각을 하지 않는다. 특히 대추를 쌓아올리거나 깎은 밤을 접시에 고일 때는 어려운데도 어쩔 도리가 없다. 크기가 일정하지 않고 울퉁불퉁하니 작고 모양이 잡히지 않는 것을 아래로 깐다. 그렇게 하다 보면 조금만 흔들려도 간신히 고인 것들이 우르르 무너진다. 틈새로 크고 작은 것들을 조화롭게 끼워 맞추면 괸 제물들이 흔들리지 않고 견딜 수가 있다. 고이기 편한 일만 생각하면 큰 놈을 아래로 두고 작은 것을 쌓으면 쉬운 일이지만, 상차림에 모양이 나지 않는다. 그렇지만 작은 것만 골라서 아래로 쌓기 시작하면 위로 갈수록 큰 것만 올라가니, 아래는 힘을 받지 못해 흔들리다 조금의 부딪힘만 있어도 무너지고 만다.

처음 시집살이할 때는 일을 잘 못하니 뭐든지 접시에 담는 일을 먼저 배우라고 하였다. 대가족이 모이는 명절날, 여러 상씩 이어지면 그만큼 상에 올리는 제물도 모두 새로 바꿔 줘야 한다. 밤과 대추 과일 접시를 몇 번씩 고이는 일이 힘들어서 제일 큰 놈들을 아래로 깔고 작은 것을 올리니 탄탄하고 흔들리지도 않고 좋았다. 그러나 평생 제사상 괴는 일에 자부심을 갖고 있던 집안 어른들이 누구인가. 매서운 눈썰미로 위아래가 뒤집힌 음식상을 모두 철수시켰고, 여러날씩 모여서 장만했던 제물을 형편없게 만든 새 며느리는 집안 형님들에게 경계 대상이 되고 말았다.

중고등학교 체육행사 때의 기수단을 생각한다. 도대항 학교별 체육대회가 있을 때 우리는 종합운동장으로 가 매스게임에 참여하곤 했다. 그럴 경우 학교에서 하는 조회시간과는 달리, 키 작은 친구들은 당연하게 가장 뒤로 밀려난다. 도지사와 도민들이 관람하는 큰 체육행사이니 키가 크고 멋져 보이는 아이들을 기수단으로 뽑아 앞줄을 장식하고 나가야 하는 것이다. 그럴 때마다 나는 줄 꽁무니에서 볼품없는 존재라는 것을 확인받으며 열없어했던 기억이 있다.

언젠가부터 사람들이 종말론이나 망국亡國론을 반복해 오고 있다. 그런 위기사회 진단 근거도 얄팍하기만 하다. 그저 막연하게 인간의 원죄를 거론하거나 지나치게 발달한 과학문명을 탓하고, 멸망한 로마처럼 한국에 목욕탕이 많아지고 음식문화가 발달하여 과식하는 징후들과 닮아 있다는 그럴싸한 경고 메시지를 보낸다.

시오노 나나미 에세이집 〈생각의 궤적〉에서 '정신의 위기'를 말한 부분이 있다. 현대 문명의 상황과 5

세기 말 고대 로마의 멸망이 흡사하다고 하며 중세 암흑기가 다시 온다는 주장으로 현대 문명의 위기를 부추기는 일부 위기론자들을 꼬집은 것이다. 위기론은 여러가지 원인이 있지만 가장 중요한 것은 정신의 위기라고 했다. 문명이 발달할수록 선진국형 사회에서는 생활수준이 낮은 이민족의 문명으로부터 침입을 받는다고 한다. 로마는 3D 노동시장과 외인부대에 야만족(시오노 나나미 표현)을 받아들여 처음에는 그들 문화까지 흡수하고 자국의 문화로 발달시켰다. 하지만 힘든 일을 하지 않으려는 국민들의 정신은 나약해지고, 먹고살아야 한다는 동기유발이 강력한 야만족이 유입되면서 그들 외래문화가 다시 그 나라의 밑바탕을 형성하는 일은 위험할 수 있다는 내용이다.

우리나라도 노동시장은 이미 이주노동자들이 거의 맡아주고 있는 현실을 곳곳에서 본다. 건축일이나 식당은 물론 서비스, 판매, 교육까지 파고들었다.

갓난아기부터 유아들을 돌봐주는 다른 국적을 가진 보모들을 마을버스나 마트에서 종종 보면서 생각을 한다. 이 세상 부모들 어느 누가 자식들이 힘든 일이나 허드렛일을 직업으로 갖기는 원하겠는가. 자신의 자식들만은 존경받으며 돈 많이 벌어들여 권력을 창출하는 직업을 갖기를 꿈꾸며, 자식 교육 뒷바라지할 밑천을 벌기 위해 바깥일에 매달리고 육아를 다른 사람에게 맡기는 일은 모순이다.

우리의 많은 아이들이 갓난아기 때부터 다른 문화권의 영향을 받으며 자라나고 있다.

경기도 성남시 남한산성을 가면 안팎 이중으로 쌓은 성벽의 바깥성을 큰 돌 사이에 작은 돌을 끼운 형태로 쌓아올린 한봉성벽을 볼 수 있다. 모양이 일정하거나 크기가 고른 돌만 골라 성벽을 쌓아올리는 일은 힘들 것이다. 큰 돌과 작은 돌을 끼워가며 성벽을 쌓았다. 가장 아래는 넓고 큰 돌들이 주춧돌로 자리 잡고 있다.

주춧돌을 놓지 않아, 또는 숫제 무시해버려, 세상이 고여지지 않은 채 흔들리다 대형사고로 이어지는 일들이 터지고 있다.

믿음직하고 가장 잘난 것들이 밑바닥을 고이는 일. 세상을 그렇게 되돌려 놓는 일이 힘든 것일까.

케첩 내 인생을 접수하다

"핫따 고추장 쏟은 밥은 매워서 못 먹는데요."

첫 미팅 자리에서 망신 톡톡히 샀던 일은 지금 생각해도 얼굴이 화끈 달아오른다.

대학에 입학하여 미팅을 나간 그 봄날은 레스토랑에서 남학생들이 저녁을 사는 신사적인 자리였다. 나는 메뉴도 처음이고 음식이름도 생소하여 남들이 시키는 것을 눈치껏 따라 주문했다. 나이프와 포크도 어설프기는 마찬가지였지만, 차라리 돈까스를 시킬 일이지 듣도 보도 못한 오므라이스라니…. 처음 본 오므라이스는 고추장을 한 대접 쏟은 모습으로 접시에 수북하게 나왔다. 짬뽕도 매워서 먹지 못하는 나는 속으로 얼마나 놀랐던지, 급한 마음에 파트너에게 속삭임도 아닌 투박한 말투로 내뱉고 말았던 것이다.

"고추장이 아니라 토마토로 만든 케첩인데, 맵지 않고 달콤새콤해요……."

파트너가 안타까운 표정으로 알려주었을 때, 나는 케첩만큼 얼굴이 빨개지고 거의 멘붕 상태로 오므라이스는 제대로 먹지도 못했다. 고추장 닮은 토마토소스 케첩이라니, 내 상식 주머니를 아무리 뒤져도 어디에도 없는 이름이었다. '우리 아버지가 토마토 농사짓구요. 토마토라면 아버지가 전문인데…….' 나는 속으로만 중얼거리고 아무 말도 하지 못했다. 절친이 나를 배신한 것처럼 가슴이 벌렁거렸다. 내 눈앞에서 토마토가 엉뚱한 모습으로 딴 이야기를 하고 있었다.

'토마토, 너 진즉 알려줄 것이지…….'

농사짓는 우리 집에서 먹을거리는 온통 토속적인 것들이었다. 소스가 무언지도 몰랐고, 그저 고추장 된장 간장 참기름 들기름 그런 정도만 알았다. 컬러 TV도 없던 시절, 거의 최초로 만난 양식 요리는 중학교 가정 시간에 마요네즈 범벅의 감자 샐러드를 속에 넣고 튀긴 고로케였는데 느끼한 맛에 먹지 못했다.

아버지는 토마토 농사 덕분에 4남매를 가르치고 키우고 있었지만 그 열매가 케첩으로도 만들어진다는 사실은 몰랐을 것이다. 익지 않은 토마토는 장아찌를 담고 좋은 것은 상품으로 내다 팔고 그 나머지는 우리 4남매가 먹기도 바빴다. 둥글고 붉은 열매가 그렇게 고추장 짝퉁같은 얼굴로 나를 놀라게 할 줄은 상상초월이었다.

중국에서 최초로 만들어졌다는 토마토(케) 汁(즙, 첩)은 아시아를 돌고 돌아 미국으로 건너가고 다시 동양의 한 식탁까지 찾아들었다. 고추장이 케첩의 나라를 가도 그런 반응이었을까.

어쨌든 동석한 친구들은 언제 그런 음식을 먹어보았는지 아니면 모르고도 아는 척하는 건지 세련된 모습으로 돈까스를 자르고 밥알도 흘리지 않고 케첩 범벅의 오므라이스를 먹고 있었다. 나는 그날 파트너에게 깨끗이 차였다.

방학이 되어 고향으로 내려간 나는 바로 실천에 옮긴 일이 있었다. 동생 셋을 데리고 시내로 나가서 이곳 저곳 구경 시켜 준 다음 양식집으로 들어갔다. 나처럼 어디가서 망신당하지 않았으면 하는 배려도 있었지만, 서울물 먹은 누나가 어떻게 세련되어졌는지 동생들에게 보여주고 싶기도 했다. 양식집은 젊은이들로 붐볐고 동생들은 생경한 분위기에 겁을 먹었는지 놀란 토끼처럼 눈을 뜨고 두리번거렸다. 외식이라고는 졸업식 때마다 행사처럼 중국집에서 짜장면 먹어본 일이 전부고, 여름이면 부모님과 강가로 나가 닭백숙 삶아 먹는 일이 최고 나들이였으니, 그들로서는 난생 처음 들어선 양식당이었다. 동생들은 누나말만 믿고 신나게 따라나섰는데 주문해 준 돈까스와 오므라이스를 느끼하다고 먹지 못했다.

오므라이스를 보고 너무 매울 것 같다고 놀라서 엄두를 못내고 징징거리는 막내에게 이건 '아버지가 농사짓는 토마토로 만든 케첩, 신식 고추장이다. 맛은 달콤새콤하다'고 설명해도 믿지 않는 눈치였다. 김치와 나물무침, 장아찌에 된장국 우거지국 이런 음식들만 먹다가 처음 대하는 식탁 풍경이었으니 어쩌면 당연한 반응이었다. 버터 냄새와, 역시 마요네즈와 케첩으로 버무린 양배추 샐러드만 있는 것을 이해하지 못했다.

그날 동생들이 먹지 못했어도 나는 흐뭇했다. 이런 문화도 있다는 것을 알려주기만 해도 나의 할 일은 한 것 같은 기분이었다. 집으로 돌아오는 길에 동생들은 투덜거리기 시작했다. 밥 안사줬다고 엄마한테 이를 거라며, 집에 가서 빨리 밥 먹자고 하는 뒤통수에 대고, 서울에는 무엇들이 있는지 장황하게 말하고 다음 방학 때는 서울 구경 시켜주겠다고 약속까지 했다.

그 뒤로도 나는 집에서 틈만 나면 케첩을 만들고 이

것저것 음식들을 만들었다. 토마토를 푹푹 끓여 대는 나에게 어머니는 '장아찌를 만들 것이지' 야단을 했고 가족들은 거들떠보지도 않았다. 하지만 내게 케첩은 꼭 풀어야 할 숙제였기에 뒹구는 토마토를 케첩으로 만들고 튀긴 돈까스와 볶음밥에 얹었다. '새로운 것에도 부딪치고 적응해 봐.' 이런 신호였는데 내 속을 모르는 듯 반응은 신통치 않았다.

거의 최초로 토마토를 온상 재배하여 이름을 얻은 아버지도 케첩에는 별로 호응하지 않았다. 남다른 농사법을 연구하여 성공한 아버지, 우리 가족들 인생을 바꾸어준 토마토인데…….

케첩은 나의 첫 서울살이에서 신대륙 발견만큼이나 충격적인 사건이었기에, 새로운 먹을거리나 옷이 나오면 나는 늘 호들갑을 떨고 안달을 했다. 동생들도 사 주어야 하고 부모님께도 멋진 옷을 사 드리고 싶어 부지런히 사다 날랐는데, 농사짓는 아버지는 한 번도 입지 못했다. 가족들은 내가 버거웠겠지만, 그 후로 나는 신기한 일, 새로운 것들이 있으면 그냥 넘어가지 않고 사들이거나 확인해 보고 구경 다니는 버릇이 생겼다.

케첩은 그렇게 내 인생을 흔들었다.

3부
목마른 도시

이탈리아 베네치아 산 조르조 다제로 성당

갈색 털의 한주먹도 안 되는 새 한 마리가
손바닥만 한 웅덩이에 부리를 박고
고인 물을 부지런히 쪼아 먹고 있다.
나는 그대로 멈춘 채 새를 바라보았다.
아기 같은 새가 마시는 물은
빗방울 한 방울이나 될까.
밤사이 고인 물을 찾아든 새를 보니
물 한 방울 얻기 힘든 도시라는 생각이 든다.
근방을 아무리 둘러보아도 물 고인 틈새가 없으니
작은 새의 부리를 어디다 들이박겠는가…… .
거리의 나무들도 도시계획 속에 간신히
목숨을 부지하여 제 몸 하나
건사하기도 힘들어 보인다.

나비 한 마리

    버스를 기다립니다. 나무둥치 아래 무언가 떨어져 파르르 떨고 있습니다. 꽃잎 같기도 하고 바람에 팔랑거리는 낙엽 같기도 하여 다가가 쭈그려 앉았습니다. 나비였습니다. 날개마다 동그란 무늬가 점점이 박힌 나비의 내 손톱보다 작은 몸이 조금 부서져 있습니다. 숨죽인 채 살그머니 다가가도 팔랑 날아가던 나비가 날지 못하니 작은 몸으로 어딘가에 부딪혔나 봅니다. 자칫 사람들 발길에 밟힐까 걱정되어 나무둥치 구멍에 꽃잎과 함께 넣어줍니다. 동굴 같은 곳에서 추스르고 한잠 자고 나면 나아지리라 기대할 뿐이었습니다.

    어느 해, 이 나비만큼 가볍고 얇아져서 금방이라도 부스러질 것 같았던 나를 생각했습니다. 이 세상에서 내가 제일 쓸모없는 벌레, 비굴한 인간이라는 자책에 시달릴 때였습니다.

고3이 되자 아들은 등교를 거부하기 시작했습니다. 어머니를 모시고 오라는 담임선생님 전갈에 아이가 '여러 날 결석했다'는 고백을 하며 한숨을 쉬었습니다. 아들의 말을 듣자마자 갑자기 내 몸은 절벽 아래로 떨어지는 듯 암담했지만, 담담하게 '말해 주어 고맙다'며 아이를 안았습니다.

　　살고 싶지 않다는 듯 축 처진 아이와 함께 교무실로 찾아가 선생님 무릎 아래 읍소했습니다.

　　'부모들은 멀쩡해요.'

　　면전에서 야단도 맞아가며 고개를 들지 못했습니다. 눈길이 아래로 떨어져 있으니 선생님의 너저분한 옷자락이 눈에 들어왔습니다. 전날 무얼 드셨는지 바지부터 셔츠까지 얼룩이 심하고, 아이들을 지도하느라 집에도 못 들어갔는지 초췌한 모습이었습니다. 선생님은 차림이 초라하고, 아이의 어미인 나는 마음이 더할 나위 없이 참담했습니다. 그런대로 선생님들에게 귀염받으며 학교생활 잘했었는데 학교가 갑자기 이렇게 힘든 곳이 되어버렸다니, 꿈을 꾸는 듯 상황이 빨리 와닿지 않았습니다.

　　미술 전공을 위해 그림을 그리는 아이가 등교 첫날

담임선생님에게 눈도장을 확실히 찍힌 게 화근이었습니다. 노랗게 물들인 머리에 귀걸이를 하고 갔으니, 새 학기 군기를 잡아야 하는 선생님 눈에는 '대표 선수 선발의 절묘한 순간'에 등장한 타겟이었던 겁니다. 급우들 앞으로 불려 나간 채, 선생님 앞에서 동성애자로 둔갑된 채 갖가지 놀림을 당하고, "너 같은 애는…"이라는 말을 들으며 맞았습니다. "앙드레김이냐……?" 여러 가지 앙드레김 말투 흉내로 조롱하고 '너같은 애들은 갈 대학이 없다'면서 한동안 아이를 세워 두었습니다. 며칠 뒤 노란 머리를 어쩌지 못해 삭발하고 나타난 아이를, 선생은 다시 '반항하나?' 때리고 겁을 주었습니다. 마음이 지극히 여리기만 한 아이는 엄청난 혼란 속에 적응을 하지 못했습니다. 말수도 줄어들고 의기소침해져 갔습니다.

아무리 아이가 학교를 거부해도 고등학교 졸업해야 할 것 같아 조바심을 내며 날마다 교문 앞까지 태워다 주고 교정 안으로 들어가는 것을 확인하고 돌아섰습니다. 그런다고 아이의 닫힌 마음이 달라지지는 않았겠지요. 아이는 담을 넘어서 게임방으로 달아나거나, 어찌 교실까지 들어가면 무기력하게 잠만 자다 모두 돌

야간 교실에서 일어나기도 했습니다.

엄마 말이 전부인 줄 알았던 나의 아이가 학교를 거부하기 시작한 일은 집안을 컴컴한 동굴로 만들었습니다. 학부형이 된 후 처음 겪는 일이라 가슴은 늘 울렁거리고, 머리는 텅 비고 바람이 드나들어 아무것도 보이지 않는 사막에 나만 버려진 것처럼 막연하고 초조했습니다.

아이에게 도움이 되지 못하는 자신이 부끄러워 아무에게도 말하지 못하고 삭이자니 몸에는 항상 두드러기가 돋았습니다. 내 자신을 용서하지 못하는 무엇이 꿈틀거리고 있었나 봅니다. 그해의 1년은 아이와 나에게 남아 있는 조금치의 자존심도 허용치 않는 듯 무엇을 해도 소수점 이하 무한대로 떨어지는 나날이었습니다.

'저런 애들이 어떤 대학을 가겠어요. 가세요.' 불러놓고 가라며 눈도 맞추지 않는 선생님이라도 만나 읍소하고 나오는 날은 절망으로 고개를 들 수 없었습니다. 지나가는 학생들을 뚫어지게 바라보며 '너희들은 괜찮은 거니?' 중얼거리기도 했습니다.

말수가 줄어든 아이는 아프고 저체중에 시달렸습니다. 그림마저 그리지 않는 아이에게 머리를 조아리고 아이의 꿈이 나비의 날개처럼 한순간에 바스러질까 봐 조바심을 쳤습니다.

깨질까 살금살금 살얼음 강을 건너는 조심스러움으로 하루하루 그저 견디고 또 견뎌야 했습니다.

아이는 동굴에 숨은 한 마리 나비였지만, 스스로 치유를 하면서 학교도 졸업하고, 봄이 되자 꽃잎을 옮겨 다니는 나비처럼 날개를 팔랑거리며 다시 살아나기 시작했습니다.

머리도 수시로 염색을 하니 노랑나비도 되었다가 호랑나비도 되었습니다.

애도에 대해

전에 없던 버릇이 생겼다.

무언가에 홀린 듯 나는 이 술 저 술을 사들인다. 누가 시킨 것도 아니고 술을 마실 일도 없는데 술에 이끌리고 있는 나를 생각한다.

어머니는 술을 즐겨 마셨지만 나는 아버지를 닮아 술을 마시지 못했다. 아버지와 나는 술 마시는 어머니로부터 받는 고통을 풀어내느라, 시간이 갈수록 심한 말을 던져 어머니를 자극하기 시작했다. 아버지의 불평은 오직 한 가지, 술 좋아하는 처가와 친구들을 싸잡아 비난하는 거였다.

"누가 김씨 집안 아니랄까 봐 고주망태가 되도록 술을 마시나."

"술친구가 친군가, 술 먹은 개지."

하나밖에 없는 나의 외삼촌도 술을 좋아하여 외가에

가면 대부분 거나하게 취한 얼굴이었다. 본 적 없는 외할아버지는 더 애주가였다고 한다. 어머니는 가뜩이나 핑계가 없어 술을 마실 수 없는데, 아버지가 처가와 친구를 걸어 트집 잡으니, 그에 대한 반발로 보란듯이 동네 친구들과 어울려 술을 마셨다. 술에 취한 어머니는, 그 뻔한 속을 번번이 아버지에게 들켜 아침이면 깐깐한 아버지에게 몇 배로 무시 곁들인 보복을 당하면서도 술버릇을 고치려 하지 않았다. 아버지와 부딪치고 술로 흐트러지는 어머니 모습은 사춘기의 나를 슬프게만 하였다. 나는, 어머니가 가장 싫어하면서 충격을 받아 당장에 술을 끊을 결정타가 무얼까 골몰했다. 겨우 생각해내어 가슴을 아프게 찌를 수 있는 말이 아버지처럼 집안을 들먹이는 말이라니…….

"나는 절대 술 마시는 집안과 결혼 안 할 거여!"

딸에게까지 어머니의 집안을 거론 당하는 수모를 겪는 어머니의 마음은 어땠을까.

그런 영향인지 나는 술 한방울도 입에 대지 않는 남자와 결혼했다. 하지만 어머니가 누구인가. 시부모님 모시고있는 딸네 집에 와서도 술 외교는 양가 산맥을 넘나들어, 식사시간에 조금의 반주를 즐기는 시아버님과 술잔을 트고 말았다. 소심하고 말수 없는 며느리를 겪다가 거칠 것 없는 안사돈에게 놀랐는지 어느 날 시아버님은 '어머니가 한량이구나' 하셨다.

집안일로 친정에 가면, 어머니는 아예 남동생 둘과 술상을 펴 놓고 '썩을 놈, 지랄하고 자빠졌네' 걸쭉한 말로 시작하여 떠들썩한 판을 벌였다. 모두 기들이 어찌나 센지 목소리는 크고 곧 싸움판이 벌어질듯 위태로운 대화법에 가슴이 두근거려 나는 그 자리에 끼지 않았다. 술을 끊어도 시원찮은데 점점 더 술에 의지해 가는 어머니 모습이 싫었기 때문이다.

2007년 담낭암 말기 선고를 받은 어머니는 70초반의 좀 젊다 싶은 나이에 돌아가셨다. 어머니의 숨이 끊어지던 새벽, 나는 뜬금없이 일어나 "고향에 내려가면 밤새도록 어머니와 술잔을 기울여야겠다" 글을 쓰고 있었다. 그 새벽 어머니는 투병하느라 그간 마시지 못했던 술 한 잔을 마지막으로 간절히 원했던 것일까.

장례미사에서 나는, 다른 일보다 어머니와 술 한 잔 못한 채 영원히 이별한다는 사실에 심장이 터져나가는 통증으로, 신부님이 '김 세실리아 자매'를 불러줄 때 폭포처럼 눈물을 쏟으며 화장장을 가도록 멈추지 못했다. 유골 단지에 술 한 잔을 받은 어머니는 아버지 곁에 묻혔다. 그곳에서도 아버지에게 타박이나 듣지 않는지. 이상한 것은, 그 이후 내가 대형 마트에 가거나 여행을 가면 귀하다 싶은 술을 사 들고 오는 일이었다. 그 술은 잘 두었다가 모임에 들고 나가 사람들에게 따라주곤 했다. 좀 가깝다고 느끼는 몇몇 모임에는 술을 갖고 나가기를 몇 년 동안 그랬을까. 나도 내가 신기했는데, 어느 날 우연히 〈멜랑콜리 미학(김동규 철학박사)〉을 읽다가 '애도'에 대한 글을 발견했다.

'상실의 상처는 거의 치유할 수 없는 상처가 되기도 한다. 남은 이는 상실의 슬픔을 치유해야 한다. 그래서 인간은 애도 작업을 수행한다. 슬픔을 통해서 슬픔을 치유하는 애도 작업은 떠나감을 긍정하는 것이다. 뒤를 돌아보다 '망부석'이 되지 않기 위해, 성숙한 삶을 위해 애도는 살아남은 자들을 위한 것일 수도 있다. 죄책감을 덜기 위해 제사를 지내고 묘지에 꽃을 놓고….'

나는 나도 모르게 어머니를 향한 죄책감을 덜기 위해 무언가 나름대로 절차를 밟고 있었던 것이다. 장례

식장에서 흘린 눈물로 나는 어머니와 헤어졌다고 생각했지만 어머니는 틈만 나면 나를 울렸다. 술병을 보면 어머니 생각에 가슴이 철렁 내려앉는 것이었다. 단지 술을 마셔 내 마음에 들지 않는다는 이유로 어머니에게 함부로 했던 시간들이 떠나지 않은 채 후유증처럼 나를 아프게 하고 있었다.

나는 술을 보면 술을 샀다. 마시지는 못하지만 술을 사 두었다가 술을 좋아하는 사람들 모임에 들고 나가 마실 것을 권유했다.

그럴 때마다 나의 마음이 편안해지는 것을 무어라 말할까, 나도 몰랐던 무의식의 애도 절차였다. 가시처럼 가슴에 박혀 있던 죄의식을 평생 돌아보지 않을 것 같았던 술로 다시 뽑아내느라, 나는 술 마시는 사람들 모임에 나가 그들을 이해하며 술에 취한 즐거움을 나누고 있다.

나의 술 실력은 늘지 않아도 인생 후반기를 술 마시는 친구들과 인연을 맺어 술 권하는 재미에 빠진 것이다.

터키 이스탄불(오르한 파묵의 순수박물관) 골목

목마른 도시

이른 아침이다. 전날 밤 내린 비 덕분에 물을 흠뻑
먹은 시멘트 틈틈이 솟은 풀들이 파릇파릇 촉촉하다.
물 만난 생명 그 생기는 아침 햇살만큼이나 가슴을 벅
차게 한다.

운현궁 정원을 들어서다 가슴이 철렁 내려앉는 광경
을 만났다. 참새일까. 서울에만 산다는 직박구리 텃새일
까. 갈색 털의 한주먹도 안 되는 새 한 마리가 손바닥만
한 웅덩이에 부리를 박고 고인 물을 부지런히 쪼아 먹고
있다. 행여 새가 놀라서 그나마 물도 못 먹고 날아가버릴
까 나는 그대로 멈춘 채 새를 바라보았다. 갓난 아기 같
은 새가 마시는 물은 빗방울 한 방울이나 될까. 어서 다
른 사람이 오기 전에 흙 범벅인 물이라도 실컷 먹기를 바
라며 힐끔거린다.

밤사이 고인 물을 찾아든 새를 보니 물 한 방울 얻기

힘든 도시라는 생각이 든다. 근방을 아무리 둘러보아도 물 고인 틈새가 없으니 작은 새의 부리를 어디다 들이박겠는가. 도심 빌딩에서 먹을 물은 새의 눈물만큼도 나오지 않을 것이다. 거리의 나무들도 도시계획 속에 간신히 목숨을 부지하여 제 몸 하나 건사하기도 힘들어 보인다. 어쩌다 날아오는 새를 위해 있는 힘껏 몸을 흔들어도 이파리의 물방울이나 굴려 보낼 뿐 힘이 없다.

철근과 유리와 시멘트, 플라스틱으로 뒤덮인 도시공간은 한 마리 새에게도 무심하고 야박하다는 생각을 한다. 물보다 흔해진 커피 가게 앞에서 빨대가 꽂힌 일회용 컵이나 페트병을 쪼는 비둘기도 물을 찾는 것인지 사람이 다가가도 날아가지 않는다.

어렸을 때 내가 살던 동네에서 물은, 길을 가다가도 아무 집이나 들어가 '물 좀 마시자'고 청할 수 있는 인심의 얼굴이었다. 목마른 사람에게 흔쾌히 물 한 대접 건네주던 시절이었으니, 학교에는 당연히 수도꼭지가 달린 급수대가 운동장에 있었고, 거리에도 지나가다 물을 마실 수 있는 음수대가 있었다. 시민이 많이 모이는 공설운동장에도 급수시설은 마찬가지로 설치되어 있었다.

언제부터일까 기억나지 않는다. 거리 곳곳에 설치되었던 수돗물 음수대가 사라져버린 게…….

플라스틱 병에 담은 생수를 판매하는 매점은 있어도 수돗물 급수대는 보이지 않는다. 행사를 위해 장소를 빌려 써도 생수부터 사 들여야 준비가 되고, 우리나라든 외국이든 단체여행을 시작하면 으레 생수부터 나누어 준다.

세계 3대 광천수의 하나였던 초정약수도 상품으로 판매되자 탄산이 사라졌다. 88올림픽 당시 외국선수들 때문에 생수를 잠깐 팔았던 우리나라는 다시 물 판매를 법으로 금지했는데, 몇 년 후 국회가 나서 '국민 행복추구권과 직업선택권'을 챙겨준다는 명분을 세워 생수 사업을 거들어주었다. 목마른 도시는 사막이 되고 오아시스는 당연히 마트로 환생하여 물을 사야 하도록 만든 것이다.

멀쩡한 수돗물은 엄격한 수질 기준을 지켜도 먹을 수 없는 물이 되었다. 수돗물은 아무리 이름이 이뻐도—아리수, 빛여울수, 순수 등 – 허드렛물이고 그 물을 이용하는 계층은 사회 낙오자인 양 분위기가 묘해졌다.

물은 개인 재산이고 사치품인가. 아니다. 물은 공기

처럼, 햇빛처럼 모든 사람들이 평등하게 누릴 수 있는 신의 선물인 물이다. 같은 우물에서 만든 생수 값이, 허풍일 게 분명한 작명에 따라 5배나 차이가 나기도 한다는데, 어쩐 일인지 눈감고 봐주는 생수 이름도 가관이다. '글레이셔마운틴 내추럴 빙하산속의 자연샘물'은 뉴저지 물이고, '알래스카의 특급빙하' 생수는 미국 주노시의 수도배관 111241번에서 취수하는 물이고, '요세미티생수'는 로스앤젤레스 수돗물이다. 그런데도 사람들은 브랜드에 휘둘리며 비싼 값으로 물을 사 먹고, 워터 소믈리에(물 감식가)가 생수바를 차려 수지맞는 세상에서 생수는 물 만난 고기다.

지하철 승객들이 이용하는 화장실에서 노숙 여성이 '深海심해 암반수 북극샘물' 광고 띠가 붙은 페트병에 물을 담는다. 어쨌든 심해 암반수 페트병을 들고 물을 마시면 암반수가 되는 것이다. 서울 텃새 그녀는 브랜드만 남은 전설의 북극샘물 페트병을 들고 당당하다.

---

* 생수 이름은《생수 그치명적 유혹》(피터.H글랙 지음, 추수밭 출판)에서 발췌.

일곱 빛깔 사랑, 공항

어느 벽돌공의 꿈이었던가. 비바람과 추위를 피하는 일이 흙과 물과 지푸라기가 전부였던 우리들 살림살이가, 공항에 다다라 불멸의 업을 이룬 듯하다. 공항은 우주여행 중인가 착각할 만큼 기하학적이고 세련된 디자인이 햇빛 속에서 빛나고 있다. 주차장을 바라보면 은빛 바다가 출렁이고, 건축 규모의 거대함으로 현기증 같은 가벼운 흔들림이 인다.

'나는 정말 살아 있는 것일까, 영화 속 한 장면을 보는 것일까' 잠깐의 몽롱함속에 행복한 상상을 한다.

공항은 빛의 바다라는 생각을 한다. 공항에 도착하면 먼저 바다나 다를 것 없는 하늘을 보게 된다. 활주로에 쏟아지는 햇빛으로 바다를 이루고, 상상을 초월하는 힘으로 나는 곧 저 푸른빛 속으로 빨려올라가겠거니 생각하면 가슴 벅찬 감동으로 심호흡부터 한다. 하늘인지 바다인지 펼쳐져 있는 푸름에 안도하며 내가 탈 비행기를 색깔로 찾아내기도 한다. 빨간 기호부터 하늘색, 보라색, 날개에 국기를 그린 비행기 등 나라마다 다른 정서로 여행자를 기다리고 있다.

공항을 들어설 때마다 느끼는 기분은, 바퀴 달린 가방을 끌고 어디론가 떠난다는 기대감으로 매혹적일 수밖에 없다. 공항에서 출발하는 승객의 70퍼센트가 여행자라고 하는데, 그 속에서 나도 함께 살아 움직이고 그것도 멋지게 살고 있다는 자부심을 가질 수 있어서다. 누구나 그런 생각을 하는 것인지 공항에서 만나는 여행자들 얼굴은 일단 흥분한 몸짓에 화색이 돈다. 꿈꾸었던 일탈이 시작되는 순간은 짜릿하면서 다시 돌아오지 않는 즐거움이라는 것을 알고 있어서이다.

그들이 꾸려 온 가방은 떠나는 사람들의 모든 것을 말해준다. 일주일인가, 보름인가, 장기 체류 오지 탐험인지, 산티아고 순례길인지는 카트에 실린 가방이 말하고 있다.

공부를 떠나는 학생은 두려움이 설렘을 억눌러서인지 침착하게 앉아 있고, 딸의 출산 뒷바라지를 위해 떠나는 어머니는 배웅 나온 남편에게 끊임없이 조언을 듣고 있다.

어린 자녀들과 가족 여행을 떠나는 젊은 부부는 그들이 더 들뜬 모습이고 친구들끼리 우정을 다지느라 같은 색깔 셔츠를 나누어입은 팀에, 자녀가 보내주는 효도관광을 떠나는 커플도 있다. 그 중에서도 유난히 눈에 띄는 쪽은 연인들이다. 헤어지는 연인들은 손을 잡고 서로의 눈을 들여다보느라 말수가 줄었고, 여행을 떠나는 연인은 더욱 큰 설렘과 기대로 식당이나 살 곳에 대한 수다가 이어지고 있다. 우울증을 앓는 사람이 여행을 떠나면 우울감이 사라져 힘을 얻는다는데 어찌 떠나지 않을까. 여행은 빚을 내서라도 떠나라고 누군가 말했다.

그래서일까. 공항은, 어느 나라나 마찬가지지만 입국하는 사람들보다 출국하는 사람들에게 너그러운 편이다. 평소에 하지 못했던 일들을 과감하게 실천하고 충전해 오라는 의지의 통행증을 발급해 주는 곳처럼 여행자들 등을 떠민다.

몇 년 전 우연히 알랭드보통의 〈공항에서 일주일을 (부제 : 히드로 다이어리)〉라는 책을 읽었다. 그 뒤로는 나는 인천공항에 들를 때마다 꿈을 꾸었다. 일주일 동안 일곱 빛깔로 공항에서 살아보리라. 언제인지 모르겠지만 그 또한 새로우면서 괜찮은 여행이라고 생각한다. 공항은 한 달을 살아도 처음과 끝이 어디가 어디인지 모를 것 같다.

알랭드보통은 히드로공항 소유주인 콜린 메튜스로부터 일주일 공항 체류 제안을 받고, 공항에서 마련해준 구역에 책상을 놓고 글을 썼다. 일주일 동안 그는 출발하는 사람들, 입국하는 풍경, 카페테리어나 화물구역, 숙소, 게이트 너머 광경 등을 관찰하여 담담하게 풀어냈다. 그렇게 써낸 그의 〈공항에서 일주일을〉 표지는 회색빛 서린 파란 하늘과 불 밝힌 밤 공항청사를 절묘하게 담고 있다. 보통사람들이 공항에 들어서면서 처음 받는 그 인상을 그대로 담았다.

공항처럼 큰 스케일로 세상의 모든 색을 수용하는 곳도 없을 것이다. 사막지대나 산악지역, 바다나 강가에서 살아온 사람들, 대부분의 도시인들은 그들 나름대로 마음과 신체에 빛깔을 지니고 온다. 그들이 공항에서 마주치고 스치고 섞이며 빛을 품어줄 때, 우리는 깨닫지 못하지만 어떤 기운을 받기도 한다. 다양한 국적 그들의 패션과 들고 오는 가방과 물건들은 그들 특유의 빛깔이 서려 있다. 젊은 세대들의 여행가방은 연두색, 분홍색, 얼룩무늬, 물방울무늬 등 개성이 강하고, 쇼핑객의 가방, 팩키지 여행사 표시가 붙은 가방들 속에 비즈니스맨의 가방은 절제심 때문에 오히려 눈에 띄기도 한다.

나에게는 태어나서 처음으로 해외여행을 떠날 때 받았던 공항에서의 충격이 있다. 공항을 본 것도 처음이고 공항에 사람이 그렇게 많다는 사실에도 놀랐는데, 선남선녀 같은 항공사 직원들의 세련된 자태와 매너에 나는 한없이 줄어들어 이유 모를 부끄러움을 느끼기도 했다. 항공사 별로 창구도 많고 여행수속도 간단하지 않음에 얼마나 겁을 먹었던가. 달러를 바꿔야 하고, 비행기 좌석표를 받고, 줄을 서서 짐 부치는 일을 하면서, 전업주부였던 나는 뜻밖의 다른 세상에 홀로 던져진 두려움을 가졌었다. 면세점에서 보았던 색색의 물건들도 어마어마했고 사람들은 모두 나보다 잘나 보여, 나는 그저 어리둥절한 채 호기심만 굴리고 있었다. 가장 크게 충격받았던 장면은 30대 남자의 도도하면서도 세련된 모습이었다. 중요한 서류가 들어있을 것 같은 가죽 가방의 절제된 분위기와 맞춤양복을 넣은 양복케이

스를 들고 있는 그는, 화려한 색상도 없는데 서 있기만
해도 그 자체로 빛나고 있어, 초록색 잠바와 하늘색 면
바지를 입은 나를 무참하게 만들었다. 그는 누구이기에
이 공항에서까지 잘나 보이는 것일까. 내 또래라고 생
각되었기에 나는 그 앞에서 묘한 경쟁심과 좌절감을 가
졌던 것이다. 그 뒤끝으로 나는 오랫동안 국내에서 일
박 여행을 다닐 때도 정장을 담은 양복케이스를 들고
다녔다. 공항이 나에게 선물한 습관이었다.

　공항은 미니멀한 대도시이이기에 여행자들에게 구석
구석 탐험하고 싶은 욕구를 일으킨다. 뉴욕이나 파리,
서울 같은 특성을 갖고 있기 때문이다. 대도시가 갖고
있는 번잡함 속에 익명성을 누릴 수 있는 무심함이 좋
고, 쇼핑 공간과 속도감들이 사람들을 만족시킨다. 산만
한 듯, 분주한 듯, 타인에게는 무심하기만한 공항이 만
들어내는 빛깔은 그래서 더 신비롭고 매력적일지 모른
다. 평상시에는 전혀 어울리 지않을 것 같았던 형광의
원색들까지도 공항은 멋지게 받아주고 이해해주고 어울
리게 만들어준다. 뜻밖의 어울림에서 다시 생성되는 다
양한 색들, 마블링처럼 번지고 퍼지고 흡수되면서 다른
세계를 이루는 것이다. 어우러지며 서로가 뿜어내는 기

운은 자연스럽게 새로운 세계로 이끌어주기도 한다. 공항은 다문화 사회이고 혼혈의 출발지일 수밖에 없다.

미국과 한국이 만나고 베트남과 한국이 만나고 파리와 한국이 만나면서, 우리들은 공항처럼 폭넓은 수용을 닮아가고 있다.

건축에서 색채지리학을 세운 프랑스 색채 디자이너 장 필립 클로드는 인천공항을 건설할 때 색채디자인을 맡았었다. 공중을 가로지르는 기학하적인 공항에 지상과 다른 세상을 이어주는 곳, 그는 공항이 품어야 할 다양한 인종의 여정을 감지했던 것일까. 혼잡에 여백을 주어 조화를 이루게 한 그의 프랑스 북부식 따뜻한 색감이 공항 곳곳에 묻어 있다.

공항이 없었다면 현대인들은 어떻게 살아가고 있을까. 우리들의 아버지였던 벽돌공은 자연의 빛으로 하나하나 사랑을 찍어 쌓아올렸지만, 공항은 이제 그 자식들의 꿈을 실현시켜 주기 위해 붉은 망토를 두른 신의 모습으로 일곱 빛깔 무지개를 세웠다. 어디에서도 볼 수 없는 자유의 빛, 생명을 불어넣고 힘을 주는 빛, 사랑을 주는 삶의 정거장으로 날마다 거듭 태어나고 있다.

패턴 만들기

어렸을 때는 천정벽지를 보다가 그 일정한 자취를 따라다니며 상상하는 놀이를 하곤 했다. 천정은 패턴 놀이 하기에 좋았다. 방에 누우면 천정이 보이고 벽지를 따라 보물 찾기 하듯 무늬를 읽다가 모든 벽지가 몇 가지 모양을 바탕으로 일정하게 무늬를 만들고 있는 것을 발견했다. 무늬는 늘 끝이 없는 듯 흐르면서 마지막은 빤했지만 신기했다. 보는 각도에 따라 사람 얼굴이 되었다가 동물이 되었다가 꽃이 피었다가, 생각에 따라 이리저리 바꾸며 몰입하다 보면 어느 때는 제법 큰 그림이 되었다. 무아지경으로 몰입하면 어머니가 부르는 소리도 듣지 못한 채 무늬는 뭉개지고 흐릿해진 벽지로 추상화를 완성하기도 했다. 벽지 패턴은 나에게 숱한 궁금증을 불러 일으켰다. 어찌 저리도 흐트러짐 없이, 틈새 하나 없이 반복해 냈을까, 일정한 움직임을 개발한 사람도 대단해 보이는데 저걸 다 하나씩 그렸을까, 아니면 여러 사람이 똑같은 동작으로 했을까 등등…. 기계로 찍어냈다는 생각을 할 수 없었던 어린 날이었다.

꽃무늬 패턴, 바둑판 무늬 대각선, 동그라미의 연속, 네모들의 끝없는 길 등, 벽지가 발라질 때마다 나는 패턴을 따라 상상하는 재미로 자주 벽지가 바뀌기를 기다렸다. 나의 방 벽에 바른 벽지는 상상의 바다가 되었다. 막다른 골목처럼 더 이상 나오지 않는 패턴의 끝마다 수십 마리의 올챙이를 그리고, 뱀들이 사는 구멍을 사슬처럼 이어 붙이고, 꽃을 넣고, 무늬 옆구리에 집에서 기르는 개의 말아 올린 꼬리를 그려댔다.

나는 어릴 적부터 지루함을 견디지 못했다. 친구와 가위 바위 보로 내기를 하다가도 내가 연달아 이기는 듯하면 슬쩍 물러서면서 분위기를 바꾸곤 했다. 아이들의 수라는 게 빤하여 조금만 몰입하면 상대의 패턴이 보였기 때문에 부담스러웠던 것이다.

어릴 때, 나의 어머니는 단골 점술가에게 다녀올 때마다 동생들보다 늘 내 앞날을 걱정하며 한숨을 내쉬곤 했다. 부모 곁은 일찍 떠나고 고향을 떠나 분망하게 살아야 하는 내 점괘는 뿌리가 없기 때문에 역마살이든 운명이라고 했다. 점술가에게 내 인생은, 일정한 패턴이 나오지 않고 제멋대로 흩어져 틀이 잡히지 않는 떠돌이그림으로, 안정하고는 거리가 먼 일생이었다. 꿈을 적어 내는 학생부 기록 카드에 여학생이면 하나같이 '현모양처'를 써냈던 당시에, 내 인생은 좋지 않은 점괘가 분명했다. 집집마다 같은 가게의 벽지를 사다 바르고, 마당풍경도 한쪽에 장독대가 가지런하게 놓여 빛나고, 울밑에는 채송화 봉숭아·맨드라미·접시꽃·분꽃 등, 하나도 색다를 게 없는 동네 구조였다. 서울도 먼 곳이라 여겼던 시대, 남자아이들은 가수, 배우보다 대통령이나 장군을 꿈으로 가져야 옳고, 이렇다 할 비전도 없이 어울려 사는 마을사람들은 자식들에게 거는 소망도 막연히 높았다.

  점술가의 예언과 어머니의 걱정대로 내 인생은 일정한 패턴을 갖추지 못하고 체계화를 이루지 못한 것일까. 인생이나 자연에도 규칙처럼 패턴이 있는데 내 모습은, 일정한 패턴에서 한 박자 늦거나 삐침 같이 튀어나오거나 벽지의 패턴 끝에 덧붙여 그린 그림처럼 동떨어진 채 어머니의 한숨으로 버무려져 나타났다. 이만하면 안정을 이루었다고 느끼는 순간 뜻하지 않게 지각변동이 일어나 흔들린 채 동굴 속으로 빠져 스스로 더듬으며 다시 나를 찾아가는 패턴이었다.

사람들은 모두 자기만의 인생을 살겠다고 벼른다. 그러나 세계가 하루 생활권이라는 시대도 모양은 크게 달라지지 않았다. 수십 년 만에 만난 친구들의 일가를 이루었다는 모양새가, 어릴 적 같은 가게에서 사다 바른 같은 벽지나 다를 바 없는 모습이지 않은가.

신이 그려낸 패턴인가. 논두렁에서 살고 있는 곤충들, 강이 흘러 바다로 모이는 모양, 농부의 삶, 장사꾼의 상술, 인문지식을 자처하는 서적의 알맹이 미약한 몸피 불리기 패턴은 여전하다.

인터넷은 다를까. 세상은 넓어지고 주고받는 소식도 지구적이라 보물섬을 발견한 양 한동안 사이버공간을 뒤졌지만 달라 보이지 않는다. 여행담은 미국 소설가 마크 트웨인의 유럽 여행기에서 벗어나지 못했고, 맛집 추천, 남녀의 속 보이는 사랑놀음이나, 취업 경쟁을 뚫어야 하는 고민을 위로하는 꿀팁들은 셰익스피어 작품에 나오는 내용과 다를 바 없이 오십 보 백 보다. 그 뻔한 패턴에 다시 속으면서, 아니 결말이 보이는 패

턴을 인정하고 싶지 않아 외면하고 애태우는 우리들이
다.

〈생각의 탄생〉의 저자인 로버트 루트번스타인은 '패
턴 인식능력은 예측과 기대 형성의 기초가 된다'고 했
는데 패턴을 알면 또 다른 패턴을 만들어낼 수 있을 것
같다. 체스 고수들은 패턴 인식의 귀재들이고 나폴레
옹은 퍼즐 맞추기의 선수라고 했다.

잘만 관리하면 100세를 넘어 산다고 하니 그동안 갖
고 있던 '그들만의 패턴'에서 소외되었다는 콤플렉스를
버리고 새로운 패턴의 체스판을 꿈꾸어 본다.

멀미

어느 날 나는 달리는 버스 안에서 책을 읽어도 멀미
하지 않는 자신을 발견했다. 얼마나 신이 났던지 버스
에서 내리자마자 "야호!" 탄성을 질렀다. 비로소, 세상
에 나와 무엇에건 흔들리며 떠들고 웃다가 멀미도 하
지 않는 내 자신이 신기하면서 대견했던 것이다.

어렸을 때는 아예 버스를 타지 못해, 외가라도 가야
하면 외삼촌이 1시간 거리를 걸어와서 나를 업고 갔
다. 어른들은 비위가 약해서 그런다며 소금을 한 숟갈
먹여 쓴물을 토하게도 하고, 여름이면 익모초 즙을 마
시게 했다. 차라리 쓴 것이 낫다고 생각할 정도로 차멀
미는 나를 힘들게 했다.

외딴 집에서 자라던 내게 처음 만나는 세상의 어지
간한 것들은 나를 어지럽게 했다. 많은 사람들, 그들이
내는 큰 소리는 천둥소리 같아 심장을 두근거리게 했
다. 거대해 보이는 도시에 잘못 빨려들었다가는 길을

잃을 것 같아 두려움을 떨치지 못하고 나는 겁쟁이가
되었다. 멀미 나는 일을 피해 나는 세상 속을 걸어 다
녔는데, 춥거나 덥거나 비가 오거나 걸어 다니는 일이
오히려 편하고 좋았다.

집에서 10분 정도 거리의 초등학교를 졸업하자 중학
교는 훨씬 멀어졌는데도 나는 걸어 다녔고, 고등학교
는 더 멀어졌는데 날마다 걸어 다녔던 것이다. 많은 사
람들과 휘발유 냄새 틈에서 흔들리다가 어느 정도 가
면 버스에서 내리든지 아니면 틀림없이 구토를 하고
마는 일은 공포였다. 고3 때는 어머니와 아버지가 교
대로 나서서 야간자율학습을 마치는 밤 시간에 교문
앞으로 나를 데리러 왔다. 버스 타는 일에 빨리 익숙해
졌으면 힘들지 않았을 것을, 농사일 마치고 피곤했을
아버지까지 나의 차멀미 때문에 고생한 것이다. 6·25
때 입은 총상으로 통증을 달고 살며 진통제가 필요했
던 아버지는 집으로 가는 길목 약국에 들러 박카스 한
병을 사곤 약사에게 습관처럼 내 비위가 약한 것을 알
려주었다. 어느 누구도, 차멀미를 이겨내려면 끝까지
버스를 타는 훈련을 하며 익숙해져야 한다는 말은 하
지 않았던 것 같다.

흔들리는 일이 내게는 그렇게 겁나는 일이었을까. 멋모르고 나선 제주도 수학여행 때는 뱃멀미에 물멀미까지 시달리다, 제주도 식물원에서는 꽃향기에도 멀미가 나 정신을 잃을 지경이었다. 어떤 친구는 탈것이라면 무조건 좋아하고 때로 차가 덜컹하며 세게 흔들리면 신난다며 비명을 질렀다. 놀이기구를 타듯 즐기는 친구들도 많았는데, 나는 엄두가 나지 않았다.

대학 입학 시험을 보러 고속버스를 탔을 때도 당연히 멀미 끝에 서울 도착할 때쯤 하나밖에 없는 외투에 구토를 해 어머니를 걱정시켰다. 다음날 시험인데 어머니는 약국으로 달려가 비위를 가라앉히는 약을 사들고 오니 공부는 뒷전이었다.

학교가 중심지에 있는 것도 아닌데 그때 같이 입학 시험을 치르기 위해 온 학생들은 무척 많은 듯했고, 따라온 학부형까지 점심시간에 몰려든 구내식당은 아수라장이었다. 가족들과 오순도순 밥을 먹는 곳이 아닌, 운동장이나 다를 바 없는 곳이었다. 줄 서는 문화가 몸에 배지 않았던 그때 서로 먼저 밥을 가져가려고 여기저기서 소리를 지르고, 점심을 거르면 시험을 제대로 못 치를까 안타까운 부모들은 말싸움에 몸싸움까지 벌이고 있었다. 그 겨울 점심시간에 밥을 놓고 벌이는 광경에 나는 사람멀미를 하며, 앞으로 내가 살아가야 하는 서울은 참 살기 힘들지 않을까 하는 낙심으로 귀먹은 사람처럼 아득하게 앉아 있었다.

어느 틈에 어머니는 줄을 새치기했는지 냉면 그릇의 넓은 대접에 밥을 말아서 디밀었다. 반찬도 없고 달랑 국밥 한 그릇에 충격을 받은 나는, 한번도 보지 못했던 풍경이 너무 낯설고 꼭 그렇게 그악을 부리며 그 밥을 먹어야 하나 참혹한 기분이 들어, 차라리 안 먹겠다며 신경질을 부렸다. 모험심 많고 활달한 편인데도 난장같은 곳이거나 어지러운 풍경에 예민하게 반응하곤 했던 나는 그만 화를 내고 만 것이다. 어머니는 내 표정을 훑더니 내색도 않은 채 국밥에 얼굴을 묻고 말끔하게 해치웠다. 하지만 어머니는 충분히 앞으로 내게 펼쳐질, 이리저리 흔들리고 채일 인생을 알았으리라. 어머니가 없는 서울에서 나 혼자 별의별 삶의 멀미를 하며 칭얼거려도 아무도 받아주지 않을 거라는 사실을……

내가 서울 거리와 사람들에 익숙해지고, 방학이면

집으로 돌아가는 고속버스에서 멀미도 하지 않을 만큼 비위가 탄탄해졌을 때, 통증을 달고 살았던 아버지는 돌아가셨다.

살기 힘들 것 같이 좌절감을 주던 서울, 아무도 나의 멀미하는 일에 관심 보이지 않는 시집살이에서 나는 냉면 대접에 밥 한 그릇 뚝딱 말아 후르륵 흡입하는 뱃심 좋은 아줌마이자 두 아이의 엄마가 되었다. 아이를 안고 버스에 서 있어도 끄떡없이 30분 이상 흔들리는 강철여인, 누가 흔들어도 흔들리지 않는 넉살, 뚝심 앞에 멀미는 달아나버렸다.

이제, 차멀미 때문에 포기했던 버스에서 책 읽기까지 해내고 있으니 어느 한 구석 나를 불편하게 했던 '흔들리는 일'에 대한 좌절감이 사라진 기분이다.

개구리와 문학

개구리는 누가 죽였는가?

이 봄, 글을 쓰다 봄 들녘을 폴짝거리던 개구리 뒷다리를 잡아채는 상상을 한다. 설 자리가 점점 줄어들고 있지만, 아직도 탄탄한 뒷다리근육으로 뛰어오르는 개구리와, 결코 꿈을 포기하지 않는 문학은 많이 닮아 있다. 개울물 소리와 함께 개구리가 잠에서 깨는 모습의 영상뉴스가 사라졌고, 겨울잠을 자다 천둥소리에 놀라 튀어나오는 개구리를 보았다는 소식을 듣지 못하니 봄날의 기다림이 무안하다.

지금 내가 사는 집 앞에는 산이 있고 그 산을 타고 내려오는 개울이 있어도 개구리를 못 본 지 10년이 넘어가고 있다. 혹시 알을 낳으러 움직이는 개구리가 있을까 하며 동네 산책코스 탄천을 걸으며 살피기도 하지만, 얼마를 걸어도 개구리는 커녕 토종으로 자리 잡은 황소 개구리도 보이지 않는다. 만나지 못한 나의 개구리들은 추억 속에서 겨울잠을 자다 박제될 뿐이다. 언제 개구리의 근육질 다리를 잡아볼 수 있을지. 아예 보호동물로 분류되는 것일까.

동네 문화센터에 문학반 강좌를 개설했지만, 개구리 만나기 어려운 것처럼 문학 지망생도 만나기 어렵다. 인기강좌는 언제나 노래교실과 몸 만들기, 춤교실이다. 문학과 개구리가 실종되어도 아무렇지도 않은 시대다. 정신세계까지 깊이보다 가벼움을 추구하고 생활은 번잡해지니 청정동네 문학이 오지로 밀려나는 것이다. 문학은 동면을 깨고 나오는 개구리의 생명력 같은 보물인데도…….

내 문학의 뿌리가 밤하늘 별과 여름밤 왁자했던 개구리, 맹꽁이 소리였다면 억지인가.

화가 천경자는 초록의 배추색에서 살아있다는 느낌을 받았기에 열심히 생명의 색을 그렸다. 어렸을 때 나 역시 개구리를 많이 보고 자랐기 때문인지 폴짝폴짝 뛰어오르는 개구리의 움직임을 따라 뛰어다니다 보니 먹을 거리가 풍부하지 않아도 생동감으로 충만했다.

내 욕심으로 죽게 만든 개구리의 작고 까만 몸이 떠

오른다.

올챙이를 우연하게 얻었던 적이 있다. 올챙이를 개
구리로 키워 본 경험이 없는 나는 수돗가 프라스틱 그
릇에 물을 받아 길렀다. 수돗물에서 올챙이가 제대로
살 수 있을 지 걱정되어 수돗물을 받으면 여러 날씩 두
었다가 갈아주었다. 수초도 넣어 주며 얼마를 지났을
까, 어느 날 개구리 한 마리가 폴짝거리고 있었다. 너
무 작은 몸은 진흙빛이고 윤기가 나지 않아, 한눈에도
잘 자란 개구리가 아니라는 생각에 마음이 아팠다. 이
개구리를 어떻게 살릴까도 걱정이었다. 마당을 뒤져
지렁이나 벌레가 나오면 먹이로 넣어주었지만, 먹이도
먹지 못한 채 개구리는 끝내 죽었다. 새끼손가락 한마
디도 되지 않는 몸이 까맣게 변해 있었다. 그 참혹함은
죄책감이 되어 오래 남았다. 뉴욕에서는 콘크리트 숲
에서 서식하고 있는 개구리를 발견했다며 소란을 떨기
도 했다. 도시에서 개구리가 무엇을 먹고 살아가는 걸
까 호기심을 불러일으키는 것이나, 작가가 순전히 글
만 써서 과연 몇이나 살아남을까에 대한 궁금증은 그
수위는 같다고 하겠다.

나의 문학밭도 내가 죽인 개구리처럼 자연 발아적이

지 못하고 남의 도움으로 이어가거나 인공의 힘으로 재배되고 있는 것 같아 무기력해지기도 한다.

물웅덩이 하나 만날 수 없는 도시는 전철역, 버스 정류장, 24시 할인마트, 병원, 세탁소, 약국 건물, 대형 간판 등 어느 곳이든 곤충 한 마리도 발붙일 수 없는 인공 구조물이다.

사우나에서 내보내는 물로 채워진, 무늬만 개울인 곳에서 기다린다. 하늘에서 미꾸라지 떨어지곤 하던 장마철을 기다려보는 것이다. 그 때만은 진짜 빗물이 개울을 신나게 흔들어 청소한 곳에 개구리가 돌아오는 상상을 한다.

환경오염으로 아무것도 살아갈 수 없는 위기의 지구, 전 세계가 멸종 위기의 생명을 문화재로 지정하고 있다. "지구는 6번째 대멸종 위기를 맞았다."고 미국 시사주간지 타임지가 예언했는데, 문학 또한 유네스코 세계문화유산에 올랐다는 사실에 어리둥절해진다. 최악의 경우 인간만이 살아남는 '고립기'의 지구와 문학이 같은 배를 탔다는 생각을 한다.

문학마을에 개구리처럼 팔딱거리는 젊음이 뛰어들기를 기다리는 일이나, 개구리가 알을 낳으러 찾아오는 물웅덩이나 개울가의 부활이, 우주여행만큼 요원한 것일까.

보은 오장환 문학관 뜰에서

오래된 편지

'환불 가능합니다.'

인터넷에, 원앙베개를 사면 부부는 금슬이 좋아지고 나사못 헐거워진 것처럼 헛도는 연인도 뜨거워진다는 광고 문구가 떴다. 그렇게 안 되면 환불해 준다니 원앙침이 그리 대단한 효험이 있단 말인가.

문득 결혼 때 어머니가 해 준 원앙침을 생각해 내고 장롱을 열었다. 베개는 구석진 자리에 삼십 년이 넘도록 그대로 있었다. 부부가 머리 맞대고 나란히 누우라는, 혼례용 베개는 높기만 하고 푹신한 맛이 없었다. 신혼 때 하룻밤 자고 났더니 목이 뻣뻣해지고 머리도 띵해져 쓰지 않은 채 방치하였다.

보통 것보다 길고 네모난 모양에 양쪽으로 원앙과 수복壽福 한문 자수가 있다. 메밀껍질로 채운 속은 오랜 세월을 견뎌낸 만큼 날캉거릴 법도 한데 꼬들꼬들한 촉이 여전하다.

거실 소파에 장식으로 두고 보는 것도 좋을 것 같다
는 생각에 베개에 씌운 하얀 보를 뜯었다. 버리고 버려
돌아가신 어머니가 나에게 준 유일한 물건이 되었다고
생각하며 보를 터는 순간 종이를 접은 것이 떨어진다.
꾸리를 풀어보니 부적으로 노란 색 바탕의 한지에 붉
은 상형문자가 그려져 있다. 壽福 같기도 하고 부귀다
남 내용인 듯 애매한 그림체의 글씨다. 역시 꾀가 많은
나의 어머니는, 가까이서 어리숙한 딸을 담금질할 방
법이 없으니, 결혼생활 잘 유지하라는 기도가 담긴 부
적을 베갯잇에 살짝 감춰놓았던 것이다. 펼쳐진 부적
위로 자식 때문에 늘 전전긍긍하던 어머니의 모습들이
파노라마처럼 스친다.

첫 아이를 낳았을 때도 액막이 부적을 태워서 아이
머리에 발라주라고 보내주었는데, 내 아이만은 토속
신앙에 묶이는 것이 부담스러워 슬쩍 버리기도 했다.

어머니가 언제부터 나에게 부적을 만들어 주었는
지 기억은 희미하다. 사춘기가 되면서 나는 암호문 같
은 붉은 글씨의 종이쪽지들을 어머니 몰래 버리곤 했
다. 부적에 대한 어머니의 믿음은 나의 대학교 입학시
험 때 절정이었다. 시험장에 지니고 들어가야 한다며,

배냇저고리와 함께 강제로 내 가슴에 찔러 넣었다. 너무 터무니없는 어머니의 강요에 부끄럽기도 했던 나는 시험장으로 들어가는 즉시 빼서 가방에 숨기고 가슴을 두근거리며 얼굴을 붉혔다.

어머니는 일가붙이 없는 서울에서 하숙하는 나에게 때때로 부적을 주었다. 눈치도 빠르지 않고 늘 어물거리는 딸을 위해 그렇게 해야 안심이 되는지, 부모님 곁을 떠난 후로는 보호자인 양 척척 들이댔다. 몸에 지니고 다니는 것, 방문에 붙여두는 것, 태워서 물에 타 마시는 것…, 어머니의 걱정만큼 종류도 늘어나고 있었다.

꿈이 뒤숭숭하다든가, 마음이 불안하다 싶으면 아버지가 보내는 편지에 같이 넣어서 부쳤다. 아버지처럼 자상한 내용을 담은 편지는 쓰지 않았지만, 어머니 마음을 넣은 부적이 대신 배달되곤 했다. 나 역시도 아버지에게 보내는 편지로 어머니까지 전달되려니 믿는 구석이 있어, 친구들과 아버지, 동생들에게는 거의 날마다 편지를 보내곤 했지만, 아주 당연한 듯 나의 어머니 김귀순 여사 앞으로는 편지를 쓴 적이 없다.

어머니가 편지지에 모양새를 갖추어서 글을 쓸 수

없다는 사실을 깨닫게 된 것은 비밀장부를 보고나서였다. 겨우 한글을 깨친 어머니의 외상장부기록은 부적을 닮은 상형문자였다. 어머니의 유일한 기록물은 살아가는데 필요한 가장 간소한 것들이었다.

동생들이 쓰다 남은 노트를 집어다가 몽톡체로 적어 둔 내용은 맹자네 쌀 한 말, 갱자네 콩나물 등등 외상값이나 빌려준 돈 등으로, 글씨라기보다는 어찌어찌 그려둔 게 역력한 흔적들이었다. 아버지가 내준 작은 가게를 또순이 기질과 총기 하나로 운영하는 어머니가 외상장부에 적어야 할 일이 있으면 성격은 급한데 얼마나 답답했을지. 딸에게 편지 한 장 쓰고 싶을 때면 아버지나 동생들 불러서 대필이라도 시키면 될 일을, 자존심이 센 어머니는 결코 그렇게 하지 않았다. 집전화도 귀한 당시 그저 어머니 방식대로 멀리 떨어져 있는 자식이 궁금하고 마음 갑갑할 적마다 점술가에게 걱정을 쏟아놓고 기도문으로 받아 오는 부적이면 그만이었나 보다.

서울은 정신 후리고 알겨내고 옭아내는 사람 많으니까 아무나 만나지 마라, 잘 먹고 건강해라, 해동갑하도록 늦게 다니지 마라, 남자의 말에 넘어가지 마라……

하지 말았으면 하는 규칙들이 많아질수록 믿을 거라고
는 부적이었다.

자식에게 사랑의 주문을 보내는 일이 우선인 것처럼
열심이었던 어머니는 정작 자신을 위해서는 그 어떤
부적도 주문하지 않았으리라.

남편도 환불이 될까? 얄팍한 에고 트립을 꿈꿀 때
30년 넘도록 원앙침 속에서 기척을 않다가 '마지막까
지 잘 살아야 한다'고 부적을 내밀며 저승에서도 뒤통
수 때린 어머니. 누비이불을 간직했더라면 바느질 자
리마다 어머니의 경고가 꿈틀거리지 않았을까.

사랑의 눈

사진은 사랑의 눈으로 찍어야 더 많은 것을 볼 수 있다. 사진에는 찍히는 사람의 마음은 물론 찍는 사람의 마음도 들어가 있다. 아무리 같은 장소 같은 대상을 찍어도 사진은 전혀 다른 분위기를 보여준다. 시간이 없거나 피곤하여 대충 찍으면, 아무리 좋은 카메라로 찍었다 해도 그 사진에는 영락없이 무신경했던 마음이 나타나 있다.

2005년 배병우 소나무 사진을 세계적인 팝스타 엘튼 존이 런던에서 2,700만원에 구입하면서 그의 작품은 유명해졌다. 몇 년 후 런던과 뉴욕 경매시장에서 그의 작품은 억대를 넘었다. 엘튼 존의 높은 안목 덕분에 인기작가가 된 그를 보면서, 사람들은 이유가 무엇일까 생각한다. 한동안 소나무 숲 사진이 많아진 것을 보면 분명 사진가들이 꿈을 꾸고 있다는 것을 느낀다. 만 레이나 빌 브란트처럼 사진계의 거장이 되는 꿈을.

사진은 진실의 얼굴이고 깨달음의 시선이다.

가끔 내 얼굴사진을 보고 흠칫 놀랄 때가 있다. 그 속에 낯선 내가, 아니 전혀 다른 사람이 나를 보고 있기 때문이다. 나의 얼굴이라 믿었던 젊은 날의 표정, 상큼함, 탄력은 간 곳이 없다. 고집불통에다 딱딱하고 처진 얼굴의 우울해 보이는 한 중년이 있는 것이다. 두려움에 놀라 '잘못 보인 것이다'며 포토샵에 올려 뽀샵을 해대고 진짜 얼굴을 외면하지만 냉정하게 인정해야 하는 현실이다.

어느 사진작가가 '사진은 실물보다 더 진실하다'고 말했다. 상당히 세련되고 우아한 실물인데도 사진만 찍으면 당황스러울만큼 반대 인상으로 찍히는 사람이 있고, 별로 시선을 끌지 못하는 인물인데 사진을 찍으면 참 근사한 이미지가 형성되는 사람도 있다.

사람들은 자신이 잘 나와야 잘 찍었다는 말을 한다. 언젠가 존경하는 선배의 전신사진을 프로필용으로 찍어드렸는데 마음에 들지 않은 데다 '내가 언제 이렇게 늙었지' 그런 생각에 실망이 되어 찢어버렸다고 하였다. 얼마나 자기애적이고 솔직한 표현인가? 단체사진으로 찍은 사진에서도 사람들은 자신의 얼굴을 가장 먼저 찾아내어 마음에 들지 않으면 별로라며 거부반응을 보인다.

여행지에서 사진을 찍다 보면, 고스톱 칠 때 품성이 드러나는 것처럼 자기만 찍으라고 장소마다 들이대는 사람과, 카메라는 갖고 다니면서 남은 절대 찍어 주지 않는 사람도 만난다.

마음을 가장 행복하게 하는 사진은 아이들 사진이다. 일에 지치고 피곤할 때 아이들 사진을 들여다보면 모든 걱정이 사라지고 그 순간 마음이 편안해진다. 아이들 사진을 보다가 문득 사진은 시간의 선물이라는 생각을 한다. 아이들이 태어나는 순간은 물론 뱃속에서부터 움직임을 촬영하여 기록으로 남기고, 하루하루 자라는 시간들을 사진으로 정리할 때의 행복감은 돈으로도 살 수 없는 것들이다.

사진은 세상 곳곳에서 수많은 기적을 이루게 하는 사랑의 이름이다. 희망도, 사랑도, 아픔을 치유하는 일조차도 사진을 통해서 이루어 질 때가 있기 때문이다.

석유 등 다른 에너지 자원은 고갈된다지만, 써도 써도 사라지지 않는 빛의 기적이 사진에서 이어지리라.

언젠가는 인간의 눈으로 본 것들을 기억장치에 저장했다가 컴퓨터에 연결하여 출력하는 세상도 오지 않을까 생각한다.

루게릭병으로 죽은 사진작가 김영갑이 남긴 제주 풍경사진을 보다가 가슴이 울컥했다. 그를 사로잡았던 곳, 그의 모든 것을 바쳐 정착하게 했던 제주 풍경이 시간과 함께 갖가지 형태와 색깔로 남아 있었다. 수년 전 세종문화회관에서 그의 사진전 관람을 했는데 그 이상 어떻게 제주도를 표현할 수 있을까. 사랑과 정열, 투병의 고통이 고스란히 들어 있어 사진이 내게 말을 건네고 있었다. 23년간 사진을 찍고 두모악 갤러리에 7만 점을 남긴 김영갑 그가 제주도 풍경만 전문으로 찍으면서 남긴 말이 들린다.

"손바닥만 한 창으로 내다본 세상은 기적처럼 신비롭고 경이로웠다."

정말 사진은 생명을 얻는 것만큼이나 경이로움을 안겨준다.

이제 디지털 카메라, 휴대폰 카메라가 나오면서 누구나 사진작가인 평등세상이 되었다. 전철이나 거리에서 학교에서 식당에서 셀카놀이 하는 스마트폰 세대들을 수시로 만난다. 사진만 주고받으며 결혼을 했던 시대에는 상상할 수 없을 빛의 세상에서 자기를 확인하고 자기를 점검하고 무한한 소통과 즉각적인 반응으로 자신을 확장시키고 있다.

자칭 타칭 스마트폰 전 국민 사진작가 시대다. 일회적이고 소모적인 사회지만 이리저리 돌려보고 눌러보는 실험활동으로 다른 예술적 이미지를 재생산한다고 볼 수 있다.

팝 아티스트 앤디 워홀이 예언했듯 대량 복제 시대가 온 것이다. '모나리자의 미소'를 복제하며 '많을수록 좋다'는 제목을 붙였던 워홀의 천재적 감각은, 가장 미국적인 식품으로 캠벨스프캔 32개를 사진처럼 그려서 전시를 하기도 했다.

시간과 공간을 초월하여 만날 수 없는 사람과 대상을 만나게 하는 사진들은 훌륭한 매개체이다. 옛날 사람들 모습이나 살았던 흔적을 사진으로 보면 보물지도를 받아든 것처럼 발견의 기쁨으로 충만해지는 것이다. 그림으로만, 글로만 만났던 세계 예술가들의 사진과 그들이 살았던 집, 작업실을 사진으로 볼 때면 더욱

내가 품었던 상상과 그 따뜻한 공기의 흐름을 눈치채
며 충전을 받는다.

사진에는 돌아갈 수 없는 시간이 살아 있어 사람들
을 수시로 시간여행자로 만들기도 한다. 사진은 잃어
버린 시간을 찾아주는 선물이기에 신혼기부터 아이를
낳았을 때, 학교에 들어갔을 때, 가족 여행을 갔던 일
등을 추억하지만, 돌아가신 부모님 사진이 별로 없어
가슴이 찡하기도 하다.

어머니와의 마지막 시간을 사진으로 남기지 못했다
는 아쉬움을 가진 것도 어머니의 얼굴이 지워진 접시
사진을 보고서였다. 오래 전 서울에 오셨을 때 63빌딩
에 구경가 사진을 찍고 접시에 인쇄한 것인데, 시간이
지나니 바래고 바래다가 아예 형태만 남고 이목구비가
지워졌다. 말기암으로 몇 개월의 판정을 받았던 어머
니가 돌아가시기 전 같이 사진을 찍고 싶었지만 '마지
막을' 눈치챌까 봐 차마 말을 하지 못했다. 조금 나아
지면 찍어드려야지 미루며 망설이는 틈에 어머니는 돌
아가셨다. 영정 사진을 찾다가 그조차도 어머니가 40
대에 미리 찍어둔 사진이라는 사실에 죄스럽기만 했
다.

필름 카메라를 들고 까불다가 친구들과 선생님에게 망신살 뻗쳤던 일도 있었다. 사진도 제대로 찍을 줄도 모르면서 필름식 카메라를 들고 다녔던 고등학교 때였다. 제주도로 수학여행을 갔는데 필름을 넣지 않고 사진을 찍었던 것이다. 필름을 당연히 넣은 줄 알고 선생님과 친구들은 폭포 앞에서도 폼을 잡고, 돌하르방을 안고 열심히 모델이 되어주었는데 돌아와서 보니 필름이 없었다. 허탈함은 물론 큰 소리를 친 친구들에게 미안해 고개를 들 수 없었다. 잘난 체하다가 제대로 체면 구겨지고 말았다.

어느 하루, 제대로 정리하지 못한 채 방치해 둔 사진을 꺼내놓고 느낀 점이 있다. 왜 이런저런 모습이지 않고 한가지일까. 거의 모든 사진이 자연스럽기보다 정면을 보고 웃고 있는 모습이 대부분이었다. 사진 찍기에 대한 고정관념이 드러나 있는 것이다. 행복해 보여야 하고 잘사는 모습을 보여주어야 한다는 한 가지 방식으로 언제나 밝게 웃고 있었다. 미소 지어야 한다는 강박관념은 지금도 마찬가지다. 단체사진을 찍을 때 사진을 찍어야 하는 사람은, 분위기가 밝지 않으면 책임감을 갖고 '김치—' '멸치—' '어제 부부 싸움 했어요?' 하면서 셔터를 누른다.

버릴 사진을 고르다가 나의 뒷모습을 찍어두고 싶다는 생각을 했다. 거리에서나 전철에서나 집으로 돌아가는 길에서건 남의 뒷모습만 실컷 구경하지만 나의 뒷모습도 때로 궁금하다.

뒷모습은 거짓말을 하지 않는다고 하니 무방비상태의 뒷모습을 이모저모로 찍어보는 것이다. 자신도 깨닫지 못하는 진실한 말이 거기 있지 않을까.

행운을 부르는 해

새해 달력을 받고 기대감을 갖는다. 양¥의 해 얼마나 희망찬 일들로 채워나가며 결실을 맺을 것인가. 이런저런 집안일과 모임 등을 달력에 적으면서 희망사항도 덧붙인다. 특히 청양靑¥의 해는 행운을 부른다고 하니 청마靑馬 해의 어둡고 아픈 기억을 상쇄할 수 있는 일들이 몇십 배로 일어났으면 하는 바람이다. 매스컴에서도 한 해의 전망을 낙관적으로 내놓으며 국민들에게 위로를 안겨 준다. 어느 때보다 행복한 한 해가 되었으면 하는 마음이 간절하기에 서로 덕담을 주고받으며 들뜨는 것도 사실이다. 봄은 이미 겨울에 와 있다는 농부의 준비성처럼, 을미년 새해 첫날도 사람들은 벌써부터 새로운 일 년을 위해 판을 벌인다.

해가 뜨는 곳곳에서 축제와 기원의 마당놀이를 벌이며 에너지를 끌어 모은다. 계절별로 다르지만 우리나라에서 가장 먼저 해가 뜬다는 독도나, 울산 간절곶,

만 명이 먹을 떡국을 준비하는 포항 호미곶, 그리고 강릉 정동진은 이미 국민 해맞이 장소로 사랑받고 있다.

또한 그곳들은 국민 기원 장소로 거듭나면서 성소의 의미까지 덧붙여지고 있다. 마음과 마음의 띠로 이어지는 일출 장소를 찾지 않으면 한국인이 아닌 것 같은 착각이 들 정도다.

새해는 유독 우리 서민들에게 기도거리가 많아진다. 어디서나 아기 울음소리를 들을 수 있게 해달라며 결혼하지 않는 딸과 아들을 위한 기도를 올리고, 이제 막 퇴직하여 불안하게 나이 들어가는 또래 베이비부머들의 건강 유지와 안전한 2모작 인생 설계를 위한 준비가 수월하기를 기도한다. 취업이 되지 않는 자녀를 가진 가정, 치매를 앓지만 어느 자녀도 돌볼 수 없어 고민하는 주변이웃을 그냥 바라보아야 하는 안타까움 등 저성장 시대, 장수 시대로 접어든 우리 사회 앞에 놓인 숙제는 만만치 않다.

언제 우리는 걱정을 하지 않고 살아갈 수 있을까. 불안한 마음을 감출 수 없다. 더도 말고 덜도 말고 주고받는 덕담만큼 나라의 운도 세계를 향해 활짝 열리고, 국민들의 소망이 두루두루 이루어졌으면 하는 마음이 크다. 특히 푸른 양의 해 그 푸름은 젊음을 상징하니, 젊은이들의 창업과 취업도 잘 되고 결혼도 하여 나라 기운을 푸르게 이끌어가기를 빌 뿐이다.

터키나 우즈배키스탄을 여행했을 때 인상 깊었던 것은, 가는 곳마다 많은 유적지가 있어 볼거리도 훌륭했지만, 어디서나 만나는 해맑은 아이들이었다. 우리의 60~70년대 동네 풍경처럼 아이들은 마을이 있는 곳이면 으레 몰려 있었다. '나라의 탄탄한 미래는 저 아이들에게서 비롯되겠구나' 그런 생각이 들어 부럽기도 했다.

어쩌다 전철에서 아기를 만나면 전철 안의 모든 사람들이 그 아기를 바라보며 행복한 미소를 짓게 된다. 아기가 있는 풍경이 그토록 평화롭고 아름다운데 어쩌다 우리는 태어나지도 않은 아이의 사교육비부터 걱정하고 취업을 고민하며 한탄만 하도록 두어야 하는가. 이런 현상은 유럽의 몇 나라도 마찬가지인듯 소설가이자 기호학자인 움베르토 에코는 2050년 이후 이탈리아인이 사라져버릴 수도 있다는 경고성 글을 쓰기도 했다.

양이 가진 긍정의 어휘들, 그 파장이 널리 퍼지기

만해도 한 나라의 운명이 바뀔 것이다. 상祥 , 선善 , 미
美 , 희犧…. 생각할수록 우리 인간에게 필수 영양소 같
은 개념이다. 이런 의미들이 우리 사회에서 가치를 발
휘할 수 있도록, 무의미해지지 않도록 지도자들은 나
라와 사회를 잘 이끌어주어야 한다.

양의 해는 그 이미지를 양의 기질에서 펼치는 까닭
에, 을미년을 내다보는 국운이나 개인의 운까지 긍정
적이다. 우선 강한 국방력으로 정체성을 인정받을 것
이고, 박근혜 대통령은 국제외교를 활발하게 펼쳐 막
힘없는 소통으로 젊은이들의 해외진출이 두드러진다
는 전망들이 인터넷을 장식하고 있다. 낙관적 예견으
로 좋은 징조를 유도하는 일도 좋다고 본다.

하지만 경계의 끈도 풀지는 말아야한다.

거슬러 올라가서 또 다른 을미년, 우리는 역사 앞에
수치스러운 사실을 콤플렉스로 갖고 있기 때문이다.

때문에 정치인들이 국론분열로 갈등을 조장하고 혼
란을 일으키면 국민들의 정서는 부정적인 채 실망에
빠지고 분노한다. 대중은 우매해 보이지만 결코 어리
석지 않다는 점을 헤아려야 한다. 가뜩이나 국민의 세
금에서 빠져나가는 정당지원금이 적지 않다는 것도 충

격적인데, 나라를 분열시키는 일에 써서는 안 되지 않은가. 이것은 마치 일제시대 식민통치의 협력자들이 귀족 칭호를 받고 사치와 방탕에 빠져 지내다가 가산을 탕진하고도 왕실 재산인 창경원까지 팔아달라고 떼를 썼던 후안무치와 무엇이 다른가. 그들은 염치를 모르는 채 매일 총독부를 찾아가 구제금을 달라고 애걸하여 결국 받아내고 마는 파렴치들이었다.

그런 동시대에도 한용운 같은 애국자도 있어 그나마 숨통이 트인다. 한용운은 '나는 왜 중이 되었는가'라는 글에서, 파렴치한 매국노들이 일본에 우리나라 절을 팔아넘기려고 한 일을 밝히고 있다. 조선의 사찰 관리권과 재산권을 모두 양도한다는 계약을 이＊＊ 일파의 원종圓宗이 주도했는데, 한용운이 스님들을 규합하여 반대운동을 벌여 다행스럽게도 파기되었다. 생각만 해도 끔찍한 일이다.

그때나 지금이나 국민들 생활은 안중에도 없는 그런 의식은 어디서 나오는 것인지 알고 싶다.

당의 이익이나 명예만을 위해 불의도 불사하겠다는 태도로 투사처럼 나오는 정당정치는 결국 자멸한다는 것을 모르지는 않을 텐데 말이다.

국민도 의지가 강한 양의 기운을 받아 무언가 확고한 의지를 비칠 필요가 있다. 인간은 근본적으로 사랑이 바탕으로 깔린 곳에서만 신뢰를 보이며 관계를 지속시키려는 의지를 보인다고 한다. 유목 문화권에서 재산이었고 사랑받았던 양은 무리지어 화목하고 평화롭게 살아간다. 독신가구가 늘고 디지털 문화는 개인 중심주의를 부추겨 세계 어디든 유랑할 수 있지만, 한뜻으로 어울리며 양처럼 살아볼 일이다.

베이비부머인 나는 한 가지 꿈을 꾼다. 떠오르는 해를 바라보며 새로운 의지를 확인하고 연을 날리는 것이다. 나의 어린 시절에는 초겨울부터 시작하여 설이 지나서까지 연날리기를 많이 했다. 주로 집에서 대나무를 깎아 중심대를 만들고, 그 댓살에 한지를 붙여 여러 가지 형태의 연을 만들었다. 또 실을 감을 수 있는 연자새(얼레)도 만들어, 동네 아이들과 바람 부는 벌판을 달리며 연을 날리곤 했다. 그 시절 연날리기는, 춥다고 집안에만 갇혀 있던 아이들의 기상을 키워주는 최고의 놀이였다. 아이들은 하늘 높이 날아오르는 연을 보며 스트레스를 풀어냈는데, 액을 날려버리는 의미도 갖고 있어 어른들은 연에다 '액厄'이라 써서 날리기도 했다.

정동진, 간절곶, 호미곶, 어디라도 좋다. 떡국 한 그릇 먹고 새해 첫날 떠오르는 해를 마주보며 '액'이란 글씨를 써 넣은 커다란 연을 띄워 올려, 액은 모두 날려 버리고 행운을 연자새에 감아쥐는 것이다.

4부 멈춰선 1초 앞에서

이탈리아 카프리 섬

생전 처음 우아한 상차림을 본 것이다.

그녀들은 가슴속으로 열망하던 우아한 요리들을

마을 잔치 때마다 모여

합숙훈련처럼 같이 잠자고 먹어 가며 풀어내고 있었다.

그때 감동받아 마음에 품었던

'품앗이 부엌'을 향한 부러움은 오래갔다.

나의 부엌은 세 개의 냉장고와 가스레인지와

터무니없이 많은 그릇들로 쌓여 있지만,

식구도 줄었고 친척도 찾아올 일이 없는 집은

너무 조용하여 풀 죽어 있을 뿐이다.

어머니로 인해 늘 행복했던 나의 고향 전주,

유네스코 세계문화유산에

맛의 도시로 선정된 지 몇 년 되었지만,

이제 어머니도 계시지 않으니

안타까운 마음만 가득하다.

터키 에페소

흰 새가 끄는 수레를 타다

'한국의 아줌마는 다 없어져야 해.'

자리에 앉자마자 머리 위에서 낮게 뇌까리는 말이 들린다. 내 앞에 서 있는 남자 고등학생 둘이 냉소적인 표정으로 나누는 대화다. 번개라도 맞은 듯 충격받은 나는 빛의 속도로 하늘까지 솟아버리고 싶었지만 얼굴만 붉힌 채 미소짓고 그들을 바라본다. 인생을 축제처럼 만끽해야 하는 젊은 그들 앞에, 나는 지팡이 짚은 겨울 나그네다. 나와 눈조차 마주치려 하지 않는 그들은 속삭인다.

지난 번에 자리가 나서 앉으려고 하는데 갑자기 아줌마 한 명이 나를 탁 치면서 밀더니 자리에 앉는 거야. 헐. 미안하다는 말도 없어. 졸라 뻔뻔하고 재수 없어. 질려. 아무리 학생이라도 너무 말 못하는 애 취급에 무시하는 것 같아. 찌질 아줌마들은 없어져야 돼.

나는 좀 전의 내 행동을 슬로우 비디오로 돌려본다. 퇴근 전철에서 나는 학생들 뒤에 서서 매의 눈빛으로 호시탐탐 빈자리를 노리고 있었다. 얼마나 서 있었을까 슬슬 피곤해지는데 학생들 앞으로 두 자리가 났다. 몇 초는 기다렸다. 어디까지나 내 생각이지만 나는 분명 그들이 먼저 앉기를 기다려 주었다고 생각했다. 앉을 기미가 보이지 않자 학생을 밀치지도 않고, 탁 치지도 않고 가방부터 놓으면서 조금 우아하게 몸을 들이민 것 같다.

지하철이나 버스에 자리가 나도 꼿꼿이 서 있기를 즐기며 초연하던 내가, 언제부턴가 10대들이 혐오하는 아줌마가 되어 있다. 노년기의 나는 왜 그림 〈겨울의 승리(앙투안 카롱)〉에 나오는 '겨울'처럼 흰 새들이 끄는 수레에 앉아 개선장군처럼 가지를 못할까.

빈자리를 향해 돌진하고, 아주 태연하게 펑퍼짐한 차림으로 가족들 외식에 따라나서고, 식당에서는 주문한 음식이 나오기 전 밑반찬부터 다 먹고 더 달라고 하는데, 쾌활함이 지나쳐 거칠고 무례하다. 청각이 약해지니 큰 소리로 웃고 떠든다. 신들도 사랑한 머리에 화관을 두른 봄 처녀의 자태는 흔적도 없다.

그래! 대한민국 정부도 인정한 아줌마다. 프랑스인
도 발견한 준準 제4의 성, 한국에만 있는 아줌마다. 어
쩔래. 너는 생전 아저씨 안 될 것같지? 네 엄마는 성처
녀냐? 졸라야. 젊은이로 부활만 못한다 뿐이지 못하는
일 없는 게 아줌마다. 무식한 아줌마 소리 들어가면서
자식 키우고, 돈 모으면서 집 장만하고 국민소득 100
불도 안 되는 나라에서 2만 불 선진국 기틀을 잡는 과
정에 아줌마가 반석처럼 깔려 있.다 모르겠냐.

그러나 생각은 소리없는 아우성으로 끝나고 만다.
갑자기 나는 책을 꺼내어 책 읽는 아줌마로 조용히 앉
아 있을 뿐이다. 나는 그들에게 징그럽기만 한 뱀, 없
어져 마땅한 벌레가 된 것을 알고도 끄떡없이 앉아 있
다.

혐오 대상이 되어도 마땅한 이유를 나는 알고 있다.
나는 내가 던졌던 부메랑을 그들에게서 돌려받고 있을
뿐이다. 승전한 장군처럼 그 붉은 당당함만으로도 지
존이었던 20대의 나도 아줌마들을 죽이고 싶도록 혐오
했기 때문이다. 교생 실습을 나간 학교에서 너무 뻔뻔
한 40대들의 인생에 실망하고 차마 그들을 죽일 수 없

어 내가 죽기로 한 것이다. 언제까지 살고 언제 죽어야 아름다울 것인가. 40살이 되면 더 이상 구차하게 살지 않고 인생을 마치겠다고 떠들고 다녔다. 그들의 양보를 모르는 욕심과 돈에 대한 집착과 에로스의 노골적인 몸짓에 환멸을 느끼며, 차라리 내가 죽음으로써 그런 상황과 맞닥뜨리고 싶지 않았기 때문이다. 40을 넘으면 판도라의 상자는 열려 감당할 수 없을 것 같았다.

　나이를 먹는 일은 이상과 우아함은 그대로인 채 숫자만 더해지는 줄 알았다. 강물처럼 나이도 그렇게 변함없이 시간을 따라 흘러가는 줄 알았다.
　하지만 부케를 던지고 화관을 벗은 순간부터 아줌마들은 세상물정에 밝은 촉수를 키워야 살 수 있다는 것을. 먹잇감을 놓치지 않는 사냥꾼이 되어야 하고 몇 개의 얼굴은 갖고 있어야 견딘다는 것을.
　경멸하는 그런 모든 탐욕들이 내게 찾아들기 전에 죽기로 결심했던 나이도 지나버리고, 나 역시 사냥꾼이 되어 도시를 헤맨다.
　잘 익은 포도송이로, 숙성한 포도주로 남아야 하는 시간과 마주한 내가 있다.

도시에서의 일상은 늘 번잡하고 투쟁적이기만 하여 뜻하지 않게 내 스무 살의 부메랑을 만나곤 한다.

승리자로 초연하게, 나를 태우러 올 하얀 새가 이끄는 수레를 기다리면 될 일을.

느거무니

"느거무니 시방도 안 왔능개비네 잉."

"시장 가셔서 늦는당게로요."

"느거무니 들오면 ○○아줌마 집으로 오라고 히면 알아들응게로 그려 꼭 잉? 데꼬 갈라고 힜더니 해필 어디를 갔디야……"

동네 어른들이 집을 들렀다가 어머니가 안 보이면 꼭 와야 한다며 못을 박았다. 그러잖아도 학교에서 돌아와 어머니가 보이지 않으면 허전하고 속이 상하는데, 어머니 친구들까지 중요한 일도 아닌데 불러내려고 조바심을 내면 은근히 화가 났다. 보나마나 또 아줌마들은 어느 집 안방에 모여 술 한 잔 하면서 노래 부르고 놀 게 분명하다. 어머니가 와도 나는 알려주지 않을 심산이다.

사춘기의 나는 어머니 앞에서 감정 조절을 제대로 하지 못했다. 나의 일상은 어머니 목소리가 집 안을 울려야 정리가 되건만, 어머니의 하루는 늘 집 밖에서 그네를 뛰고 있으니 아슬아슬했다. 어머니가 말을 걸어도 대꾸도 제대로 하지 않거나 방문 걸어 잠그고 혼자만의 시간을 가지려 하다가도, 어머니가 보이지 않으면 심통이 나는 것은 웬일인가. 어미 잃은 송아지마냥 의기소침 안절부절하는 것이다. 동네 아주머니와 나는 느거무니를 사이에 두고 숨바꼭질하는 것처럼 한쪽은 찾아다니고 한쪽은 숨기느라 날마다 심리전을 벌였다.

하지만 어머니가 누구인가. 텔레파시가 동네 아주머니들하고만 통하는지 전화가 귀한 세상이었으나 본능적으로 발달한 직감이 배트맨을 능가한다. 나의 볼멘 표정과 불안한 눈빛을 보고 눈치로 때려잡는다.

"○○ 엄마가 놀러 오라고 힌 것 같은디 왜 말 안혀."
내 대답은 들을 것도 없이 그길로 어머니는 내달린다. 순간 이동으로 나간 자리는 화산 폭발 이후 분화구처럼 내려앉았고 나는 애꿎은 어머니 신발만 발로 차버린다. '느거무니는 당신들 거여? 시방 무슨 권리로 불러내는디….'

저녁 지을 시간이면 나는 어머니를 찾으러 갈 것인

지 기다려야 할 것인지 한바탕 갈등을 한다. 아버지가
도착할 시간인데도 어머니가 오지 않으면 찾아 나서야
한다.

"느거무니 찾으러 왔냐. 사자 어금니도 아니고 시방
느거무니 없으면 밥도 못 먹겄어?"

동네 아주머니들은 저렇게 커서도 어머니만 찾는다
고 한소리 한다. '저렇게 커서도' 한마디에 나는 남의
밭 무 뽑다 들킨 것처럼 무안해져 어머니에게 화를 내
고 만다.

한번 마음잡으면 '느거무니'는 앞치마 두르고 저녁
짓는 모습이 참 다정하고 따뜻해 집안에 생기가 돌았
다. 하지만 한번 나가면 함흥차사이니 또한 애간장을
태운 존재였다. '느거무니'를 찾아 마실 나가 있는 집
문지방에 불이 날 만큼 들락거려도, 흥이 오른 어머니
는 집을 아주 잊은 듯했다. 아무리 잡아당겨도 뽑히지
않는 뿌리가 긴 무처럼, 어머니는 꿈쩍도 않는다. 뿔
없는 호랑이 아버지를 생각하면 한시가 급한데, 술에
먹힌 어머니에게 아버지는 종이호랑이일 뿐이다.

언젠가는 아주머니들에게 흉잡히기 싫고 맨날 같은
소리 듣는 게 달갑지 않아, 집에서 키우는 누렁이 목

에 '어머니 좀 보내주세요' 쪽지를 매달아 그 집 마당으로 들여보냈다. 누렁이도 내 마음을 알았는지, 들어오지 못하게 짖는 그 집 개하고 대판 싸움을 벌이는 바람에 놀이판을 다 깨지게 했다. 어머니는 그때까지도 쪽지를 목에 걸고 있는 개를 끌고 나오며 내내 나에게 화풀이를 했고, 참다못한 나는 '누렁이도 새끼들 키울 때는 안 나돌아다닌다'며 발끈하며 반발을 했다. 어머니는 충격을 받은 듯했다. 네 에미가 시방 개만도 못한 거냐, 키워 놓았더니 술 좀 마신다고 무시하는 거냐며 저녁 내내 눈물 바람으로 신세 한탄을 했던 것이다.

'느거무니'는 동네 아줌마들에게는 이렇다 할 놀이문화가 없던 그 시절, 안방을 주름잡는 개그맨이었다. 느거무니는 바람처럼 가볍게 돌아다니며 친구들하고 어울리기를 좋아하여 늘 애를 태우면서 내 눈물을 빼기도 했다.

'느거무니'는 가족들에게는 없어서는 안 될 화로였다. 손이 시려우면 손을 덥히고 감자나 고구마도 구워 먹는 곳, 방 안을 덥히고 우리들의 마음을 덥혀 평온을 선물하는 화롯불이었다.

봄 미나리 다듬어 나물을 무치던 손, 계란 부쳐 우리들의 도시락을 싸 주고 입학시험장까지 따라와 교문 앞에 서 있던 지킴이였다.

느거무니는 내 분신 같은 친구도 주지 못하는 무한대의 사랑이었다.

느거무니는 홀로서기를 못했던 나에게 기댈 언덕이었다.

나는 누구의 의자가 되어주었던가

광화문 세종문화회관 계단 아래 벤치에는 책을 읽는 청년 조각상이 있다. 그 벤치에는 수많은 사람들이 앉아서 사진을 찍으며 잠시 쉬었다 간다. 나도 젊은이와 같이 사진을 찍다가 문득 생각했다. 나는 언제 누군가에게 그토록 찾아 헤매던 의자가 되어주었던가.

도심 거리에서 잠시 쉬더라도 앉을 곳을 찾아 헤맬 때가 있다. 모처럼 새 신발을 신은 날은 더욱 간절하게 앉을 곳이 나타나기를 기다린다. 아무리 두리번거려도 나타나지 않는 그것, 건물 사이사이, 골목길 어딘가, 빵집 앞, 버스 정류장을 봐도 마땅치 않을 뿐이다. 그렇다고 건물 외벽이나 나무둥치에 기대어 서 있을 수는 없지 않은가. 서양인은 체질상 더러 휴식을 취할 때 서 있는다지만, 앉아야 편안해지는 나는 앉을 곳을 찾지 못할 때 누군가에게 버림받고 떠돈다는 생각을 하고 만다.

제대로 된 의자 하나 없는 거리가 인간이 살아가는 도시라니…….

사람 중심보다 세련된 이미지 생성을 위한 도시 중심이다보니, 광장에서 간신히 찾아낸 의자는 노숙인을 쫓기라도 하듯 형태만 의자일 뿐. 그것들은 고작 등받이가 없는 둥글고 기다란 쇠막대일 때도 있다. 차갑고 자꾸만 미끄러져 오래 버틸 수 없는 의자는 이미 본질을 벗어난 채 빨리 떠나라는 메시지만 전하고 있다. 찻집이나 식당 등 곳곳에서 그런 느낌을 받으며 쫓기듯 집에 돌아오면 지쳐버려 방바닥에 널브러진다. 앉아서 쉬기를 갈망하는 우리에게는 온돌문화에 익숙한 한국인의 유전자가 있는 게 분명하다. 우리들은 편안하게 휴식을 얻으려 할 때 퍼질러 앉기를 원한다.

어느 날 종로 3가에서 지하철을 타려고 계단을 내려가다가 처음 맞닥뜨린 풍경에 충격받은 적이 있다. 백수십 명은 넘어보이는 노년기 남자들, 탑골공원에서 밀려난 그들이 지하 계단에 몰려 있었다. 자부심보다 냉소와 자탄이 배어 있는 얼굴에서 어디를 가든 제대로 앉아 있을 수 없는 그들의 처지를 읽는다. 고대 그리스에서는 50세가 넘으면 존경을 받았다는데 더 이상 연륜을 내세울 수 없는 장수 사회, 그들에게 떳떳하지 못하다는 인식을 심어주는 것은 우리들 시선이지 않을까. 왜 존재함 자체로 아름다운 풍경이 되도록 존중해 주지 않는지 안타까울 뿐이다.

앉을 수 있는 장소가 인간을 배려하기보다 제곱미터 당 돈이 계산되는 논리에 쫓기다보니, 공간을 쪼개 써야 하는 도시인들에게 장소는 진정성을 잃은 채 불편한 진실만 남게 된다. 도시 공간은 불편한 의자에 앉아 돈 많은 자를 욕하며 돈을 따르는 우리들의 자화상이다.

뉴욕의 타임스퀘어 광장에는 늘 진풍경이 벌어진다. 그곳에는 계단식 의자가 있고 각국에서 모여든 사람들이 편하게 앉아 있는데 아무런 이유가 없다. 그들은 그냥 아무것도 하지 않고 그곳에서 서로가 풍경이 되어주며 앉아 있다. 저녁이면 주변 건물의 커다랗게 번쩍이는 전광판 광고들과 함께 명소로 거듭나고 있다.

인간들은 행복의 최대공약수로 도시공원 같은 쉼터를 확보하려 애쓴다. 꽃이 피고 나무들이 자라는 공원은 우리들에게 그림일기를 쓰게 하기 때문이다. 나무가 자라고 꽃을 피워 열매를 맺고 겨울을 나는 그 일을 해내는 동안 사람들은 공원에 앉아 상상력을 키워나간다.

그늘이 되며 바람을 막아주고 의자로 환생하여 만남을
이어주는 휴식 공간은 인간에게 정신의 의자이다.

무주를 가 본 사람은 보았으리라.
그곳에는 무주 사람들을 사랑하여 만들어 놓은, 전
세계에 하나밖에 없는 등나무 공설 운동장이 있다. 지
금은 고인이 된 건축가 정기용이 설계 디자인한 등나
무 의자길이다. 처음 무주군수의 등나무 벤치 아이디
어로 심어두었던 수 백그루의 등나무는 수천 개의 플
라스틱 의자와 따로 노는, 그냥 등나무일 뿐이었다. 하
지만 여기에 군민을 생각하는 '情'이 건축으로 얹혀지
니, 권위적이어서 외면당했던 군민 행사는 물론 등나
무 운동장 자체가 사계절 사랑 받는 명소로 자리잡게
되었다. 등나무가 줄기를 뻗으며 잘 자랄 수 있도록 철
구조물 집을 지어주었던 아이디어는 사람들에게 이전
에 맛보지 못했던 행복을 선물하는 곳으로 재탄생 되
었다. 봄이면 엄청난 보랏빛 등꽃과 그 향기로 사람들
을 불러 앉히고, 여름은 여름대로 관중석에 초록 줄기
로 시원한 그늘을 만들어주기에 가던 길을 돌아와 앉
도록 하는 것이다. 가을 풍경은 어떤가! 떨어지는 잎

그대로 가을 터널이 되어주는 건축 작품 속을 걸으며 사람들은 절로 자연과 계절과 공간에 동화된다. 등나무 벤치는 연륜이 더할수록 대단한 풍광을 연출하며 무주의 타임스퀘어 광장이 되고 있는 것이다.

거리에서 신호등을 기다리거나 버스를 기다릴 때 무심코 등나무 지붕을 한 벤치를 상상한다. 더운 여름 그늘을 만들어 주고 오월이면 꽃향기를 날리는 등나무 아래 자리를 잡고 앉아 버스를 기다리는 것이다. 어딜 가도 만나는 벚꽃길의 그 상투성에 지쳐 있을 때, 벌들이 날아다니는 탱자나무 가시 울타리의 생뚱함처럼 인간성 넘치는 그 무엇들을 간절히 원한다.

학교를 오고 가는 길이 포도나무 터널이고 중간중간 가다가 쉬어갈 수 있는 의자도 놓여 있다면 아이들이 달라지지 않을까. 탄천변을 따라 앵두나무나 복숭아나무 아래 의자가 놓여있는 따뜻한 풍경을 만들어는 것도 좋을 것이다.

걷기만 해도, 앉아만 있어도 함께 풍경이 되는, 그런 인간성 품은 의자…….

베니스의 정원에서

잊을 수 없는 시간

작가의 길을 걷게 한 백일장

한국여성문학인회 전국주부백일장 입상은 전업주부였던 나의 정체성을 찾게 한 사건이었다.

「전국주부백일장」은, 1980년대 초까지만 해도 신춘문예 당선만큼 주부들에게는 큰 인기를 누렸다. 기업들이 여류문학회 백일장 행사에 지원을 해주었는가 하면, 장원 작품은 일간지 문화면에 소개되고 장원과 1등 수상자는 TV 아침 프로에 나가 대담도 하였다. 입상자들은 선배 작가들과 함께 청와대에 초청되어 영부인과 담소를 나누는 시간도 가졌으니 전국의 많은 주부들이 주부백일장에서 입상하는 꿈을 가졌다.

문학소녀였던 주부들은 백일장 행사장 안팎 가까운 거리에서 볼 수 있는 선배 여성작가들의 멋진 모습에 막연한 꿈을 키우며 용기를 내보기도 했다. 주부들에게 '작가에 대한 환상'을 심어주기에 충분했던 백일장이었다.

시부모를 모시고 살림에 매여 자유가 없던 나는 주부백일장에만 입상되면 소원을 다 이루었다고 생각할 정도였다. 탈출구를 찾아 안간힘을 쓰던 나는 1980년대 초부터 도전하여 삼수 끝에 김남조 시인이 회장으로 계실 때 2등으로 입상하였다. 당시 회장님이 제목을 발표하였는데 '목숨' '분단' 등 몇 가지였다. 제목을 듣는 순간 가슴이 떨리고 입상이 될 것 같다는 확신이 나를 휩싸 안았다. 때마침 정부도 남북 교류를 위해 만남을 준비하고 있는 상황이었다. 황해도 해주에서 홀로 월남하여 늘 가족을 그리워하며 마음 아파했던 아버지가 교통사고로 돌아가시는 바람에 아버지를 생각하는 몇 편의 글을 써 두었기 때문이다. 그 자리에서 '분단'을 주제로 아버지에 대한 글을 써내고 상을 받았던 당시 나는 서른한 살이었다. 두 돌 지난 아들을 어찌하고 나왔는지 기억이 가물가물한데 행운이라는 생각이 떠나지 않았다.

백일장 입상은 나를 본격적으로 문학 공부를 하는 기회를 만들어 주었다. 1987년 월간문학 수필가로 등단까지 하였으니 백일장은 내 미래 인생의 뿌리였던

셈이다. 문학 강의에 열정적이었던 선생님들은, 김동리 소설가, 조경희 수필가, 윤재근 평론가, 유민영 희곡 작가, 권옥연 화가, 황금찬 시인, 성춘복 시인, 오세영 시인, 장일남 작곡가…… 돌아보면 모두 소중하고 유명한 작가들이었다.

전업주부들에게 도전의 꿈을 심어주고 자신이 누구인지 진지하게 생각하게 했던 여성백일장! 나의 삼십 대는 한국여성문학인회 백일장 입상으로 다시 태어나도록 획을 그은 시기였다.

벗은 몸을 보며 안심했던 곳

한국은 70년 초까지도 집 안에 목욕탕 시설을 갖춘 가정집이 드물었다고 본다. 갖추었다 해도 따뜻한 물을 마음대로 쓸 수 있는 형편이 아닌 그런 가옥 구조 때문에 공중목욕탕은 동네마다 몇 개씩 있었다. 특별한 시설을 갖추지는 않았지만 수도꼭지만 틀면 뜨거운 물을 마음대로 쓸 수 있다는 사실은 국민들을 행복에 빠트린 혁명적인 일이었다. 유럽의 천재 음악가 모차르트도 겨울을 나기가 얼마나 힘들었으면 어느 귀족에게 '가족들을 온천탕에 데리고 가 병을 낫게 해 준다면 더 바랄 게 없다'는 편지를 쓰기도 했었다.

당시 골목에서 잘 마주쳤던 풍경이 목욕을 마친 주부와 아이들이 목욕 바구니 들고 지나가는 모습이었다. 당당한 태도에 자부심까지 풍기던 그 내면에는 알 수 없지만 왠지 부유해지는 만족감이 채워지는 그런 것이지 않았을까.

어렸을 때 여름을 빼면 목욕은 꼭 엄마와 함께 하는 집안 행사였다. 일곱 살이 안 되었다고 우기면 카운터에서 여탕으로 입장시켜 주는 남동생과 여동생을 챙겨 엄마를 따라다니며 공중목욕탕을 드나들었다. 동생들부터 때를 모두 밀어 주고 나의 등까지 밀어 주고 나서야 목욕을 시작했던 엄마에게 목욕탕 다니기는 집안일처럼 해내야 하는 의무였다. 목욕은, 집안의 놋그릇을 마당에 내놓고 반짝 빛나게 닦는 일처럼 반나절쯤 걸리는 집안일로 아이들 건강도 확인하는 시간이었다. 먹을 거리가 풍요롭지 않았던 당시 아이들은 왜소했고 보통 버짐이나 종기를 늘 달고 살았기에, 피부 상태도 보고 살집도 확인하는 애잔한 사랑의 시간이었다.

동네 목욕탕은 오일장처럼 떠들썩한 만남의 장소였다. 매일 갈 수 없는 형편이니 학교를 가지 않는 일요일 목욕탕을 가면 잘사는 아줌마부터 동네 궂은일을 도맡는 아줌마, 우리 또래 친구들까지 다 모여 광장처럼 소란한 축제 한판이 벌어졌다. 갈 때마다 혼잡하고 뜨거운 김으로 자욱했던 목욕탕, 명절 무렵이면 자리 잡기가 더욱 어려웠고 물바가지라도 간신히 차지하여 따뜻한 물 한 바가지 끼얹으며 모처럼 친구들과 까불던 특별함이 남아 있다.

서로 등 밀어주는 일은 당연하고, 가릴 것 없이 벗고 만난 동네 할머니와 아줌마들은 반상회라도 하는 것처럼 목욕보다 수다삼매경에 신바람을 냈다. 동네 처녀 몇 명이 바람들어 서울로 떠난 이야기부터 때로는 급한 돈도 빌리고 중매도 오고 갔으니 동네 목욕탕은 그야말로 정보를 주고받는 광장이었다.

겨울이면 엄마는 목욕탕 가는 판을 더 크게 벌였다.

겨울 빨래는 목욕탕이 최고라며 빨래를 챙기고 우리들에게도 빨랫감을 맡겼으니, 어린 우리가 보기에도 '이건 아니다' 싶게 과한데, 입구에서 당연히 직원과 실랑이 벌이는 수순을 밟아야 했다. 하지만 우리 시대 엄마들은 그런 것쯤이야 부끄러운 일이 아니었다.

집집마다 아이들 대여섯 명부터 많으면 열 명 넘는 자식들을 키워야 하는 엄마들에게 동네 목욕탕은 축복을 주는 공간이지 않았을까.

그 후 나는 서울에서 하숙할 때도 고향이 가고 싶고 엄마와 동생 생각이 나면 가까운 공중목욕탕을 찾았다. 옷을 벗어야 만날 수 있는 공간, 그렇기 때문에 대통령도, 전업주부도 어떻게 해 볼 도리 없이 닮은꼴을

확인하는 장소이자, 따끈한 물속에 들어앉을 때 밀려
드는 느긋함에 빠지고, 엄마인가 할 정도로 닮은 여인
에게 안심하고 등을 내민 채 서로 밀어 주며, 그들이
주고받는 수다를 듣다가 눈물을 흘렸던 공간이 바로
목욕탕이었다.

공중목욕탕하면 역시 로마인들을 빼놓을 수 없다.
그들은 2000년 전에 벌써 영국에 온천탕을 세워 목욕
문화를 전했다. 알제리에도 2000년 된 로마식 야외 온
천탕이 있다. 기원전 1세기 전부터 목욕 문화가 발달
한 로마는 한꺼번에 2000명이 들어갈 수 있는 카라칼
목욕탕을 세웠다. 공연장, 도서관, 체육관까지 갖추었
으니 로마 시민이면 귀족이나 서민 누구나 사용할 수
있어서 소속감을 줄 수 있었다. 황제는 목욕 시설을 잘
만들어 '너그러운 이미지'를 주면서 국민들에게 인정받
고 싶어했다고 하니 대단하면서 약간 사랑스러운 면모
도 보인다. 나라를 다스리기 위한 포퓰리즘 성격의 하
나였다는데, 그런 이미지를 우리나라 정치인들도 받아
들인 것인지 간혹 목욕탕을 찾아 대중들의 민심을 읽
으려 애쓰는 모습을 뉴스에서 보기도 한다.

몸의 때를 벗겨 내며 마음까지 상쾌해지니 '씻는 일'

은 종교에서 시작된 문화인가? 기독교에 세례의식이 있고 불교도 '씻는 일'을 강조했다. 번뇌를 씻는다고 했으니 목욕물을 받는 '욕두'라는 직책도 생겨났다. 누군가를 위해 목욕물을 받아 둘 때 벌써 그의 마음도 깨끗하게 정화되었다고 본다.

몸을 씻을 때 욕조에 몸을 담그는 것을 깨끗하지 않게 보는 문화도 있다.

터키 이스탄불을 여행할 때다. 이슬람 사원 앞을 지나는데 입구에 작은 의자가 놓인 수도 시설이 건물 벽면 전체에 빼곡하게 설치되어 있는 것을 보았다. 사원에 들어가기 전 몸을 씻고 들어가야 한다는 의식 때문이라고 했다. 욕조가 없는 터키 목욕탕은 흐르는 물에 씻는 것을 깨끗하다 인정하니, 물에 씻는다고 모두 깨끗함을 인정받는 게 아닌 것이다.

언제부터인지 사랑방 같았던 동네 목욕탕은 사라지고, 대형 찜질방이 들어섰다. 갖가지 이름을 붙인 온천풀이 있고 음식점, 노래방에 공연무대까지 갖추어 가족들이 하루 종일 있어도 지루하지 않도록 만들어져 있다. 온 가족이 찜질복을 입고 옹기종기 모여 있는 풍경을 보며 각 가정마다 깨끗한 목욕 시설이 한두 개씩 있는데도 대중탕으로 모여드는 까닭을 생각한다. 혼자 샤워하고 혼자 욕조에 앉아 있는 그 소외감보다, 사람들은 분명 어울려있는 서로에게서 비슷한 모습을 확인하며 위로받고 행복해하는, 상대적이면서 절대적인 이 마음…….

찜질방을 다니는 아이들이 자라서 어른이 되었을 때, 분명 찜질방 문화는 또 다른 형태로 달라져 있을테고, 그들도 자신들의 문화를 추억하며 그리움에 젖어들 것이다.

모여 살아가야 하는 인간은 자신만의 장소에서 다양한 문화를 만들어낸다. 특별한 공간은 사람들에게 감수성을 키워 주고 풍성한 보물섬을 선물하기도 한다.

생애 절반을 동네 목욕탕을 애용하며 보냈던 우리들, 자기만의 공부방을 간절히 원할 만큼 살림살이는 부족한 것 투성이였지만 그런대로 견디고 이해하며 지금까지 잘 살아 왔다.

이제 어쩌다 가 본 목욕탕에서 이방인 같은 느낌을 받기도 한다. 부족한 게 없어 보이는 사람들이 찾는 목욕탕은 등을 밀어 달라 청하는 사람도 없고 등을 맡길 사람도 찾기 어려워졌다. 시설 좋고 진화된 목욕탕에는 때를 밀어주는 직업인이 따로 있고, 그 옆에 피부마사지를 받는 여인이 한가하게 누워 있다. 묵은 때를 벗긴다기보다 피로를 풀고 쉬고 싶어서, 누군가에게 위로를 받고 싶어서, 깨알 같은 건강 정보를 나누는 그들 표정에 숨은 쓸쓸함 때문에 애정결핍 증상을 엿보았다면 착각인가.

잠시 가던 길을 멈추고

사람들은 대부분 자신의 가장 밑바닥에 깔려 있는 어떤 정서, 일테면 까맣게 잊고 있던 사랑이나 상처나 그리움을 노래가 건드려 줄 때 눈물을 흘리고 만다. 눈물을 보일 때는 가장 순수한 마음 상태로 돌아가 있을 때인데, 수많은 껍질로 포장된 채 여간해서 나오지 않는 진정성을 자기도 모르게 흘리는 눈물이 꺼내 주기 때문이다.

아들이 돌도 되지 않았을 때다. TV에서 애국가가 흘러나오고 있었는데, 한참을 몰두한 채 듣던 아이가 울음을 터뜨렸다. 누가 울고 있던 것도 아니어서 우리는 깜짝 놀라 아이를 바라보았다. 말도 할 줄 모르는 아기가 그 곡에 흐르는 감정에 이입되어 눈물샘이 터진 것이다. 모차르트 음악을 듣고도 엉엉 울었던 아기였기에, 음악이 이렇게 사람의 마음을 움직이는구나 감탄을 하고 말았다.

애국가의 본질은 민족에 대한 깊고도 진실한 사랑이다. 때로 사람들은 본질을 잊고 겉으로 나타난 현상만 평할 때가 있다. 본질은 강 밑바닥처럼 잘 드러나지 않아 언제나 조용하다. 일상에서 사람들은 '우리나라를 사랑하다'고 말하지 않는다. 언제나 그것은 바탕에 깔려 있고 당연한 것이라 여기기 때문이다. 부모에 대한 사랑처럼 보통 때는 무심하게 지나간다. 공기처럼 애국가는 민족의 숨결이어서 그 중요함을 잘 느끼지 못한다. 사랑하는 사람의 이름을 불러 주듯, 잘 피어나기를 꿈꾸며 꽃에 물을 주듯, 그렇게 늘 일어나는 사소하고 일상적인 것도 아니기에 소홀한 부분도 있다. 애국가에 들어 있는 부모 마음을 놓치는 것은 예전처럼 계몽적인 교육으로 강요하지 않는 이유도 있다.

애국가 앞에서 철없는 자식들은 기분에 따라 거부하고 수시로 짓밟는다. 한동안 어떤 종교에서 교리를 따른다며 애국가를 부르지 않아서, 학교에서는 문제를 일으킨다 하여 이들 학생들을 퇴출하기도 했다. 사랑의 수혈을 거절했던 그들, 민족이 흘린 피와 눈물과 서로가 잘되기를 바라는 간절함이 응축되어 있는 애국가를 인정하지 않는 그들은 누구였던가.

나의 학창시절에는 애국가를 4절까지 부르는 조회 시간은 물론 아침 태극기 게양할 때와 저녁 하기식 때 애국가를 틀어주었다. 그 시간에는 어디에서나 가던 길을 멈추고 그 어딘가에 있을 태극기를 향해 경례를 하며 의식에 잠시 동참하는 시간을 가지곤 했다. 그 때마다 왠지 모를 장엄함이 온몸을 감싸 나도 모르게 눈물을 흘리기도 했다.

다시 예전처럼 애국가를 생각하게 하는 시간을 갖게 하는 방법도 좋을 것이다. 아침 차 한 잔 마시는 시간이 바쁘다면 점심시간 후 쉬는 시간은 어떨까.

애국가는 민족의 꽃이기에 날마다 물을 주고 가꾸어야 할 필요도 있다. 최면 걸듯 자꾸 불러주어야 사랑하는 마음도 솟아난다. 노래 좋아하는 우리 민족이 애국가 부르기를 마다할 리 없다. 한국인은 노래 앞에서 한마음이 된다. 전국적으로, 세계 어디서든 한국인들의 만남은 으레 노래로 시작하고 노래로 풀어나가고 노래로 마무리하기도 한다. 슈퍼스타 K 오디션을 시작으로 매체마다 오디션 열풍인 이유도 노래를 사랑하는 기질에서 비롯되었다. 한류 바람을 K-pop으로만 밀어줄 것이 아니라 애국가를 4절까지 부르는 오디션이나 퍼

포먼스를 국제적인 행사로 키워나가야 할 필요가 있다.

조선조 말, 고종 황제도 노래 좋아하는 백성의 기질을 일찍이 파악하였다. 국민의 사기를 드높이고 충성심 고취와 애국을 위해서는 노래만 한 게 없다 하며 國歌를 제정하여 널리 펼치라고 하였다. 1902년 8월 15일 공표된 대한제국 애국가는 당시 여러 나라 외교사절단 앞에서 오케스트라로 공연되어 박수를 받았다. 현재 부르는 애국가는 아니지만, '외세들에 시달리는 우리 황제를 도와주십사' 하는 가사가 절절하다.

상데上帝는 우리 황데를 도으사 / 성슈무강하사
해옥듀를 산갓치 싸으시고 / 위권이 환영에 뜰치
사 / 오천만세에 복녹이 일신케 하소서. ―생략

작곡자는 그 당시 군악대장으로 초빙되어 왔던 프러시아 제국 황실 악단 지휘자 출신의 프란츠 에케르트였는데, 불행하게도 그는 일본에서 오래 활동했었고 일찍이 일본 국가 〈키미가요〉를 작곡한 인물이었다. 비운의 '대한제국 애국가'는 조선의 國恥와 함께 사라지고 말았다.

'애국가는 國歌가 아니다'며 애국가 부르기를 강요하는 것은 전체주의적 발상이라는 발언으로 파문을 일으킨 이석기 의원의 황당 제스처에서 석연치 않은 점을 감지하는 것은 왜일까. 정치에서도 노이즈 마케팅을 하고 있지 않나 하는 의구심이다. 가장 큰 것을 건드리고 흠집내는 일은 무언가 떳떳하지 못한 야심을 드러내는 일이다. 자신의 애국심을 보여주고 싶다면 얼마든지 긍정적이고 생산적인 방법도 많을 텐데 굳이 그렇게 '독재정권 운운'하며 공격할 일은 아니라고 본다. 역할모델을 해야 할 정치인이, 기본기를 갖추지 않고 시합하는 운동선수처럼 성숙하지 못한 사고로 실망을 주어야 하는가. 애국가는 개인의 정치적인 성향에 이용하는 도구가 아니다. 애국가는 우리가 발붙이고 살고 있는 이 땅처럼 전 국민의 재산이다.

현재의 애국가는 안익태 선생이 우리 민족이 잘 되기를 기원하는 큰 뜻을 품고 세계 40개국의 국가를 참작하여 창작해냈다. 그 후로 애국가는 상해임시정부와 재미동포들에게 보내져 정신적 지주가 되었을 정도로 사랑을 받았다. 해방 후에는 임시정부 요원들이 귀국하는 비행기 안에서 고국땅이 보이는 순간 애국가를 부르기 시작하여 착륙할 때까지 울음바다를 이루었다. 이처럼 애국가가 탄생하고 성장해 온 배경에는 늘 독립운동을 했던 애국지사들의 눈물과 목숨과 한이 있어 함부로 대할 수 없는 것이다. 애국가 2절 앞부분에 나오는 '남산 위에 저 소나무' 또한 절대 환경이 좋고 평평한 땅에서만 살아가는 소나무를 말하는 게 아니었다. 당시 바위에 뿌리를 박고 살던 남산의 소나무, 어떤 어려움에도 뿌리를 내리는 참을성 많은 소나무의 생명력을 노래한 것이었다. 남산의 소나무처럼 우리 민족이 숱한 고통을 견디고 이루어내리라는 것을 예언한 노래다.

6·25 참전용사로 왼쪽 허벅지까지 폭탄에 날아가 의족을 끼운 채 농부로 살았던 나의 아버지를 보면, 꼭 바위에 뿌리를 내렸던 소나무라는 생각을 했다. 강한 생활력으로 가정을 일구어 전체 상이용사들에게 모범이 된다 하여 국무총리표창까지 받았는데, 시상식 때 아버지는 애국가를 따라 부르며 눈물을 흘렸다. 그때 아버지의 눈물은 고향인 황해도 해주를 생각하는 사무

치는 그리움의 뜨거운 표출이었을 것이다. 두고 온 가족들이 가슴 터지도록 보고 싶어 한달음에 달려가는 생각을 수도 없이 했을 것이다. 아버지는 분명 '남산 위에 저 소나무'였다. 애국가를 부르며 힘을 얻고 무언가 비장한 결심을 하고 살아갈 메시지를 받았던 것이다.

어디에서도 이제 애국가 부르기를 강요하지 않는 사회가 되었다.

하지만 우리는 분명 놓친 것들이 있다. 애국가는 반짝 유행을 탈 때 사랑하다 버리는 소모품이 아니다. 귀한 것은 거슬러 흐르지 않는 강물처럼 늘 그대로 기다려주는 자체이다.

잠시 하던 일을 멈추고, 잠깐 귀를 열어 애국가를 4절까지 들어보고 불러보는 일도 애국의 방법이다.

우아한 부엌

전주 토박이 어머니가 하는 음식은 모두 맛있었다. 누군가가 말한 제5의 맛인 감칠맛 때문일까. 돼지 뼈다귀를 고아서 끓인 우거지탕, 풋고추 볶음, 솎음배춧국, 황석어 젓갈로 담근 김치, 마늘 닭백숙, 끝물에 떨어져 익지 않은 토마토로 담근 장아찌, 무절임 된장박이 등……

솥이 걸린 아궁이, 불 때는 정지(부엌) 흙바닥에서 어머니가 신바람 나게 움직이면서 뚝딱 해내는 음식은 가족들에게 에너지를 주었다. 그런데도 황해도 출신으로 김치는 백김치를 먹어야 하는 아버지에게 야단을 맞는 게 한 가지 있었다. 양념이 세다는 거였다. '짜게 하지 마라' '맵게 하지 마라' 아버지가 하는 주문에는 '양념 사치가 심해 음식 맛이 제대로 나지 않는다'는 불만이 따랐다. 가족을 위해 애를 쓰는 마음이 넘쳐서일까, 음식마다 양념을 많이 쓰는 엄마의 버릇은 쉽게 고쳐지지 않았다. 무언가 부족하다고 생각하여 한줌씩 더 집어넣기 때문이었으리라.

학교에서 돌아오는 시간이면 우리 부엌은 늘 동네 아줌마들이 모여 들썩거렸다. 겨울 김장부터 결혼이나 집에서 치르는 초상…… 갖가지 애경사까지. 우리 집 부엌은 동네의 품앗이를 결정하는 장소가 되었다. 농사짓는 우리 집은, 새벽시장에 넘기고 남은 오이, 가지, 토마토, 푸성귀 등이 푸짐하고 풍요로워 보였던 것일까. 오후 서너 시 무렵이면 동네 아줌마들이 모여들어 막걸리 한 잔 하면서 음식 품평을 하느라 골목까지 떠들썩했다. 김치를 담갔다, 전을 부쳤다, 멸치젓을 담근다 등, 무슨 먹을거리 핑계를 대서라도 아줌마들은 모여들었다. 주부들을 위한 취미교실은 없고 흑백 TV 뉴스에서는 가끔 춤바람 난 주부들을 일망타진하는 장면이나 내보내는 시절이었으니, 동네 아줌마들은 거실도 없는 10평 규모 국민주택 아궁이 앞으로 모여들어 음식을 화두로 와자지껄 시끄러웠다. 가끔은 쥐새끼 때려잡는다고 난리를 치면서 음식과 수다로 스트레스를 풀었다. 흥이 넘치는 그 부엌은 늘 떠들썩했다. 나

는 그 활달함이 좋았지만, 아줌마들은 왜 풋고추를 된
장에 찍어 먹고 배추김치 하나를 놓고 부엌에 쭈그리
고 앉아 저렇게 좋아하고 떠들까, 그 툽상스럽고 촌스
러운 분위기가 못마땅하여 부엌 쪽으로는 제대로 얼굴
도 내밀지 않았다. 가정 시간에 배운 샌드위치나 멋진
샐러드 만들기를 꿈꾸며, 언제쯤 부엌을 차지해 볼까
기회를 엿보며 염탐했다.

어느 봄날이었다.
어머니는 아버지 모임 친구들을 초대했다며 잔치 준
비를 하기 시작했다. 동네 아줌마들과 막걸리 놓고 젓
가락질하던 푸성귀 반찬 수준이 아니었다. 마당까지
화덕과 솥을 끌고 나와 요리를 하는 어머니는 동네 아
줌마들과 어깻바람을 내며 새로운 음식들을 계속 만들
어냈다. 민물장어구이, 신선로, 색깔을 맞춘 나물, 연
꽃잎모양으로 깎은 사과 등등, 요리도구라고는 솥단지
몇 개와 가마솥 뚜껑이 전부처럼 보이는데, 겉어림으
로 하는 것 같아도 명품 요리가 줄을 이었다. 그중 나
를 놀라게 한 것은 진달래 꽃잎을 올린 찹쌀 화전이었
다. 요리를 언제 배웠을까? 의아하게 생각하며 화전을

부치는 어머니 옆에 앉아 지켜보았다.

어머니가 다시 보였다. 평소에는 아무리 된장질해도 별것도 나오지 않던 부엌인데, 그날 생전 처음 우아한 상차림을 본 것이다. 그 후 어머니의 부엌이 새롭게 보이기 시작했다. 할 일 없이 막걸리나 먹었다고 생각했던 동네 아줌마들은 모여서 요리교실을 열었던 것이다. 그녀들은 가슴속으로 열망하던 우아한 요리들을, 마을 잔치 때마다 모여 합숙훈련처럼 같이 잠자고 먹어 가며 풀어내고 있었다.

그때 감동받아 마음에 품었던 '품앗이 부엌'을 향한 부러움은 오래갔다. 나도 언젠가는 손님을 초대하여 떠들썩하게 요리를 하고 화전까지 만들어 보리라 마음먹었지만 지금까지 한 번도 그러지 못했다. 나의 부엌은 세 개의 냉장고와 가스레인지와 터무니없이 많은 그릇들로 쌓여있지만, 부엌만 갖추었다고 될 일이 아니었다. 식구도 줄었고 친척도 찾아올 일이 없는 집은 너무 조용하여 풀 죽어 있을 뿐이다.

같이 먹고 자며 집안일 품앗이할 일가도 없으니 무얼 만들어도 정성이 없는지 얼마 못 가 구드러지고, 공부한 대로 요리해도 개개풀어지는 바람에 이미 자신을 잃고 말았다. 어머니로 인해 늘 행복했던 나의 고향 전주, 유네스코 세계문화유산에 맛의 도시로 선정된 지 몇 년 되었지만, 이제 어머니도 계시지 않으니 안타까운 마음만 가득하다.

우아한 부엌은 이대로 사라질 것인가?

남한산성 아라비카 카페

그 바다에는

바다를 보면 늘 아버지가 떠오른다. 파도 넘실거리
는 바다. 밤이면 파도는 더욱 큰 소리로 해안가로 달려
들어 부딪는다. 두려움을 주는 그런 바다, 아버지는 살
기 위한 기회로 삼아 벌판 같은 바다를 달렸다. 아버지
의 인생을 자유 세계로 안내한 등대 같은 바다, 그 바
다가 없었다면 아마 아버지의 삶도 전혀 다른 길로 가
버려 이곳에 존재하지도 않았을 것이다. 바다의 어떤
힘이 아버지에게 용기를 주었을까. 아버지는 바다로
달려가 오래도록 닫힐 뻔했던 인생의 철문을 열었다.
그렇게 건너온 바다.

전쟁이 끝나고도 고향으로 돌아가지 못해 아버지가
힘들어할 때마다 바다는 아버지를 위로했다. 목숨을
걸고 바다를 건너왔으니 이 땅에서는 어려울 게 하나
도 없다고…. 해상 표류와 모험 끝에 행복을 찾은 오딧
세우스처럼 아버지도 행복을 찾아야 했다.

어느 날 부둣가에서 어부들이 건져 올린 싱싱한 해물들을 먹으며 묘한 나는 기분에 휩싸였다. 이날은 아버지가 목숨 걸고 해안선을 따라 물 빠진 바다를 맨발로 달려 남쪽으로 넘어온 날이었다. 그날따라 밤바다는 어둠을 타고 엄청난 파도가 밀려들고 있었다. 두려움과 추위와 알 수 없는 공포가 파도 속에서 끊임없이 출렁였다. 밤바다의 또 다른 얼굴이었지만 저 바다 어디에선가 파도소리를 노래 삼아 항해하는 배들도 있지 않은가.

아침이 되니 파도가 밀려들던 그 바다는 어느덧 조용하고, 물이 들면 바다로 나가기를 기다리는 배들만이 어구를 실은 채 포구에 묶여 있다. 그 대단했던 파도는 어디로 간 것일까. 바닷가를 한참 달렸다. 나의 아버지도 이렇게 달렸을까. 아침바다와 파도가 소리치는 어둠 속의 바다는 엄청난 차이가 있다.

황해도 해주 그곳에서 아버지는 부모형제와 아내, 딸까지 대가족을 이루고 살고 있었다. 하지만 땅도 빼앗기고 어디론가 추방당할 위기가 닥치자 아버지는 어쩔 수 없는 선택을 해야 했다. 기로에 섰을 때, '너라도 남쪽으로 가서 살라'는 부모의 재촉이 이어지고, 마침

내 아버지는 경비가 삼엄하고 위험한 육로보다는 차라리 썰물의 물때를 맞춰 물 빠진 바다를 뛰어 남으로 내려오기로 결심한 것이다.

11월의 바다는 초순이지만 추운 날씨였다. 밤이 되기를 기다렸던 아버지는 무작정 남쪽을 향해 바닷가를 뛰었다. 맨발이었으니 발은 시려웠고 가슴은 얼마나 뛰었을까. 개펄에 살아움직이는 것들도 아버지의 뜀박질에 힘을 실어 주었으리라. 붙잡히면 죽을 게 뻔한 상황에 어떻게 시간이 흐르는지도 알지 못한 채 바다를 뛰면서, 아버지는 새로운 세상에서 살아가기 위해 슬픔까지 버리고 바다 남자로 새로 태어나야 했다. 그동안 누렸던 행복을 뒤로한 채, 가족의 생사도 훗날로 기약하며 달렸던 밤바다의 파도소리는 더욱 가슴을 때렸을 것이다.

인생은 때로 사랑하는 모든 것을 뒤로한 채 파도치는 바다로 뛰어들어야 할 때가 있다. 때론 목숨을 던지게도 하고 때론 생을 잇게도 해 주는 바다. 생사의 두려움을 극복하고 뛰어들, 오히려 새로운 인생의 바다에서는 펄펄 솟구치는 물고기들로 인해 싱싱한 삶을 선물 받을 수도 있는 것이다.

바다를 사랑한 사람들

무엇이 그녀를 바다로 이끌었을까.

해녀가 꿈인 러시아 여성을 보았다. 얼마 전 아침 방송에서다. 한국 사람이 되기를 희망하는 그 여성은 해녀의 꿈을 안고 제주도로 갔다. 그곳에서 해녀가 지도하는 프로그램에 참가하여 고막이 터지는 어려운 과정까지 견디고 있었다. 젊은 여성이 하고 많은 직업을 두고 하필 힘든 해녀 일을 하려 하는지 사람들은 물었지만, 그녀는 그저 '바다가 좋다'는 답을 하며 웃었다.

바다는 강한 동력을 품고 사람들에게 생명을 선물하는지도 모른다. 끊임없이 도전하는 파도와 그 물살을 내 집 삼아 헤엄쳐 다니며 살아가는 갖가지 바다 생명체들⋯⋯.

친척 오빠가 오래전 배를 한 척 사서 포구에 정착한 채 결혼하고 아이도 키우면서 바다 사나이로 살아가기 시작했다. 비록 작은 배였지만 한 가족을 살게 하

고 꿈을 주었다. 자라나는 아이들에게도 바다를 사랑
하게 만든 일이었다. 처음에 부모님과 친척들의 반대
에도 불구하고 꿋꿋하게 헤쳐나갔던 것은 바다를 향한
알 수 없는 열정 때문이었으리라.

파도를 타고 넘으며 망망대해로 나아갈 때 두려움도
있었을 텐데, 그럴수록 오빠의 삶은 자부심과 함께 단
단해져 갔다. 중학생 때 바다 사나이 오빠를 따라 군산
쪽 포구에 갔었는데, 갯벌과 끝없는 바다 그리고 어시
장은 내 인생 처음 만난 경이였다. 기억 속에 꽤나 큰
어시장이었던 그곳에는 온갖 해물이 살아서 펄떡거리
고, 없는 게 없어 보였다. 사람들은 물고기만큼이나 싱
싱한 몸짓으로 시장을 쥐락펴락했다. 나는 그 활력에
매료되어 '내가 모르는 세상이 이런 곳에 있었나' 거의
충격을 받다시피했다. 아이들은 초등학생이 되면 방
학이 아니어도 당연하게 아버지 배를 따라가 배위에서
그물도 정리하고 잡은 고기 손질하는 일까지 배우고
있었다. 일하는 모습이 어른 못지않게 하도 능숙하고
생활력 있어 보여 너무나도 놀라 감탄하며, 바다는 대
체 무슨 능력을 주는 것일까 생각했다.

어느날 오빠는 독살(조수간만의 차를 이용하여 고기를 잡기 위해 해

^{안가에 쌓아 놓은 돌담)}을 가르쳐준다며 바닷가 한쪽에 돌들
을 쌓자고 했다. 밀물 때 고기들이 쌓아둔 돌 안쪽으로
들어오면 썰물 때 나가지 못한다는 것이었다. 작은 돌
큰 돌들로 울타리를 만들어 두었는데, 정말 밀물이 되
니 고기들이 파도에 밀려 들어오며 신나게 춤을 추었
다. 썰물이 되니 오도가도 못한 채 '그대로 멈춰라'가
되어버리고 말았다.

갯벌에 나가 조개 캐는 제 어머니 등에 업혀 있던 조
카들은, 자라면서 어머니 일손을 돕느라 조개도 캐고
낙지나 고동 등을 잡는데도 이력이 붙었다. 잡아 온 고
기를 손질하여 어포로 말리는 일도 너끈히 해내다니.
돈을 주고도 살 수 없는 삶의 체험 현장이었다.

70년대 초반 모두 어렵게 살던 때였다. 자동차도 귀
한 시절이었으니 학교가 끝나면 요즘 아이들처럼 학원
으로 가는 것은 상상도 할 수 없었고, 부모님 일손을
덜어드리는 게 먼저였다. 아이들도 한 집에 보통 여섯
명에서 열 명 정도씩 있었으니 동생 돌보기도 아이들
몫이었다. 도시나 농어촌 할 것 없이 어른은 물론 아이
들도 쉴 틈이 없었다. 추운 겨울 양지바른 담 밑에서
노는 것도 잠시다. 산에 올라가 땔감도 구해 와야 하

고, 애향단 활동으로 아침이면 마을 청소도 맡아 하고, 리어카를 끌고 마을을 뛰어다니며 이런저런 짐도 나르고 어린 동생들도 태우고 다녔었다.

특히 어촌은 더 바쁘지 않았을까. 바닷일 뿐만 아니라 반은 농사도 짓고 있어서, 식구들이 많으니 땅만 있으면 곡식과 채소를 심어 먹을거리들을 충당해야 했다. 당연히 오빠도 바다에 나가지 않는 날은 농삿일을 하고, 품앗이로 동네 길닦기나 학교 공사 같은 일에 나갔다.

마라토너 황영조 어머니도 바닷일부터 농사까지 전천후 일꾼으로 자식들을 키워낸 우리 시대 모성애의 대표선수다. 황영조 선수를 인터뷰했을 때 바다와 어머니에 대한 일화를 들려주었다. 그는 학교에서 집에 돌아오면 바로 어머니가 일하는 바다로 달려가 물질하는 어머니가 물속에서 나오기를 기다리며 어머니와 숨쉬기를 겨루기도 했다. 어머니가 바닷속에 들어가면 호흡을 참고 어머니 모습이 보일 때까지 기다리다 못 참고 먼저 숨을 토해내곤 했다. 그의 어머니는 미역, 전복, 해삼, 성게 등을 따서 내다 팔았는데, 한창 자라는 때라 늘 배가 고팠던 선수는 몰래 먹다가 야단을 맞기도 했다. 날씨가 좋지 않을 때는 밭에서 일을 했는데 역시 학교가 끝나는 대로 달려가 어머니를 도와 나무를 해서 지게에 지고 날랐다. 강원도의 비탈진 밭을 오르내릴 때마다 '농사는 절대 짓지 않겠다'는 맹세를 하기도 했다. 동생은 어리고 누나들은 숙제 있다, 공부해야 한다 하면서 어머니를 안 따라갔지만, 선수는 어머니를 따라가 밭일하고 나무 베고 이것저것 집안일을 많이 도왔다 하여 어머니에 대한 깊은 효심을 엿보게 했다.

우리나라는 삼면이 바다인 것도 행운이라 생각하는데, 특히 서해안 갯벌은 세계 5대 갯벌 안에 꼽힐 만큼 크고 바다 자원도 풍부하여 국민들에게 사랑받고 있다.

바다 사나이 오빠 덕분에 나는 여행을 하면 포구와 항구 찾아다니기를 좋아했다. 배 한 척 사서 바다를 누비는 꿈을 꾸지만 이루어지지 않아도 바다에 서면 행복한 기분이다. 풍성하고 인심 넉넉했던 바닷가 마을에 안착한다면 그 또한 행복이리라.

이탈리아 아씨시 입구에서

멈춰선 1초 앞에서

5위라는 우리나라 역대 최고 성적을 이룬 런던 올림픽은 분명 국민들에게 행복을 선물했다. 그렇지만 잘못된 심판으로도 논란이 많아 우리들을 잠 못 들게 한 올림픽이기도 하다. 경기를 보는 내내 이해할 수 없는 판정들에 국민들은 분개를 했고 불공정한 판정들이 경기장 곳곳에서 벌어지는데 속수무책으로 보아야 하는 일에 더 가슴 아파했다. 펜싱의 신아람 선수는 브리타 하이데만 독일 선수가 세 번의 공격을 하는 동안 멈춘 1초 오심 때문에 '한恨'이 되었다고 밝혔다. 세계 언론들까지 오심심판을 심각하게 보도할 정도로 어정쩡한 1초에 대해 질타를 했다.

'부정 탄 출발' 타이틀의 수영 예선에서도 박태환 선수는 실격 판정을 받고 번복하기까지 지옥의 4시간 동안 실의에 빠져 사기를 잃고 말았다. 중국의 쑨양은 1,500미터에서 분명히 부정 출발을 했지만 실격 처리를 하지 않아 금메달을 땄다. 횡포라고 해야 옳다.

4년 동안 땀 흘려 노력한 선수나 뒷바라지를 한 부모와 스승 모두 상처를 받는 것은 당연하다. 올림픽은 명실공히 최고의 국제경기인 만큼 유명한 선수나 메달을 따는 나라만의 것이 아닌 세계인의 잔치라는 것을 생각해야 한다. 올림픽 참가 정신은 순교의 정신이다. 무엇을 얻기보다 무언가를 사람들에게 주어야 하는 아마추어 정신이다.

자라나는 아이들이 받는 영향도 생각해야 하지 않을까. 지금 벌어지고 있는 모든 현상과 논리와 결과는 이렇게 잘못된 판단을 내려도 괜찮은 세상이라는 위험한 인식을 아이들에게 은연 중에 심어 주고 있을 게 분명하다. 스포츠 경기의 본질을 잃어버린 그들은 세계인들 가슴에 '믿을 수 없음'이라는 깊은 흉터를 남겼다.

아들이 초등학교 6학년 시절 동네 축구를 배울 때였다.

나이들이 서너 살씩 차이가 나는 골목 팀은 늘 시끄러웠다. 다른 동네와 시합을 할 때마다 돈을 거는 내기도 문제지만 '귀에 걸면 귀걸이 코에 걸면 코걸이' 식

규칙도 불만을 키우는 원인이 되었다. 규칙을 따지지만 결국 힘센 형이 많은 팀이 이기도록 되어 있는 경기를 누가 하고 싶겠는가. 경기 규칙은 있으나 마나이고 힘센 상대팀에서 이길 때까지 시합을 해줘야 하니 축구가 아니라 죽을 지경의 고역이었던 것이다. 골목은 이기면 이기는 대로 떠들썩하고, 시합에 지면 그날은 서로를 원망하는 소리와 핑계를 찾느라 늘 싸움이 일어 결코 즐겁지 않은 축구였다. 일요일 아침 형들이 부르는 소리가 들리면 아들은 거의 울상을 지었다.

그러나 중학교에 입학한 후 아들은 변하였다. 마침 체육 선생님은 국가대표 축구선수를 지낸 분이었다. 일요일이면 학교 운동장에서 선생님의 정확한 심판과 함께 축구 경기를 하곤 했는데, 선생님에게 배웠던 점은 아이들마다 각기 다른 장점이 있다는 사실이었다. 자기가 맡은 포지션에서 최선을 다하는 방법으로 축구의 진짜 재미를 알게 해 주었는데, 놀라운 일은 아이들의 변화였다. 이기고 지는 것보다 경기를 즐기는 일과 마무리를 멋지게 할 줄 아는 매너를 배운 점이다. 그리고 시합에 진 팀 전부의 발을 씻어 주는 마무리는 상상 밖의 일이었다. 규칙을 어기면서까지 이기느냐, 지느냐, 빼앗는가, 뺏기는가에만 매달려 있던 아이들에게는 충격이었다. 그동안 억지로 이기면서 돈을 빼앗느라 자기 모멸감에 빠졌을 형들에게도 자신들의 행동을 다시 생각하게 하는 시간이었다. 인생의 눈을 뜨게 된 계기가 선생님을 만나면서였을까. 공정함의 맛을 배운 골목 축구팀은 그 후 우정 어린 모임으로 폭풍 성장했다.

아직도 아들은 '멋지고 좋은 선생님'이었다며 신뢰를 보낸다. 인생도 순수한 아마추어 정신에 뿌리를 두어야 한다. 특히 부모 형제나 친구, 직장 동료들의 관계가 프로 스포츠처럼 흥행과 승부 중심으로만 이루어진다면 인간은 살아남을 수 없다.

인간은 늘 불공평하다는 생각에 사로잡힐 때가 많다. 어렸을 때 부모님이 잘 대해 주지 않으면 '친부모 맞나?' 의심을 하고, 학교에서는 선생님이 공부 잘하는 아이만 편애한다는 불만을 갖는다. 키가 작으면 작다고 유전자를 원망하고, 외모에 자신이 없으면 취업이 되지 않는 불이익을 당하지 않을까 혼란에 빠진다. 취업을 해도 성실하게 노력하여 차근차근 결실을 맺고 있는 나의 공을 누군가 가로채 가지 않을까 불안감을 갖게 된다. 그렇기 때문에 편애를 한다는 인식을 주거나 잘 모르면서 일방적으로 한쪽만 유리하게 판단을 내리면 큰 상처를 안고 만다.

공정하지 않다는 것을 알면서 침묵을 지키는 것도 공정하지 못한 태도이다. 그것은 언젠가 자신에게도 부메랑으로 돌아오는 것이기에 누군가 중심을 잡아주어야 한다. 그리고 일단 공정성을 잃었을 때에는 이해 당사자들이 충분히 공감할 수 있는 설득력을 가진 뒷처리가 필요하다.

공정함은 인간이 기본적으로 갖고 있는 착하고 싶다는 의지에 뿌리를 둔 숲이다. 성실하게 한 해 두 해 땅에 뿌리를 내리고 가지를 뻗으며 자기를 가꾸는 숲이다. 그런 까닭으로 학교를 세우고 회사에서는 인재를 뽑고 국민은 정치가를 선출한다. 인간이 땀 흘려 노력한 만큼 결과를 얻게 하고 믿음을 주는 일은 공정함에서 큰 빛을 낸다.

우리는 모두 꿈을 꾼다. 인생에서 늘 제대로 된 심판을 만나는 일과 나도 누군가를 정직하게 심판하는 일을…….

사막을 건너는 여시狐

왜 사냐고 묻거든

나이 들면서 진정한 행복감은, 결혼한 순간부터 족쇄처럼 채워진 '~다워야 한다'는 의무들 그 일방통행에서 벗어난 일이다.

이제 어지간한 경쟁과 책임에서 놓여나니 참 다행스럽다. 그만큼 나를 위해 쓰는 시간이 많아졌다. 간간이 여행하고 내가 좋아하는 공부를 하고 글 쓰며 읽고 싶은 책을 골라 읽으니 행복한 것이다. 글 쓰고 수업을 준비하는 일이 타인보다 나를 살리는 길임을 점점 깨닫는다. 아무도 인정해 주지 않던 나를 '내 인생의 주인공'으로 만들어 준 작가의 길을 선택한 것에 감사할 뿐이다.

젊은 날의 나는 독립적이지 못하고 너무 나약했다.

나의 권리는 돌에 눌린 오이지처럼 얇아진 채 늘 무언가에 쫓겼다. 대학 졸업장 하나로 지성인 티를 내느라 버거웠고, 아이들이 어렸을 때는 학부형 노릇에 친구나 학부모를 만나도 아이가 공부를 잘하고 학급 임원이라도 맡아야 말문이 열리니 부담이었다. 서울에는 서울대 나오고 젊은 나이에 대기업 임원 하는 집안이 왜 그리도 많았는지, 어중간한 중앙 운운⋯ 하는 남편 학벌과 말단 공무원 신분은 쪽을 못 폈다.

언제나 내 것들에 만족을 모르고 살았다. 나는 나 그 자체이니 최대한 나를 사랑하며 살아야 하는데, 모든 잣대를 남에게 대 놓고 있으니 한순간도 제대로 편안하지 못하고 전전긍긍한 모습이다.

20대는 그 빛나는 젊음의 가치를 모른 채 고독한 서울살이와 카뮈나 카프카, 전혜린 덫에 걸려 고민으로 치장하느라 얼토당토않은 고통 속에서 지냈고, 대학을 졸업하면서는 빨리 취업이 되지 않아 우울했다.

30대에는 지옥 같은 가사일로 모습을 실험실 해골 못지않게 처참해졌고, 시집살이 10년도 안 돼 남편이 남의 편이 돼 버린 일에 '어서 10년 정도 나이가 들었으면⋯' 하고 조바심을 냈다.

40대에도 나는 중심을 잡지 못한 채 남편의 말 한마디에 휘둘렸고, 어머니가 물려준 땅까지도 잃을 뻔했다. 심지어 어느 부인은 집안이 좋아 남편이 때마다 승진도 잘한다는 것까지 비교당하다 주눅이 들어 집안일이 풀리지 않으면 모두 내 탓인 양 죄책감에서 헤어나지 못했다.

뱃살이 10킬로쯤 불어나던 50대, 나는 작가적 경력도 쌓이면서 자신감과 배짱이 붙어 가족들에게 덜 헌신적이 되어 싸가지 없게 굴며 용감해졌다. 까짓것, 나갈 사람은 나가는 거고 죽을 사람은 죽을 운명이니까 더 이상 내 탓하지 말고 내 하고 싶은 대로 밀고 나가자……

노년기를 시작하는 나는 나의 책들과 함께 당당하다. 시력은 약해지지만 마음으로 보이는 세계는 넓어져 담담해졌다. 책 읽으라고 강요한 사람은 없지만 서점에 가서 책을 고를 때는 온몸의 세포들이 열려 나를 응원한다. '닥치는 대로 사서 눈 밝을 때 읽어!!!'

때로 명색이 꽃중년인 우리를 투명인간 취급하는 젊은이들 눈빛에 흠칫 놀라기도 하고, '앞으로 무엇이 될까?' 그런 생각을 하지 않아도 되니 인간 같지 않아 보인다는 무시가 느껴지기도 하지만, 어떠랴!

우리 앞에 펼쳐진 인생이 가시 돋는 선인장이나 있

지 세속적 생물체가 살 수 없는 사막, 오아시스나 만나면 행운인 곳, 아무리 달려도 걸릴 게 없으니 남은 길은 아주 벌판스럽다.

　신은 참 공평하다. 책임도 줄어들고 경쟁하지 않아도 되니, 기본 생명줄만 남기고 몇 가지 거두어간 덕분에 느긋해졌다.
　빛을 잃은 눈동자는 인공수정체로 불을 밝히고, 이웃에게 다정한 구미호가 되어 사막을 건넌다. 나는 사막을 건너는 여시다.

나도 출근한다 왜

출근 시간 전철 안은 1cm의 틈도 없이 서 있는 사람을 그대로 꽂는다. 자리를 잡고 앉는다는 것은 아예 포기해야 한다. 서 있는 일도 한 시간 넘도록 중심 잃지 않고 가려면, 웬만한 틈새는 체면 불구하고 뽀작뽀작 밀면서 잡아야 한다. 출근하는 젊은이들 틈에 끼어 주위를 살피면 내 나이의 여성을 만나기가 쉽지 않다. 퇴직한 남편 따라 귀촌하거나 해외 여행을 다니고, 봉사 활동에다 손자, 손녀 육아일로 이리저리 불려 다니느라 여성의 쓰임새는 전 세계적이다.

"출근 시간에 노인들은 왜 나와서 자리를 차지하고 그래?"

조용하던 전철 안이 여인의 일침으로 잠시 휘청하는 듯하다. 하지만 작은 물고기 꼬리 포닥거림이었는지, 못 들은 척하는지 아무도 반응을 보이지 않는다. 경로석에 앉은 남자 노인들도 고개를 숙인 채 자기와는 상관없다는 태도다. 나 혼자 가슴을 올랑거리며 여인을 바라본다. 칠십 중반 두 여인은 젊은 남자들이 몰려있는 가운데 통로에 서서 경로석을 흘낏거리며 다시 나이 든 경로들을 공격한다.

"이 시간에 뭐 볼일이 있다고 젊은 사람들 출근하는 시간에 나와서 돌아다녀? 아침 먹고 느긋하게 나오면 자리도 넓고 그럴 텐데, 할 일 없으면 뒷산이나 올라가든지……. 하여튼 문제야."

거침없는 여인의 투덜거림에 나는 다시 설전이 벌어지는 상상을 하며 남자 노인들을 바라본다. 등산복이나 후줄그레한 파카옷 차림에 푹 눌러 쓴 야구 모자 아래 얼굴은 대체로 지르퉁한 표정이다. 위엄이나 유들진 면모를 잃은 지 오래 되어 눈빛도 아슴프레하다. 듣는 사람은 나 혼자일까? 모두 들리지 않는 사람처럼 관심을 보이지 않는다. 이쯤이면 어디선가 동조하는 대꾸가 있다거나, 이 모든 상황을 정치인이나 국가의 할 일이라고 몰아가며 유창하게 정견 발표하는 남자 어른이 꼭 등장하는데, 이른 아침이어서인지 전철 안 공기가 착 가라앉아 있다.

'이봐, 좁쌀 할매들! 입 닫어. 아침부터 떠들기는, 당

신은 남편도 없어?'

그런 지하철 막말녀도 없고, 이구동성 대꾸하는 입들을 스마트폰으로 찍고 무한복제 퍼나르기로 신바람 내는 사람도 보이지 않는다. 모두 귀에는 이어폰을 꽂고 스마트폰으로 드라마를 보거나 게임 삼매경이고, 고단한 얼굴로 쪽잠이라도 자 두려는 듯 거의 꼬꾸라져 있거나 눈 감고 입 벌린 풍경이다. 무엇 때문인지 분명히 의도적으로 공격하던 그 칠십 대 여인은 시큰둥한 반응이 예상 외라는 듯 다시 갈갈거리며 말을 뱉는다. 젊은이를 역성 들고 나이 든 남자를 마음 상하게 하여 무엇을 얻으려 하는 것인지 궁금하다.

가뜩이나 피곤한 젊은 사람들인데 힘 좋은 노인들은 서서 가도 되지, 하필 출근 시간에 나와서 자리 비키라는 식으로 버티고 서면 누가 좋아하겠냐는 내용을 반복한다. 듣고 있던 나는 점점 불안해져 맥박수가 빨라졌다. 이러다 어느 남자가 참지 못하여 폭력이라도 쓰는 것 아닌가. 마음에 상처를 주고 건드리면 가장 먼저 폭력적으로 변하는 게 남자 아닌가. 여인은 분명 누군가의 심기를 불편하게 하려는 듯 자꾸만 자극적인 말로 깐족거린다.

'그만하세요. 당신은 경로 아닌가요?' 하고 싶은 것을 참고 있을 때였다.

"이봐, 상늙은 왕 언니 당신은 왜 나왔어? 분수 없이……. 경로석에 안 있다고 경로 아녀?"

드디어 경로석에 앉아 있던 한 남자가 대변인처럼 입을 연다.

"어따 대고 상늙은이야. 나는 며느리 출근시키고, 손자 유치원 등원시키러 출근이라도 하지."

여자는 마치 기다렸다는 듯 힘을 받아서 응수를 한다. 남자도 지지 않았다. 봇물 터진 듯 쉬지 않고 말을 이어나간다.

"가족들 먹여 살리느라 젊을 때 뼈가 부서져라 일하고 이제 같이 오순도순 늙어가나 했더니 마누라 만나기가 대통령보다 어렵다니……. 애 봐준다, 여행 간다, 모임 간다며 해가 뜨자마자 나가 버리면 저녁 때나 들어오는데 괜히 잔소리하면 황혼이혼 들먹거리니 남자는 피눈물이 난다."

두 남녀, 무릎맞춤이라도 할 양 등등한 패기로 설전을 벌이더니 시간이 갈수록 신파가 흐른다.

"당신만 출근해? 나도 출근한다. 공짜 점심 먹는 식

권 못 받을까 봐 출근한다. 왜? 일찍 가서 줄을 서야 식권을 받을 거 아니야. 여편네들이 나 몰라라 팽개쳐 둔 남편들이 이 모양이다. 알았냐?"

나는 그들이 주고받는 말에서 갈 곳 없는 부부 싸움을 본다. 그들이 주고받는 말싸움은 같이 늙어가는 배우자와 아무 말이라도 하고 싶은 목마름이고, 외로움을 달래가며 정을 나누고 밥 한 그릇 같이 먹고 싶은 저항정신이다.

아침 출근 시간 전철 안은 나이 든 남성 대 여성 대표가 벌이는 대리 부부 싸움조차 관심없다는 듯 조용하기만 하다. 출근하는 젊은이들은 이들의 외침이 들리지 않는지 들려도 관심이 없는지 무표정한 채 자신들의 스마트폰에 콧방아를 찧고 있다.

어느 날 이른 아침, 남편이 날바람잡이처럼 나간다. 야구 모자를 눌러 쓰고 등산복 차림인데 가슴이 철렁 내려앉는다. 설마 점심 식권 받으러 출근하는 것은 아니겠지.

5부

빈둥거리며
생각여행하기

바티칸피나의 안뜰의 천체

아무리 달려도 별과 달은
절대 그 거리를 지키며 길을 터 줄 뿐 다가오지도,
멀어지지도 않습니다.
붙잡을 수 없는 저 별과 달을 따라
가로등도 없는 캄캄한 들판을 달립니다.
우리의 인생도 이렇게 그저 캄캄한 길을
달려나갈 뿐이겠지요.
그 어두운 세상 둘만 있는 것처럼 떠 있는
초승달과 별 하나는 당신과 나의 모습입니다.
세상이 캄캄해야 비로소 떠오르는 존재들,
반딧불이처럼 제 몸빛으로 있음을 알리며
바라보고 바라볼 뿐입니다.

두멍솥을 걸어두다

노년기는 마당 넓은 집으로 이사하여 정착하는 상상을 한다. 그런 날이 온다면 꼭 하고 싶은 일이 있다. 마당 한쪽에 임시로 부뚜막을 만들고 커다란 솥 하나를 걸어두는 것이다. 그 솥에는 언제든 그 누가 찾아와도 충분히 먹일 죽이나 국이 끓고 있고 가마솥 뚜껑에는 부침질을 하는 것이다.

아파트나 집들이 다닥다닥 붙은 도시 살림은 한뎃솥을 걸어둘 장소도 마땅치 않다. 빈 공간을 보며 솥을 걸어둘 곳이 없을까 궁리를 하지만, 그 솥이 왜 필요한지 골목 사람들을 이해시키는 게 더 어려운 일이다. 불이 이웃으로 번질까 위험하다고 신고하는 이웃을 배려해야 하기에 솥단지의 꿈은 한없이 위축되고 만다.

어린 시절 집 마당 한쪽에 늘 걸려 있던 두멍솥이 떠오른다. 오가는 사람들은 한뎃솥이라 불렀는데 비가 오나 눈이 오나 늘 바깥에 있어 한뎃솥이었다. 부뚜막은 없지만 임시로 잘라 만든 양철에 큰솥을 걸어두었는데, 물론 굴뚝도 없어 불길은 늘 혀를 날름거리고 연기는 앞뒤로 드나들며 부산한 풍경을 만들었다.

아가리가 넓고 제법 큰 솥은 어머니의 일터이기도 했다. 시장에 넘기고 남은 배춧잎이나 무청 등은 두멍솥에서 끓는 물에 데쳐져 식량으로 다시 태어났다. 물을 잔뜩 붓고 무엇이건 삶고 끓이는데 요긴한 이 솥은, 때론 잔치를 벌일 때 백 명분의 국을 끓이는 데도 너끈했다. 비린내 나도 개의치 않는 붕어찜도 하고 여름날은 큰 닭 대여섯 마리를 삶느라, 마당은 아버지의 불길 다스리는 소리와 백숙을 기다리는 아이들 소리로 들썩였다. 때로는 이불 홑청도 삶고 겨울이면 팥죽을 쑤거나 돼지 뼈다귀에 우거지를 넣고 끓이느라 솥은 수시로 뜨거운 불길에 휩싸였다. 겨울이면 아버지가 아침 일찍 아이들을 위해 물을 덥히는데 두멍솥이 한몫을 했다. 사시사철 불을 때느라 두멍솥 겉은 연기에 그을려 있었다. 부엌에서 할 수 없는 불과 물의 분량 때문에 큰 솥을 걸어둘 수 있는 곳으로 마당은 훌륭했다.

우리는 두멍솥 주변에서 어머니 아버지의 움직임을

볼 수 있는 마당 풍경이 좋아 굴러다니는 나무판자와 종이 등 땔감을 솥주변에 주워다 모아 두곤 했다. 집으로 들어서는 길에 벌써 어머니가 무엇을 하는지 알 수 있었던 것도 솥이 있기 때문이었다. 마당에 들어섰을 때 두멍솥이 썰렁하면 나는 가슴이 철렁 내려앉았다. 어머니가 집에 없다는 사실을 솥이 먼저 말하고 있었다. 어머니가 두멍솥에 불을 때면서 무언가를 끓이고 동네 아주머니들이 드나들며 부산하게 움직이면, 우리들은 절로 마음이 뿌듯하고 어머니가 부르는 시간이 기다려졌다. 이것저것 심부름을 하고 땔감을 나르고 불을 때는 일, 무엇이든 이웃과 가족과 솥 앞에서 함께 했던 시간들이 아름답게 남아 있다.

솥에는 남다른 한국인만의 정이 담겨 있다. 가족을 위해, 누군가를 대접하기 위해 시간을 붓고 마음을 끓여 퍼내는 솥에는, 쓸수록 윤이 나는 가마솥처럼 퍼 줄수록 정이 솟는 특별함이 들어있다.

한솥밥을 먹고 살던 가족간의 우애나 이웃과의 끈끈한 정이 그리워 솥 앞에 뭉치고 싶을 때가 있다. '한솥밥 먹기 모임'은 어떨까. 그날만은 아무런 이유 없이 아궁이 앞에 모여 불을 때며 솥밥을 해 먹고 싶어진다.

대가족인데다 드나드는 동네 어른들과 이웃들이 많아서인지 외가의 솥들은 크고 여러 종류가 있었다. 겉이 검은 빛을 띠는 가마솥이 세 개 정도 걸려 있고, 구들장으로 연결되지 않은 헛간에도 헛솥이 걸려 있고 ,소여물을 끓이는 솥에다 대기 중인 작은 가마솥까지…. 외숙모가 커다란 가마솥에 밥을 하기 시작하면 당연하다는 듯 이웃들이 와서 상에 둘러 앉아 식사를 하고 갔으니 솥 하나로 동네사람들과 자연스럽게 소통한 것이다.

아파트 베란다에 쓰지 않는 찜통 그릇이 방치된 지 이십 년이 넘어가고, 해가 바뀔 때마다 이 솥 저 솥 정리하여 버리기 시작한 지도 오래되었다. 길손도 오가지 않는 아파트에서 겨우 두 식구 밥만 안칠 수 있는 옹달솥. 두 주먹도 되지 않는 밥이나 휘젓는, 단출해서 초라한 내 마음의 솥을 본다.

'광 속이 풍성하면 감옥이 빈다'는 말처럼 큰솥 하나 걸어 오가는 길손들에게 밥 지어 주던 아름다운 풍속이 되살아나기를 빈다.

산 아래 짓는 황토집이야 방 두어 칸이면 족하지만 두명솥을 걸 수 있는 부뚜막 자리는 있어야 하지 않을

까. 큰 두멍솥을 걸고 수십 명분의 국물을 내어 길손이
나 마을 사람들에게 국수 한 그릇씩 말아 대접하는, 인
심 좋은 두멍솥 아지매로의 변신을 꿈꾼다.

빈둥거리며 생각여행하기

농부인 아버지 책상 앞에는 늘 농사 달력이 있었다. 햇빛과 바람과 적당한 빗줄기를 친구 삼고 오로지 부지런함으로 살았던 아버지는, 정초가 되면 며칠 쉬면서 일년 농사 계획을 달력에 적어 넣었다. 입춘이면 벌써 그 해 24절기별로 해야 할 농사일을 미리 확인하고, 그후에는 눈이 오나 비가 오나 하루도 빠짐없이 실천을 해나갔다.

해마다 벌여 놓는 나의 계획표를 본다. 작품 쓰기, 책 발간, 반려견 돌봐주기, 가족여행 떠나기 등 60여 가지 항목 중에서 지킨 것은 대여섯 가지 정도이다. 지키지 못한 약속들이 마치 길가에 버려진 나의 일기장을 보는 것 같아 부끄럽고 마음이 아프다. 욕심만 내세운 나에 대한 실망과 좌절감 또한 크다.

학생들 글쓰기 지도를 할 때 나는 늘 부모님께 전달

하는 쪽지에 '아이들을 빈둥거리게 해주세요' 이렇게 썼고, 학생용 원고지를 맞출 때도 첫머리에 '빈둥거리는 시간을 주세요'라고 써두었다. 글쓰기는 로봇트처럼 할 수 없는 분야인데, 아이들은 오자마자 다음 학원 시간 걱정을 하면서 동동거린다. 제대로 차분히 앉아서 아무 것도 할 수 없는 상태의 아이들. 학원 계획표대로 움직여야 하는 아이들……. 부모는 아이들이 빈둥거리는 모습을 용납하지 않는다.

올해 계획을 다시 짜면서 욕심을 줄이는 대신, 나의 문학농사 달력에는 '빈둥거리기'와 '생각여행'을 추가한다. 그동안 해 오고 있는 수필 쓰기와 월간 한국수필 편집과 수필 강의는 그대로지만 정신 에너지가 고갈된 느낌이 든다. 나만을 위한 안식일을 정해 그 하루는 디지털 기기를 멀리한 채 빈둥거리며 생각을 풍요롭게 할 시간을 가져야겠다.

컴퓨터를 열거나 인터넷 검색하지 않기, 스마트폰 멀리하기를 실천하고, 오직 차 한잔과 노트와 펜, 종이책을 책상에 놓고 '그냥 앉아있기'에 집중하고 싶다. 미국 소설가 챈들러처럼 빈둥거리며 나를 돌아보고 생각의 우물을 깊이 파는 것이다. 쭉정이 같은 생각보다 마음이 여물어야 무엇을 제대로 할 것 아닌가.

보은 선병옥 고가에서

아기 돌보는 소년

  일요일입니다.

  아래층 남학생이 아기를 안고 아파트 현관 앞에 서 있는데 돌부처인 줄 알았습니다. 생각에 잠긴 얼굴로 놀이터를 하염없이 바라보고 있습니다. 결코 행복하지 않은 표정은 왜일까? 나 혼자 눈치를 살핍니다. 놀이터에는 아장아장 걷는 아기를 데리고 온 할머니부터 서너 살 아이들까지 구물거립니다.

  바라보면서 무슨 생각을 하고 있을까요. 게임도 하고 친구들과 어울려야 할 나이, 사랑의 선물이라기에는 아기가 벅찰 수도 있습니다. 동생들이 사랑스럽겠지만 시대가 달라졌기에 학교에서 돌아오면 아기나 보라고 떠맡기는 부모도 없고, 그럴 만큼 집집마다 형제들이 북적거리지도 않습니다. 형제들이 많았던 우리 시대에는 동생들 보살피는 일이 당연했고 놀러나갈 때에도 부록처럼 꼭 딸려 다녔지요. 이제 아기를 돌보는 언니오빠들이 없는 사회입니다. 〈나의 라임오렌지 나무〉 소설의 주인공 제제처럼 동생이 태어나면 의무적으로 자기 아래 동생을 맡아서 돌봐야 하는 그런 풍경은 찾아보기가 힘듭니다.

아기는 겨울에 태어났으니 이제 백 일이 지났겠네요.

도넛 서너 개를 받고 활짝 웃던 천진했던 초등학생은 중학교로 들어가고, 초등학생 동생들이 있는데 갓난 아기가 또 태어났으니 더욱 철이 들고 생각이 많아진 모습입니다. '한번 안아봐도 되겠니?' 묻고 싶었지만 참았습니다. 한나절이라도 잊을 수 있게 봐주지 않을 거면 소년을 더 화나게 할지도 모르는 일입니다. 복병처럼 난데없이 나타난 아기… 부모님은 '복덩이, 늦둥이, 천사' 하며 사랑의 화수분 노릇을 마다하지 않겠지만 소년에게 아기보는 일은 쉽지 않습니다. 말도 통하지 않고 그야말로 자기 기분대로 사는 아기입니다.

수시로 아기를 보고 아기가 울지 않도록 기저귀를 갈아 주고 시간 맞추어 우유를 타 주는 일이 공부보다 어려울지도 모릅니다.

나에게도 아기를 봐야 했던 기억이 있습니다. 4남매

의 장녀로 일곱 살 아래인 여동생을 보곤 했는데, 눈만 뜨면 아버지와 함께 밭으로 가야 하는 어머니는 방학 때마다 나와 첫째 남동생을 외가로 보냈습니다. 아무래도 손이 덜 가는 아이 둘을 친정으로 보내는 게 맡기는 입장에서 덜 미안했겠지요. 하지만 외가라고 별 수 있나요. 그냥 외할머니가 계시다는 게 어머니와 우리에게는 든든한 백이 되어 주는 거지요.

아뿔싸! 외가에 가니 외삼촌이 늦둥이 고명딸을 보았는데 돌이 안 되었습니다. 방학이면 외가 동네에도 친구들이 있어 나가서 같이 놀고 싶은데, 회초리를 들고 손자들 생활지도를 해야 하는 외할머니는 나에게 아기를 보라고 맡겼습니다. 방학의 즐거움도 없이 아기 보는 일로 보내야 하다니요.

"아기는 외할머니가 보면 안되나요? 우리 집에도 아기 있어요. 아기 보려면 오지도 않았어요."

이렇게 차마 말대꾸도 못하고 속으로만 투덜거립니다. 대문 밖에서 친구들은 나오라고 손짓하는데 참을 수 없었습니다. 이름만 도시이지 변두리 외딴집 친구 하나 없는 곳에서 살다가 외가에 오면 친구들과 떠들썩하게 어울리는 게 나름 행복했습니다. 아이들은 놀면서 큰다는데 놀아야 했습니다. 도저히 참을 수 없던 나는 외할머니 몰래 아기를 마루 끝에 앉혀 두고 나갔습니다. 뭐 어떠랴? 외숙모도 있는데…. 두둑한 뱃심으로 나가면서 흘낏 아기를 보니 타고난 순둥이는 울지도 않고 눈만 깜빡거립니다. 그대로 몇 시간이라도 움직이지 않을 것처럼 듬직했습니다. 친구들과 어울리는데 신바람이 난 나는 아기 일은 까맣게 잊어버렸습니다. 점심시간 아이들이 집으로 돌아가고 그때서야 마루 끝에 앉혀 둔 아기 생각이 나서 정신없이 달렸습니다.

"큰일 날 뻔했구만. 접시물에도 빠져 죽는다는디."

돌아오니 일이 벌어졌습니다. 아기가 마루 아래 쇠죽 끓여 둔 통에 빠지는 바람에 아기는 온몸을 쇠죽으로 칠갑한 채 딸꾹질, 토악질을 하다가 늘어졌고, 외할머니와 외숙모, 동네 아주머니들은 아기를 건져 놓은 채 혀를 차고 있었습니다. 나는 밥상을 앞에 두고 외할머니의 회초리 세례를 받았습니다.

아기에게는 미안한 마음이 컸지만 밥 한 그릇은 천연덕스럽게 먹어 치웠습니다.

'밥이 넘어가냐?'며 야단을 맞는 중에도, 역성들어

줄 엄마까지 없으니 밥이라도 한 그릇 잘 챙겨먹어야
겠다고 생각했습니다.

방학 내내, 명색이 도시에서 온 소녀인데 아기를 등
에 업은 채 시골 친구들과 놀아야 했습니다. 물론 엄마
는 방학 때마다 한동안 친정 신세를 져야 했으니 이 사
실을 모른 척했지요.

그렇게 내 등에 오줌도 싸고 했던 아기는 방학 때면
으레 찾아오는 언니를 따라다니며 놀면서 커갔지요.

이타적 열정

맡은 일을 향한 열정, 그리고 어떤 경우라도 개인적인 이익이나 명예만 챙기지 않는 진정성이 사명감이지 않을까. 그런 의지에 이타심이 더해지면 나라도 살릴 수 있고 이 세상도 공짜로 구할 수 있을 것 같다. 영국 과학자 버너스리는 오로지 컴퓨터끼리 정보를 공유하고 싶은 열망에 www(world wide web)을 개발했지만 특허 출원은 하지 않았다. 개인적 부를 챙기지 않은 그 덕분에 전 세계는 서로 정보를 주고받으며 가깝게 연결되어 있다.

체인점 빵가게가 몇 군데 들어서 있는 우리 동네에 이상한 빵집이 들어섰다. 그렇게 해서는 전혀 이익이 나지 않을 것 같은 가게다. 일본 오지에서 '농약과 비료를 쓰지 않는 지역 밀가루와 천연 누룩균으로 만든 빵'만 팔고 있는 와타나베 이타루의 '시골빵집' 형태의 가게다.

수입 밀가루가 아닌 우리 밀가루와 천연균 발효로 빵을 만드는 40대의 주인은 맑은 영혼이 풍기고, 아이들도 그를 닮았는지 해맑고 밝다. 터무니없다 싶게 비싸고 담백하기만 한 빵은 그 맛에 길들여져야 비로소 여러 가지 맛의 풍미를 느낄 수 있다. 그 가게는 아토피 피부 질환을 앓는 사람들과 인공 첨가물투성이의 먹을거리가 싫은 사람들이 고객이다. 대체로 중저가의 체인점 빵집들이 잘되는 듯싶은 동네에서, 나는 우리 밀가루를 쓰는 그 집이 오래 오래 문을 닫지 않고 잘되기를 바라며 퇴근길에는 별일 없어도 들러 본다. 그곳에 앉아 커피도 마시고 책도 읽으며, 사람들이 그의 마음을 알아주기를 기도하는 것이다. '지역 주민의 건강을 조금이라도 책임지고 싶다'는 빵집 주인의 소신에 응원을 하고 싶어서다. '형님 물건도 싸야 사 준다'는 말이 있지만, 옳은 일에 투신하여 그 정신을 이어 갈 수 있도록 나 하나라도 마음을 보태고 말로만이 아니라 행동으로 응원하는 것이다.

　　나의 기질도 우직하다 싶은 그런 쪽일까. 현실보다 이상을 더 쫓던 이십 대에 중학 교사로 발령받아 갔을 때다. 주위 눈치 살필 줄도 모르기에 아부 점수는 완전 제로였던 나는 오로지 아이들을 좋아했고 가르치는 일이 좋아 신바람 나게 교사 생활을 했다. 개인 상담도 받아 주었는데, 아이들은 처음 온 선생에게 호기심과 기대감을 갖고 다가왔다. 그럴 때마다 흔쾌히 아이들의 의견을 들어 주고 상담해 주면서 먹을 것도 나누어 먹으며 푹 빠져 지냈다. 직장 생활을 처음 해서인지 모르겠지만 느끼는 보람이 컸다. 맹목적으로 열성을 쏟는 모습이 지나치다 싶고 안타까웠는지 경력 높은 선배교사가 충고를 했다. '너무 그렇게 몸 사리지 않고 열심히 하지 말라'는 것이었다. 혼자만 교사인 것처럼 주변인들 배려를 하지 않는 태도도 거슬렸던 부분이다. 요약하자면 '누구나 처음에는 그렇게 페스탈로찌 정신으로 했었다. 적당히 해라'였다. 고등학교 때 생물 선생님의 영향을 많이 받은 나는, 선생님이 된다면 생물 선생님처럼 해야 한다고 믿었다. 늘 새로운 수업 자료들을 준비하고 열심히 연구하여 가르치고 진심을 다해 학생들과 소통하려 애썼던 생물 선생님. 야간 자율 학습 때도 아이들 곁에서 공부를 봐주고 결석하면 집에까지 찾아가서 챙기다 보니, 아이들은 굳이 말하지 않아도 느끼는 마음이 있어 그 선생님을 잘 따르게 되었다.

나에게는, 모든 이들이 생물 선생님처럼 그렇게 한다는 게 얼마나 어려울 것인지를 이해하는 일도 어려웠다. 몇 년 뒤 나는 건강이 나빠져 학교를 그만두었는데, 그때 몰입했던 수업 시간과 나의 학생들은 잊혀지지 않는다.

얼마 뒤 다시 나는 관청 홍보실에서 일을 하게 되었다. 맡은 일을 순수한 열정으로 해내는 보통 사람들이 대부분이었지만, 간혹 자신에게 유리하도록 이미지를 만들어가며 일회성으로 일을 진행하고 얄팍하게만 처신하여 처음의 맹세는 간 곳이 없는 사람도 보였다.

추진하는 사업에 대한 시민들의 관심과 광고 효과가 얻어지면 바로 버리는 모습을 보며 얼마나 실망했던지. 시민을 위한 일이 아닌 득표와 연결되는 이미지 만들기에만 열중하는 분위기를 보며, 그곳에서도 나는 혹시나 했다가 역시나인 것처럼 좌절감에 빠지기도 했다.

사명감이 없으면 자꾸 얄은 꾀를 부리게 되고 스스

로 모멸감을 부르는 처신을 하고 만다.

　짧은 시간에는 잘 드러나지 않지만, 시간이 흐르면 그것들은 부메랑이 되어 자신에게 돌아온다는 것을 모르는 것일까. 어떤 곳에서나 일을 맡으면 중요한 것이 무엇인지 본질을 파악하여 그것을 훼손시키지 않고 시종일관 이해타산 없는 추진 의지가 있어야 한다.

　개인에게도 삶을 어떻게 살아갈 것인지 사명감을 확보하는 일은 중요하다. 그래야만 우리 몸의 척추처럼 중심을 잃지 않고 무엇이든 꾸준하게 추진해 나가는 힘을 얻을 수 있기 때문이다. 무책임한 것 투성이인 세상 같지만, 그 속에도 물속 바위처럼 보이지 않는 힘들은 존재하는 것이다.

큰 산이 보인다

우리는 늘 새로운 기운에 목말라하며 충전을 원하지 않았던가.

새해 새날의 다짐을 적는다. 시간 관리를 할 것, 계획을 실천할 것….

나뭇가지 물고 가는 저 순백의 두루미처럼 날개를 펼칠 수 있다는 자신감을 얻는다.

꿈을 꿀 수 있고 꿈을 그리기 좋은 시간이다. 몸을 낮춘 채 고요한 시간 속에 빠져드는 것이다. 지나간 한 해와 함께 새로운 한 해의 나아진 모습을 꿈속에서 선물로 받을 것이다.

새해 첫날은 좀 더 하늘 가까이 다가가 있을 법한 하늘문을 열고 싶어진다. 어둠을 밝히는 빛으로, 타오르는 횃불로 다가오는 첫날의 영험한 기운을 받고 감동을 새기기 위해서다. 언젠가 별자리를 보러 떠난 강원도 여행지에서의 독특한 경험이 떠오른다. 닫아 두었던 산꼭대기 지붕이 열리고 하늘에서 반짝이며 쏟아지던 별들의 감동이 오래도록 사라지지 않았으니, 인공 조명으로 가득한 도시에서는 좀처럼 받을 수 없는 신선한 기운을 느꼈던 것이다.

　노트를 펼친다. 찾아뵐 어른은 계시지 않고 나는 이제 한 집안의 어른이 되었다는 것을 실감할 뿐이다. 흐르는 세월 속에 나를 챙겨주던 집안 어른들과 한 분 한 분 작별 인사를 해야 하는 시간이 닥치고, 내가 가는 길은 마치 눈 위에 난 발자국처럼 선명하다. 나의 발자국을 어지럽히지 않기 위해 발걸음을 의식하지 않을 수 없다. 골든벨 소녀 김수영의 73가지 꿈 도전기를 따라 지난 해에 세웠던 60여 개의 항목을 꺼내 놓고 보니 욕심만 과했다는 게 보인다. 이루지 못한 일들이 많아 부실하다는 생각과 함께, 내 인생의 달력은 왜 이렇게 텃밭 수준일까 자책한다. 어렸을 때부터 지키지 못한 계획표 앞에서 나는 심리적 부담과 죄책감을 갖곤 했다. 해마다 새해가 되면 공부를 열심히 할 것과 시간을 잘 활용할 것, 동생들을 잘 보살피고 부모님 말씀을 따라서 훌륭한 사람이 될 것 등을 다짐하지만 결과는 초라했다. 실천력이 약한 탓에 내 일상은 변덕스럽게 바람 날리는 모래 언덕이었다.

벽에 붙여 두었던 아버지의 달력은 아버지의 인생 시계와 같아 변함없고 꿋꿋했다. 농부였던 아버지는 열두 달의 계획을 노트에 적고 실천은 늘 태양과 함께였다. 이른 새벽 태양보다 먼저 움직이는 아버지에게는 더도 덜도 아닌 노력만큼의 결과물들이 차곡차곡 쌓여지고 있었다. 자연의 이치에 따라 밭을 고르고 씨 뿌려 추수하고 겨울철 준비까지 24절기보다 두 배는 더 뛰는 아버지였다.

농부의 일상은 르네상스 시대 사계절 그림에서 달라질 게 없는 정밀화였다. 내 인생의 농부인 나는 아직까지 일 년 농사도 제대로 마무리 짓지 못할 때가 많다. 계획을 세워 놓고 게으름으로 때를 놓치기도 하여, 나의 밭은 마치 관리를 하지 않아 잡풀로 가득 찬 형상이다. 먼저 해야 할 일과 중요한 일의 구분도 없어, 나의 태양은 언제 뜨고 지는지 혼돈에 차 있다.

빌 게이츠는 새해가 되면 일주일 동안 칩거하며 생각에 빠진다 했다. 그처럼 7일을 다 쓰지는 않더라도 나는 새날 앞에 무릎 꿇고 앉아 후회와 함께 이리저리 엉킨 생각을 정리한다. 맑은 물로 우려낸 찻잔에 몇 가지 소망들이 얼비친다. 가족의 건강과 화합, 그리고 좀 더 많은 사람들에게 꿈을 이룰 수 있도록 돕고 싶은 마음인 것이다. '설날이 좋으면 벼농사가 잘 된다'는 옛말은 그 만큼 새해 첫날의 마음가짐을 잘해야 한다는 의미라고 여긴다. 새해 못할 일 없다는 말 또한 새해가 되면 그동 안 미루고 하지 못했던 일들을 짚어 보며 더 굳게 맹세 를 하고 새로운 계획 앞에 용기백배해진다는 뜻이다.

새해가 오는 것은 사람들에게 큰 축복이다. 누구에 게나 시간은 평등하게 온다. 신이 준 기회이며 선물이 다. 그것을 깨닫지 못하는 사람도 간혹 있겠지만 대부 분의 사람들은 시간을 귀한 선물로 여겨 탄력적으로 쓰기 위해 고민한다. 평등하게 주어지는 이 시간, 지금 보다 더 나은 내일을 생각하며 참고 기다린 끝을 보아 야 하지 않을까. 어둠이 끝나는 새벽이 오는 것처럼 인 생에서 무언가 새로운 출발, 새로운 다짐으로 모든 것 들을 완성하고 싶어진다. 어떤 건축은 진정한 완성을 위해 늘 현재 진행형으로 짓고 있다 했지만, 인생은 시 간으로 완성하는 축복의 집이지 않을까. 새해 새날이 없었다면, 인생은 단두대에 오르는 절박함과 막막함 때문에 쉴 새 없이 밀려오는 파도 속에 몸을 던졌을지도 모른다. 열두 달로 쪼갠 태양을 잡아끌고 우리는 열정을 마음껏 바쳐야 한다.

새날 곳곳에서 기도하는 사람들을 만난다. 백두산에서, 울릉도 저동 촛대바위에서, 세계 곳곳에서 해 돋는 순간에 몰입하며 소원을 비는 진지하고 장엄한 얼굴들을 본다. 자기 자신과 가족이 잘되기를, 우리 사회가 잘살기를, 나라가 부국강성하기를 기도한다. 생각이 반이고 생각이 운명인 것처럼 좋은 생각과 좋은 기대만 하고 싶다. 긍정의 기도는 자기도 모르는 사이에 에너지를 모아 서로에게 시너지 효과를 만들어 준다. 우리의 간절함이 어딘가에 닿았던 것일까, 2012년 한국은 대단했다. 캐나다 최고 경제 매거진에서 2012년의 빅위너는 한국이라며 애플을 제친 삼성, 혼다를 이긴 현대, 아이돌스타 비버의 유튜브 조회수를 넘어선 싸이의 경우를 예로 들었다. 그 여세를 몰아 국운도 다시 월드리더로 떠오르기를 기대한다.

그 어느 해보다 올해는 젊고 활기차게 시작할 것 같다. 복되고 좋은 일이 일어날 것 같은 기운을 느끼는 것은 왜일까. 새로운 사람이 새로운 기운으로 나라를 번성시키리라 믿는 마음이 크기 때문이다. 날지도 울지도 않은 새처럼 오랜 시간 날개 접고 힘을 모았던 그 기세를 나라를 위해 쏟을 것이다.

새해가 되면 그 어느 때보다 기대가 커져 운수대통을 꿈꾼다. 올해는 특히 더 나라에 거는 기대가 크다. 모두는 서로에게 해왔던 약속의 말들을 지키기 위해 떠오르는 태양과 함께 뛰어야 한다. 사랑하는 연인에게, 가장은 가족에게, 기업인은 서민들에게 했던 달콤한 말을 잊을 수 없을 것이다. 말로는 뱃속을 채우지 못한다. 말이 있었으니 실천해 주기를 우리나라 최초 여성대통령에게 기대를 걸어 본다. 진성여왕 이래 첫 여성 통치자라 워싱턴 포스트지는 소개했다. 위기 때마다 구원투수로 등장한 대통령이 나라 운영을 맡은 것은 신의 손길이 작용했기 때문이라고 본다. 중국 제일의 태산은 어떤 흙덩이도 차별을 두지 않고 받아들이기 때문에 큰 산이 되었다. 하루도 헛되이 살 수 없는 농부처럼, 지도자의 하루는 온 국민의 하루가 모인 시간의 겹으로 소중할 수밖에 없다. 큰 산이 보인다.

뿌리 깊은 신뢰

신뢰도 식물이다. 마음을 쏟고 가꾸어야 깊어진다. 서로 믿는 마음을 씨앗으로 뿌리고 기다려주고 보살펴 주어야 비로소 뿌리를 내린다. 세계화 시대, 신유목민 세계에서는 스스로 쌓은 신뢰가 더욱 중요한 재산이 되었다.

어렸을 때, 나의 아버지는 언제나 나를 믿어 주는 편이었다. 조용하고 순한 내 성격을 보고 판단하신 걸까. 별 탈 없이 학교생활도 잘한다고 믿어서인지 필요한 돈을 달라고 하면 어디에 쓸 것인지 묻지 않고 주곤 했다. 친구를 만난다고 하면 당연히 친구려니 여기고 더 이상 캐묻지 않았다. 무한 신뢰를 보내는 아버지하고의 관계는 늘 든든함이 깔려 있었다. 무명의 풀도 좋은 화분에 심어놓으면 화초가 된다는데, 아버지를 더 조심스럽게 대하게 되고 실망시키지 말아야겠다는 생각과 죄의식이 함께 따라다녔다.

어머니는 외골수의 성격도 아니었는데 무엇이든 그냥 넘어가지 않았다. 늘 의심이 묻어나는 말투나 눈초리로 따져 물었고, 결과물이나 증거물을 보여주어야 했다. 책을 산다거나 학급비 같은 명목으로 돈을 달라고 하면, 꼭 영수증을 챙겨 오라고 하여 확인을 했다. 아는 척하고 지나치는 동네 남학생에게 같이 웃어 주면, 모르는 척하지 않고 언제부터 알았냐며 따졌다. 친구 집에서 밤을 같이 새우면서 시험공부 한다고 하면, 친구 집까지 데려다 주고 그 집에 오빠가 있는지 밝혀 내고야 갔다. 남동생과 나는 어머니를 대할 때는 잔꾀와 밀당이 기본이었다. 절대 넘어갈 리 없는 어머니에게 허물없는 친구처럼 옥신각신하며 대들기까지 했다. 부처도 다급하면 거짓말한다는데, 어지간한 것들은 버릇처럼 속이면서도 미안한 마음을 갖지 않았다. '어차피 믿어 주지 않을 건데…….' 이런 생각이 있었다.

매사에 철두철미하다고 생각했던 어머니가 남에게 속아 정말 어처구니없게 사기를 당한 적이 몇 번 있다. 좋은 물건이 있는데 특별히 우리 집에만 주겠다는, 만난 적도 없는 어머니의 고향 먼 친척에게 돈을 선뜻 내

준 일이나, 이유 없이 친절을 베풀며 높은 이자를 주겠다고 접근한 이웃에게 돈을 빌려주고 떼인 일 등이 그렇다. 허황된 일에 잘 넘어가는 어머니를 보며, 그럴 때마다 아버지는 좀 더 생각해 보라고 말렸다. 대개 아버지의 의견이 정확했는데, 나는 어린 마음에도, 평소에 잘 확인도 하지 않고 내게 돈을 주곤 했던 아버지의 어디에 그런 냉철한 눈이 있었는지 놀랐었다.

어머니는 개울물에서 노는 작은 물고기였다. 채소를 도매 시장에 넘기거나 동네 아주머니들과 여행계를 만들거나 아이들을 다루는 일 등 일상적 면에는 똑똑했는데, 감정이 앞서 눈앞의 것들에만 집착했던 것일까. 때로 의외로 허점을 드러내 그동안 어머니가 쌓았던 신뢰를 한순간에 잃곤 했다.

어느 날 외삼촌이 돌아가시자 집과 터가 모두 남의 이름으로 되어 있다는 사실을 알았다.

제법 넓은 터에 3대를 이어 살아오면서 가장 중요한 법적 등기도 하지 않았다니 우리는 이해를 할 수 없었다. 외사촌 오빠가 등기 이전을 하려고 하다가, 집과 땅이 모두 오래 전 외할아버지의 친구 분 이름으로 되어 있는 점을 발견한 것이다. 당시 외할아버지가 이웃에 사는 친구에게 쌀 몇 가마에 집을 사면서 '구두 계약'만 하고 법적인 서류도 만들지 않았던 것이고, 그 후로 후손들도 별다른 조치를 하지 않은 채 100년 넘도록 살아 왔던 것이다.

일제 강점기 이전부터 형성된 마을이라 서로 믿고 의지하는 것이 우선이다 보니 그런 일들이 더러 있었다고 한다. 강한 믿음으로 결속된 채 한 동네에 살다 보니 군이 법적인 장치를 필요로 하지 않았을 거라 생각한다. 하지만 어떻게 그럴 수 있을까. 나는 그 사실이 신기하고 믿을 수 없는데다, 또 그런 소식을 이웃이 안다면 나쁜 마음을 품고 이용할까 봐 조바심을 내고 불안해했다. 가끔 터지는 뉴스를 보면, 주인 잃은 땅이나 주인이 버젓이 있지만 법적으로 서류가 안 된 곳만 찾아내 사기 치고 팔아 넘기는 일들이 일어나기 때문이다.

놀라웠던 일은, 외삼촌을 알던 동네 사람들이 모두 나서서 보증을 해 주어 무사히 등기를 마치게 되었던 것이다. 그때까지 서로에 대한 믿음이 살아 있어 가능한 일이었다. 100년 넘게 이어져 온 마을에는 눈에 보이지 않는, 남들이 깨닫지 못하는 사랑과 믿음이 뿌리 깊게 박혀 있었다. 믿고 의지하는 마음은 어느 날 갑자기 생기지 않는다. 나무처럼 뿌리 내리고 자라나 시간이 흐르면서 한 지역을 지켜 주고 아이들을 성장시킨다.

그런 외가 마을도 이제 사라졌다. 외삼촌 세대에서 막을 내린 것일까. 함께했던 숲과 나무와 아이들의 큰 놀이터였던 마을이 사라지고 그 자리에 아파트가 들어섰다. 새로운 얼굴의 신뢰를 형성해야 할 시기인 것이다.

4월의 노래

4월 시민 혁명은 올 것인가.

인터넷, SNS, 카카오톡 등의 즉각성과 파급력을 갖춘 청년층 선거 참여 결과는 어느 누구도 예측할 수 없다. 감지 불가한 변화를 위협으로 받아들이는 보수 기득권층은 '기득권을 버리고 거듭나야 한다'는 개혁 의지를 보이면서도, 진실을 덮어버린 그들만의 돈 잔치는 여전한 듯하다. 시장 경제 원리를 배경으로 태어난 대형 할인점과 프랜차이즈의 확장으로 150만 영세 상인이 생계를 위협받고 있다는 현실을 어떻게 풀어나갈 것인가. 계약직이나 파트타임 일자리만 늘어난 경제 구조는 양극화 현상의 골을 깊게 만든다. 아무리 자본주의가 자유 경쟁이 근본이라지만, 좀 따뜻한 자본주의 안에서 서민들 삶의 터전을 보장받는 게 비현실적이고 불가능한 꿈인 것일까.

소시민들의 바람은 지극히 소박하다. 고등학교나 대

학교를 졸업하면 취직을 할 수 있는 사회, 맞벌이 여성들의 출산과 육아 스트레스가 없는 곳, 떡볶이나 라면 가게, 개인 사업체를 운영해도 대기업에 잠식당할 염려가 없는 사회에서 결혼하고 두세 명의 아이를 낳아 교육을 마치면 안정된 노후 준비를 할 수 있도록 신뢰감을 주는 정치를 원하는 것이다.

그러나 이 작은 행복도 지킬 수 없는 불안한 사회에서의 분노와 좌절감은 우울증을 앓게 만들어 믿었던 정부에 배신감을 느끼고 만다. 대가족도 아닌 4~5명의 핵가족을 유지할 수 있을 만큼의 수입이 보장되는 직장과 직업, 아이들 학비 걱정 없고 수명 100세 시대를 준비할 수 있도록 수입이 안정되었으면 하는 그 작은 바람이 터무니없는 것인가.

선거철에 느닷없이, 반값 등록금에, 보육비 지원, 무상 급식 등의 달콤한 구호를 앞세우고, 이미 영세 상인들이 사라진 골목 상권을 보장하고 재래시장을 부활시킨다며 정책을 급조하는 게 정치인만이 가진 괴력인지 궁금하다.

4월 총선은 무한 경쟁으로 치달아 각 후보들이 약속하는 공약을 지켜야 하는 액수가 5년으로 추산할 때

수백조원이 넘는다고 한다. 그 돈을 따져 본다면 결국 국민들의 세금으로 충당하거나 빚을 내야 하는 무책임한 약속이다. 그렇게 당선한 정치인이 약속을 지켰다는 것을 보여주기 위해 매스컴을 활용하여 단발성 사업이나 내놓고, 힘없는 결손가정, 다문화 가정, 나이든 독거세대를 우롱하는 장면을 만나면 그 실망감은 말로 표현할 수 없다.

각 후보들이 내놓는 선거 공약은 듣기만 해도 배가 불러 온다. 경제가 살아나지 않는 시점에서 일회성이든 선심성이든 그들을 믿고 싶은 마음은 간절하다. 실업자와 젊은 층의 잠재 실업자, 은퇴자, 가정주부 등 모두가 미래에 대한 불안증을 앓고 있기 때문이다.

대학 진학률이 세계 최고인 한국에서 졸업 후 노는 청년이 24%가 넘는 우리의 현실, 취업이 되지 않아 다시 대학원 가고 어학연수 다녀오는 동안 30대가 되어버린 젊은 층, 현실적으로 각자가 원하는 회사에서 안정된 직업을 갖기가 쉽지 않다. 당연히 결혼은 늦어지고 아기도 갖지 못하는 노령사회를 불러오는 것이다.

서울시 S구에서 지하철을 타고 가다 보면 어느 역에선가 다단계 활동하는 젊은이들이 잔뜩 타는 것을 목격하게 된다. 대부분 서울 아닌 다른 지역에서 올라온 그들은 합숙하면서 훈련을 받고 심리적 압박을 받아, 가족이나 친지 친구들에게 비용을 전가하는 폐단을 되풀이하고 있다. 그들의 마지막은 대부분 성공하지 못한 채 상처만 안고 물러선다. 기성세대가 책임을 져야 하지만 알면서도 묵인하는 것은 왜일까.

4월의 유권자는 무엇보다 일자리 창출을 골고루 안정적으로 할 수 있는 정부를 원한다. 기껏 한시적이고 거래도 살아나지 않는 건설 사업만 벌여 분양되지 않는 아파트와 상가를 적체시키고, 지방자치는 내수용 관광상품이나 개발한다면 한계가 있다.

관념적이고 보수적인 시각에서 벗어날 수 있도록 멀리 시야를 열어야 한다. 아날로그 세계의 노동 집약적인 직종과 단순 관리 직업이 사라지기 시작한 것은 컴퓨터가 등장하면서 겪는 세계적인 현상이다. 1980년대 미국은 150만 개 이상의 중간 관리층 일자리가 사라지고, 1990년대에는 고위층까지 확대되어 부의 쏠림 현상이 나타나기 시작했다. 우리 정부가 설마 이 사실을 몰랐던 것은 아닐 것이다. 현실을 외면하는 탁상행정에 다음정권으로 문제를 떠넘기는 뻔뻔스러움을 되풀이한다면 무능하고 세금만 삼키는 정부로 비난받아 마땅하다.

4월 유권자의 꿈은 단순하다. 시민 생활의 회복이다. 유권자들은, 선거철이 돌아오면, 정당의 이익을 위해 다른 정당 정치인의 돈 봉투 꼼수나 비리를 폭로하는 공방전을 되풀이하는 행태에 지쳐 있다. 졸렬한 다툼을 벌이기보다 어떻게 하면 제대로 된 인재를 고용하여 국민들이 안정된 생활을 회복할 수 있을까 고민해야 한다. 현실의 문제를 정확히 진단하고, 국민들이 공감할 수 있는 대안을 만들고, 새로운 직업군도 만들어낼 수 있도록 연구하는 정치인을 바란다.

1996년 제레미 리프킨은 〈노동의 종말THE END OF WORK〉이란 책을 출간하면서 21세기에 다가올 직업혁명을 예고했다. 자동화 시스템은 모든 직업군에서 노동자를 퇴출시켜 중산층 몰락을 가져온다는 것이었다. 고용 기회가 줄어드는 사회, 인건비 절약을 위한 파트타임만 늘어나는 사회, 인공지능이 인간 직업군을 삼커버리는 시대, 농부 직업도 사라지고 컴퓨터가 농사를 짓는 시대를 예고했다.

실제로 캐나다 토론토에서는 58층 짜리 농경용 고층 건물 '스카이팜'을 구상하여 1년 내내 농사를 짓는 농법을 10년 내에 실현시키겠다고 발표했다.

청군 백군 정치인들이 FTA협상에 목숨 건 채로 지리멸렬하게 소모적으로 싸우는 동안 벌써 사라지고 있는 또 하나의 직업군 농부의 삶을 대체할 대안이 필요하게 된 것이다.

그리고 한국에서의 저출산 문제는 유엔에서도 보고될 만큼 국가의 미래를 위협하는 심각한 문제다. 저출산율이 지금처럼 진행된다면 한국은 300년 뒤에는 인구 5만명으로 줄어든다는 미래보고서이다.

〈결혼의 종말〉을 발표한 리프킨의 책은 읽지 않더라도 결혼하지 못하는 젊은 층의 상처는 읽을 줄 알아야 한다. 결혼까지 끼리끼리 그들만의 리그로 선을 긋는 풍토에, 한우 소고기 등급처럼 소득으로 등급을 매기는 결혼시장, 하우스 푸어, 고학력자 푸어 등 결혼 적령기 젊은이들의 날개를 꺾는 저급 문화는 없어져야 한다. 각종 빈곤자들만 양산하는 게 이런저런 세금 내고 살아가는 시민 사회인가.

왜 아이를 낳아도 당당하게 혼자 아이를 키울 수 없도록 사회가 만드는지 묻고 싶다.

프랑스에서는 10대 미혼모들에게 아이와 함께 살아갈 수 있도록 월 급여 형태의 생활비를 지급하며, 공동으로 여러 분야의 교육을 하기도 한다. 이들이 다시 사회 저층으로 하락하는 것을 막아주는 장치이다.

4월은 소시민들이 상처받지 않고 평범한 행복을 노래할 수 있는 계절이 될 수 있기를 기대한다.

충북 선병옥 고택에서

별은 그대로 빛나고
— 您년의 꼬맹이였던 나의 열아홉

您! 40년 만에 전화해서 '꼬마였는데 키 좀 컸나?' 였다니. 싱거운 키다리 그때나 지금이나 변하지 않았 네요.

우리가 살던 동네는 모두 합해야 몇 백 가구도 안 되 는 변두리 작은 동네였지요? 거실도 작고 방 두 세 개 짜리 문화 주택과 한옥집들이 붙어 있는 골목. 골목이 라 이름 붙일 수나 있었나요. 우리 가게에서 서너 집 건너인가? 한옥에서 공부에 전념하고 있던 재수생 您. 대학생이었다면 내가 눈에 띄지 않았겠지요. 다행스 럽게도 1년 꿇고 있으니(ㅋㅋㅋ) 나를 발견한 것이었습니 다. 큰 키야말로 금방 눈에 들어왔는데 온통 선한 것들 로만 채웠는지 얼굴이 전부 눈웃음인 키다리였습니다.

상이용사 집으로 불리는 우리 가게에 물건을 사러오 지는 않았던 것 같습니다. 노트를 빌려달라고 했던 남 학생들 중 한 명이었다고 할까요. 교복 차림으로 왔다

갔다 했던 내가 고3인 것은 어떻게 알았는지요. 나를 꼬마라고 놀렸지요. 학교 가는 길목, 어디선가 자전거를 타고 오다가 나를 내려보며 "꼬마, 노트 좀 빌려줄래?" 눈웃음으로 무안함을 감추던 키다리였습니다.

바람결에 꽃 한 송이 벙그는 그런 순간들……. 우리들 만남이 그게 전부였다니요.

나의 노트를 빌려 가고 돌려줄 때 쪽지도 끼워서 주었던 것 같아요. 아버지나 엄마의 삼엄한 눈을 피하는 방법이었겠지요. 빵집 드나들다 걸리면 정학 맞을 만큼 규율이 엄했던 그때 "사귀는 사람 있어?" 고3 수험생한테 진지하게 그런 거나 묻는 키다리는 어느 시대 학생이었는지요.

봄, 여름, 가을, 겨울이 어떻게 지나갔는지 어렴풋하네요. 세상 눈치 보느라 기 한번 펴 보지 못하고… 가게에서 마주치고 학교 가는 길에 슬쩍 마주치고… 만남이라 이름 붙일 수도 없는 우리의 시간이란 게 짜투리 천으로 이어 붙여도 모두 손바닥만 했겠지요. 우리들이 함께할 수 있는 시간은 늘 바람처럼 지나가고, 그저 스치면서 모든 할 말을 그 눈빛에 담아두느라 아슬아슬 안타까울 뿐이었습니다.

예비고사 시험을 치른 날 저녁 어떻게 약속을 잡았는지 나는 아버지에게 허락을 받고 집을 나올 수 있었고, 어느 중국집에서 您이 사 준 탕수육을 먹은 다음 우리는 시내를 걸었습니다. 您는 대학 입학 예비고사도 끝났으니 마음을 확인받으려 불러냈지만, 나의 성적은 신통치 않아 같은 대학을 시험 볼 수 없어 고향을 떠나야 하는 처지였습니다. 나는 좀 부끄럽기도 하고 공부 못했던 나의 실태를 알까 봐 걱정스러워 서울로 가야 한다고 둘러댔습니다.

그 집 기억나는지요……. 작은 정원이 있는 한옥 툇마루에 앉아 您과 나는 전라도 사투리로 오랜만에 이야기를 나누었습니다. 您! 나를 사랑한다고 속삭였는데, 나는 전라도 사투리로 확 분위기 깨며 무식하게 굴었지요?

'나 아직도 고등학생인디… 지금 그런 말할 때간디?'

您은 풀이 죽은 채 "맞어어~~" 그랬지요. 눈치도 없는 내가 얼마나 얄밉고, 콱! 알밤이라도 먹여주고 싶었을까요. 고3 철부지인 나는 우리 둘의 미래를 이야기할 만큼 생각이 트인 아이도 아니었습니다. 성적이야 어떻게 나오든 그냥 서울로 대학을 간다는 기대감으로 내 가슴은 설레어 별이 빛나고 있었지요.

그 후로 손 한 번 잡아 보지 못하고 헤어진 우리는
엄청난 시간의 강을 건너오고 말았네요.

우리의 70년대가 이제야 빛나는 것은 버리지 않았던
마음이 여전히 꿈틀거리고 있기 때문이지 않을까요.
키다리의 초승달 눈웃음 가득한 얼굴과 눈 똥그란 단
발머리 꼬마였던 소녀.

드라마 홍길동 OST였던 '만약에'란 노래 들어 보았
는지요.

"만약에 네가 온다면 난 어떻게 해야할지… 용기 낼
수 없고…"

아직도 우리는 용기가 더 필요할지도 모릅니다.

누군가 나를 그냥 보아 줄 한 사람이 필요했던 거라
고 말하면 您은…….

어느 죽어가는 시인이 간절히 원했던, 머리 맞대고
콩나물 국밥 한 그릇 같이 퍼먹는 그런 사소한 시간을
갖자고 한다면….

부족한 것이 더 많았지만 젊은 꿈을 나누던 그런 시

간은 돌아오지 않겠지요.

기다림의 주춧돌을 탄탄하게 깔아 둔 您.

남은 시간 您의 꼬마로 내 청춘의 노트를 다시 쓰고
싶다면.

＊您(이, 닌) 당신 : '너'의 높임말.

서 있는 여자

명동 골목에는 늘 그 여자가 아침 일찍부터 서 있곤
했다. 나무 한 그루 볼 수 없는 대형 상가 외벽을 지주
삼아 꼿꼿한 자태다. 어디서 어떻게 잠들었다 나오는
지 걱정스러운데 상가가 문을 열기 전 이른 아침이면
언제나 장승처럼 그 자리에 서 있다. 여름에도 그 차림
으로 서 있고 추운 겨울날도 여전한 차림으로 그렇게
서 있다. 옷은 겹겹이 껴입어 엠보싱 비닐 몇 겹을 말
아서 세워 둔 뭉치처럼 둔하고 아슬아슬해 보였다. 누
군가 실수로 밀면 넘어져 혼자 힘으로는 일어나지 못
할 것 같고, 표정은 굳어 있어 단호하기까지 하다. 돈
이라도 줄까. 먹을 것을 사다 줘야 하나, 말을 붙여볼
까……. 화장실은 다니는지, 밥은 먹는 것인지.

나 혼자 '뭉치'라 별명 붙인 그녀를 흘낏거리다가 망
설이다 그냥 지나치기를 몇 년 동안이나 했다. 하지만
마음속으로 뭉치 그녀가 보이지 않으면 불안했다. 추

운 날 거리에서 동사한 것은 아닌지 혹시 시설에 입원했는지 걱정을 하는데, 며칠 후면 둥치는 여전히 그 자리에 꿋꿋하게 서 있다. 나는 안심을 하며 다시 둥치를 흘낏거리고 둥치가 소중하게 세워 둔 제법 큰 짐 뭉치를 훔쳐보곤 했다.

어느 날부터 둥치 그녀는 보이지 않았다. 어떻게 되었을까 걱정하다가 차라리 요양원에 들어갔기를 바라며 잊어갈 쯤 다른 노숙 여성이 나타났다. 둥치 그녀가 서 있던 맞은편 전화부스 옆에 둥치보다 젊어 보이는 여자가 서 있기 시작한 것이다. 공중전화 박스 옆에 폐지와 물건을 담았던 종이 상자, 주변에서 모은 병과 플라스틱과 일회용 종이컵 등을 모아 쌓아 두고 있다. 젊었을 적 몇 살에 상처를 받았는지 그 시간에 머물러 있는 듯 긴 생머리에 수도사 같이 긴 검은 옷차림이지만, 앞부분 치아는 노숙 생활로 이미 대여섯 개나 빠져 있다. 지나치면서 들으면 혼잣말을 하고 있다. 문을 열지 않은 가게 앞에서 일회용 가스불에 찌개를 끓이기도 한다. 나는 여전히 흘낏거릴 뿐 그녀에게 손을 내밀지 못한다.

여자 노숙인들은 도심 어디든 편안하고 안전한 곳이 없다고 느껴서인지 퍼질러 있는 모습을 볼 수 없다. 서성거리거나 서 있다. 언제든 스스로 방어를 해야 한다는 사실을 경험했기 때문이리라. 남자 노숙인들과 어울려 있을 때도 서 있다.

하지만 노숙하는 남자들은 지하철 계단이나 화장실 입구에 박스를 깔고 앉아 있거나 구걸도 당당하게 하고 있다. 돈 받을 수 있는 작은 통을 옆에 두고 아예 누워서 잠을 자거나, 술 마시고 근처 마트에서 행패 부리는 알콜 중독자에, 아무 데서나 퍼질러 앉아 신문이나 책을 읽는 남자 노숙인들의 모습은 다양하다.

영하 10도로 내려간 어느 아침, 나는 수사같은 검은 옷차림의 그녀를 발견하고 용기를 내어 말을 걸었다. "두툼한 옷 좀 가져다 드릴까요?" 그녀는 웃으며 아니라고 대답한다. 그 한마디에 나는 더 이상 대꾸도 못하고 뒤돌아서 걸으며 후회하고 만다. 차라리 돈을 건네는 게 돕는 일인 것을.

'서 있다'는 일은 긴장했다는 의미다. 누군가를 기다리거나 마음이 편하지 않을 때, 시간이 없을 때, 망을 볼 때, 불안할 때 서 있어야 안전을 느끼는 것이다.

서 있는 노숙 여성에게서 나는 우리들의 모습을 본다. 현대여성들은 이제 가정일에서 해방된 듯 보이지만, 어떤 행태로든 죽을 때까지 인생을 스스로 책임지고 돌봐야 할 상황에 부딪혔다. 살림할 규모도 줄어들고 로봇이나 컴퓨터가 내장된 가전제품이 발달하여 가사노동에서 풀려나버렸는데, 시간과 자유를 얻은 대신 쉬지 않고 움직여야 한다. 스스로 결정하고 책임질 일이 늘어나고 봉사활동을 하고 바깥 생활을 이어가야 한다. 지식인이고 세련되었고 자의식이 강한 현대 여성들은 서 있는 여성이다.

나의 삶도 이대로 100살 되도록 늦줄 놓지 못한 채 서 있는 여자로 살아갈 것 같은 예감이 든다.

정읍여고 교지 인터뷰

강의 중, 독서의 중요성을 굉장히 강조하셨는데, 읽어야 할 책의 종류도 가려야 하나요?

독서는 아무리 강조해도 지나치지 않으며, 잘하면 인간의 삶에 보답을 준다고 생각합니다. 슬프면 슬픈 대로 힘들면 힘든 그대로 또 즐거우면 즐거운 대로 책을 읽어 자신을 숙성시키면, 어떤 일을 겪어도 쉽게 흔들리지 않는 심지를 갖게 됩니다.

책을, 꼭 가려 읽으라고 하고 싶지는 않습니다. 베스트셀러라고 반드시 좋다는 법칙도 없을 뿐더러 광고하는 책 중에는 의외로 형편없는 책도 있습니다. 제 경험상 광고 믿고 샀다가 실패한 책이 더러 있습니다. 그저 책의 노예가 되지는 말고 자기 수준에 맞는 책이 좋은 책이지요. 운동에도 아마추어가 있고 프로가 있어 자기 수준에 맞는 운동을 즐기듯, 독서도 수준에 따른 단계가 있다고 생각합니다. 독서에 관심이 없는 사람은 자기가 좋아하는 분야를 독서로 선택할 때 효과를 보고 독서 경력이 붙기 시작하지요. 예를 들자면 축구를 좋아하면 축구 관련 책부터 시작하고, 영화에 관심이 많다면 영화 관련 책부터 읽기 시작하여 범위를 넓혀 가는 것입니다. 볼 것 많고 할 것 많은 세상에서 독서 때문에 스트레스를 받으면 안 되겠지요. 하지만 세계적으로 유명한 정치인, 과학자, 예술가, 노벨문학상을 받은 작가들 대부분이 독서광들이었던 것을 본다면 독서는 여느 취미와는 무언가 다르다고 생각합니다.

독서 쪽에서 프로가 되면, 상업적인 책들에 휘둘리지 않고 스스로 책을 골라 읽는 수준까지 오르게 됩니다.

작가님이 특별히 추천하는 책에는 어떤 것이 있나요?

사회 문제를 다루는 책들을 많이 읽어보라고 하고 싶습니다. 공부에 쫓기는 학생들은 시간이 없기 때문에 독서그룹을 만들어 부분으로 쪼개 읽어 전체를 모으는 방식도 좋다고 봅니다. 정민 교수가 쓴 〈다산선생 지식경영법〉, 루트번스타인의 〈생각의 탄생〉, 에릭 슐로서의 〈패스트푸드의 제국〉, 캐럴 오프의 〈나쁜 초

콜릿〉무주프로젝트를 맡았던 건축가 정기용의 〈감응의 건축〉, 현암사의 〈건축가 가우디〉 등을 읽어 나가면 인생을 보는 눈이 달라지고 인식의 범위도 넓어지는 계기를 갖게 되지요. 추천된 필독서도 물론 좋은데 의무감에 쫓겨 교과서처럼 읽는 오류에 빠지지는 않았는지요?

작가님께서 쓰신 책에는 〈육감 & 하이테크〉가 있다고 알고 있는데, 이 책에 대해 소개 한 말씀 해주세요.

〈육감 & 하이테크〉는 2008년 이후 문학잡지로부터 인터뷰를 받았거나 인터뷰를 제가 했던 글, 순수문학지와 사보로부터 원고 청탁을 받고 써냈던 작품들을 묶어서 낸 수필집입니다. 때문에 기획 에세이집은 아니라고 해야겠지요. 기획 에세이는 처음부터 어떤 주제를 정하고, 출판에 필요한 자료를 모으고 책을 구입하는 독자층이 누구인가를 결정하고 글을 쓰기 때문에 더 전문적이고 충분히 상업적인 성격을 갖지만, 〈육감 & 하이테크〉는 처음부터 판매를 염두에 두지 않았고 순수 수필집이기 때문에 오히려 한국문인협회에서 작가상을 받기도 했습니다. 내용은 독서 관련 글, 사보에 발표했던 에세이나 칼럼 형식의 글, 가족 관련 글 등인데, 요즘은 글만 실리면 지루해 하니까 볼거리를 제공하기 위해 사진을 각 장마다 몇 컷씩 넣었습니다. 앞부분은 전문 사진작가의 사진을 구입했고 뒤로 갈수록 제가 외국 여행다니면서 찍어둔 사진을 활용했습니다.

기획 쪽에서 본다면, 독자를 왜 고려하지 않느냐는 질타도 있을 수 있습니다.

수필가로 활동하면서 슬럼프도 있으셨을 거라 생각해요. 그 슬럼프를 어떻게 극복하셨나요?

당연히 슬럼프에 한동안 빠지기도 했습니다. 《은교》를 쓴 박범신 소설가도 한동안 글이 써지지 않아 산속으로 들어가 몇 년 은둔한 경험을 말하기도 했습니다. 문득 자신이 너무 소모적으로 살고 있지 않나? 그런 생각이 들 때, 글을 쓴다고 금방 유명해지는 것도 아닌데 주변에서는 언제 팔리는 책을 낼 거냐는 힐난을 던질 때, 글을 써도 제대로 쓴 것인지 스스로 실망을 할 때 작가로서의 무능함을 깨닫고 말지요. 그럴 때는 휴식기를 가지며 여행도 다니고, 다른 작가가 쓴 글을 읽거나 미술전시회 관람, 미술 잡지 감상하기 등으로 충전을 하고 다시 새로운 기분으로 시작을 하는 게 좋습니다.

세종대 과학교육과를 나오셔서 교사생활을 했다고 하셨는데, 수필가로 직업을 바꾸시게 된 계기는 무엇인가요?

당시 결혼을 하고 아이 둘을 낳아 키우면서 교사를 하기가 너무 힘들었습니다. 큰아이는 전주 외할머니에게, 작은아이는 할머니에게 이렇게 맡겨놓고, 아이가 보고 싶어 울면서 생활을 했지요. 결정적인 일은 몇 달 후 방학이 되어 아이를 만나러 갔는데 아이가 엄마를 몰라보는 것입니다. 긴가민가하면서 문 뒤에 숨어 나를 살펴보던 아이의 표정은 평생 잊지 못할 겁니다. 게다가 욕구 불만 때문인지 공격적으로 변해있어 충격을 받았습니다. 무슨 일이 있어도 같이 살아야겠다는 생각으로 데리고 서울로 올라왔습니다. 한동안 두 아이를 키우면서 전업주부로 지냈고, 틈틈이 문학강좌를 들으며 공부를 한 후 수필가로 등단을 하였습니다.

현재 작가님의 목표는 무엇인가요?
우선 고향 전주를 테마로 책을 낼 계획이고, 얼마 전

부터는 고향에 돌아가 독서 건물을 짓고 싶다고 공공연하게 알리고 다녔습니다. 꿈은 영국의 리처드부스가 세운 헤이온 와이의 헌책마을처럼 문학마을을 세우고 싶습니다. 조금은 황당하게 들릴지도 모르겠지만 앞으로 손으로 쓰는 문학의 시대도 얼마 남지 않았다고 봅니다. 유네스코 세계문화유산 분야에 문학도 포함되어 있습니다. 그럴 때의 문학의 범주는 컴퓨터가 쓴 것이 아닌, 사람의 손으로, 가슴으로 쓴 문학입니다. 도시가 발달할수록 낭만적인 곳, 어딘지 인간적인 면모를 풍기는 그런 곳을 그리워하게 됩니다. 왜냐하면 세계 어디를 가나 이제 도시가 같아지고 있습니다. 개성이 사라지고 고유한 전통문화를 만날 수 없다고 생각되는 이유는, 빌딩이 비슷하고 아파트가 같고 승용차가 비슷하고 세계 각 도시마다 있는 맥도널드, 피자, 세븐일레븐 유형의 24시 마트까지……. 이곳이 서울인가 할 정도로 차이가 없어지고 있습니다. 문학만이 사람들이 목말라하는 정서를 채울 수 있다고 생각합니다.

수필가가 되고 싶어 하는 정읍여고 학생들에게 또는 모든 학생들에게 해주고 싶은 말이 있다면?

피천득의 '인연'으로부터 우리나라 현대 수필 분야가 확장되었다는 것은 어쩔 수 없는 일입니다. 덕분에 1970년대도 이후부터 많은 수필가들이 활동하고 있으니까요. 하지만 이제 세상이 변하고 장르의 형태도 달라지고 있다고 봅니다. 여성 다큐 산문작가가 노벨문학상을 탄 획기적인 변화를 생각하기시 바랍니다. 꼭 수필가라기보다 어떤 분야의 전문 작가나 문화 전반적인 흐름을 말하는 작가 등 폭넓게 활동하기를 바랍니다.

세계는 넓고 그만큼 테마도 많습니다. 순수문학의 수필은 솔직히 상업적인 부분이 취약합니다. 그러면서 문학성을 갖지 못하면 인정받지 못하는 모순을 안고 있기 때문에 스스로 좁아지고 깊어지는 속성으로 갑니다. 한비야처럼 세계로 눈을 돌려 공감대를 넓고 강하게 확대시킬 수 있는 작가의 꿈을 키웠으면 합니다.

작가활동은 어디까지인가

문학 단체 가입은 자유입니다 .

1970년대 불과 몇백 명이던 (사)한국문인협회 회원 수가 이만 명을 육박하면서, 문학단체는 이제 그 성격과 기능이 다양하고 활동도 광범위해졌습니다. 그만큼 사회 각 분야에서 문학에 대한 관심을 갖고 있는 지식인층도 많아지고 작가가 되는 일에 주저하지 않으며 자부심을 갖고 참여하는 시대라고 볼 수 있습니다.

문학지를 통해 등단 과정을 거치면 자연스럽게 몇 군데 단체 가입을 하게 됩니다. 예를 들어 월간 〈한국수필〉로 등단하신 분은 전국 규모 단체인 〈사단법인 한국수필가협회〉에 입회하게 되고(다른 문학지 등단작가도 입회가 가능함) 다시 개성이 다른 여러 동인 모임에 가입하라는 권유를 받게 됩니다.

이렇게 같은 문학지 등단자끼리 모여 만든 동인지 성격의 동아리부터 장르별, 지역별, 출신 학교별, 종교

별 단체, 국제펜클럽기구 등 문학 단체는 점점 늘어나는 추세이지만 가입은 강제성을 띠지 않습니다. 어디까지나 개인의 판단 의지에 따른 자율로 맡길 뿐입니다. 때로 활동하지 않는 것에 대해 소외감과 피해의식을 갖는 분도 있는데, 타인과 비교하고 남을 의식하는 자의식은 버리기를 바랍니다.

　과거 문맹시대나 계몽시대, 그리고 소수정예의 몇몇 작가들이 전성기를 누리던 시대와 비교하여 지금의 대중 고학력 시대에서의 작가 활동은 분명 다른 점이 있습니다. 미술, 스포츠, 음악, 영화 등 다른 예술 단체는 대규모로 활성화되는데, 문학 단체를 '패거리 문학'이라 비하하는 일부 문인도 있습니다. 그것은 어떤 의도성을 갖고 단체를 결성하거나 정치적 목적에 단체를 이용하고자 할 때를 경계하라는, 진심 어린 충고라 하겠습니다. 가수도 혼자보다 10명 이상 그룹으로 활동하고, 자칭 타칭 사진작가가 10만 명, 화가 3만에서 5만 명이 활동하는 사회에서 숫자는 무의미하다고 생각합니다.

단순 집필과 대외적 발표

모든 작가 활동은 기본적으로 글쓰기에 바탕을 두고 있습니다. 글을 쓰지 않는 작가는 있을 수 없겠지요. 어쩌다 '작가 타이틀'이 필요해서 등단했다가 문단에서 실종되는 작가도 있습니다만.

예술 활동은 자아실현의 욕망에서 출발한다고 생각합니다. 자아실현은 정체성 찾기와 같아 자신의 정신세계를 어떤 형태로든지 만들어내기 위해 고군분투합니다. 따라서 일기글이 아니라면 아무도 모르게 글을 써서 그 누구에게도 보여주지 않고 혼자 만족하고 싶어 글을 쓰는 사람은 없다고 봅니다. 글 쓰는 작업은 혼자 하는 일이지만, 그 외의 만남이나 교류는 외향성이기에 개인 기질에 따라 활동의 폭이 달라진다고 봅니다. 금지 항목이 많아 출판사업이 묶여 있던 1980년대 초에 비해 문학지가 자유를 얻어 발행이 많아진 것은 환영할 일입니다. 그만큼 작가들에게 지면이 많아졌다는 뜻이기 때문입니다. 또한 인터넷을 통해 산문형태의 글을 발표하는 블로거, 카페 운영자, 네티즌들이 작가가 되면 그들이 운영하는 사이버 공간은 작가의 집으로 재탄생하는 일거양득의 기회를 갖게 됩니다. 종북이나 나꼼수에 비하면 작가들은 얼마나 우리 사회에 긍정적이고 생산적인 영향을 미치는 사회기반 인지 생각해야 합니다. 국내나 해외 어디에서든 작가 들은 서로의 글을 읽고 감상하며 자연스럽게 교류하는 시간을 가집니다. 의식을 가지고 작가 활동을 즐기며 따뜻한 시선으로 세상을 밝히는 작가들이 더 많아지기 를 기다립니다.

교류에 대해

문학 세계의 교류는 여러 가지라 생각합니다. 강연 이나 세미나에 참석하는 것, 문학기행에 합류하는 일, 해외 세미나, 작품집 교환을 통한 감상과 평, 온라인이 나 오프라인의 모든 만남은 교류입니다. 이제 만남이 반드시 얼굴을 맞대지 않아도 가능하게 되었습니다. 사이버 공간을 통한 교류로 앉아서 세계적인 만남까지 가능하게 되었습니다.

만남을 통한 교류는 작가의 의식세계를 넓혀주는 계 기가 된다고 하겠습니다. 사회적 동물인 인간이기에 만남이 현대사회의 전유물은 아니었습니다. 잘 아는 일이겠지만 조선시대에도 양반 사대부들이 즐기던 문학 모임이 있었지요. 경치 좋은 곳에 모여 앉아 시를 짓고 서로 대구를 주고받으며 감상하고 정보를 나누고 시류를 논했습니다. 다산 정약용의 500여 권 저작물도 결코 혼자 해냈던 것은 아닙니다. 제자들과 자료를 모으고 토론하고 검토를 한 끝에 주제별로 책을 묶어 냈던 것입니다. 〈노인과 바다〉를 쓴 미국 소설가 헤밍웨이도 파리에서 7년 동안 체류하면서 많은 유명작가들과 교류했습니다. 위대한 개츠비를 쓴 스콧 피츠제럴드, 제임스 조이스, 거트루드 스타인, 피카소 등과 문화적 소통의 시간을 가졌습니다.

우리나라도 1940년대 들어 박목월, 박두진, 조지훈 시인 등의 청록파 그룹 활동 이후 여러 동인들이 만들어졌고, 1960년대 이후는 대표적 여성 시인 모임으로 청미동인(김남조, 허영자, 김후란, 이경희 등)이 있습니다.

튀니지의 시디부사이드 카페드나트는 모파상, 앙드레 지드, 화가 파울 클레, 알베르 카뮈 등이 찾아들어 저녁이면 튀니지 젊은 문학도들과 함께 인생을, 문학을 이야기했다고 합니다. 그후로도 수많은 예술가들이 그곳에서 교류하며 영감을 얻고 우정을 쌓기도 했습니다.

프랑스 시인 장콕토는 연극, 음악회, 살롱을 출입하

며 스트라빈스키 등 다양한 사람들과 교류하고 피카소, 시인 아폴리네르, 막스쟈코브 등 여섯 명의 젊은 예술가들과 공동 작업을 하기도 했습니다.

지금은 그런 살롱문화가 더 오픈되고 확장되어 공식적인 단체 성격으로 발전하였다고 봅니다. 시간상, 경제력을 이유로 이런 점들이 불가능하다면 정신여행을 통한 만남도 얼마든지 가능하다고 봅니다. 오늘도 수많은 책들이 읽어 주기를 기다리며 태어납니다. 손에 들고 틈나는 대로 책을 읽는 일도 작가의 문학세계를 풍성하게 해 주는 일종의 통섭입니다.

작품집 출간의 중요성

1990년대 초만 해도 등단하고 10년 동안은 신인이라는 말은 문단 선배들로부터 귀에 못이 박히도록 들었을 것입니다. 그 말에는 많은 의미가 함축되어 있습니다. 작가적 의식으로 내공을 쌓을 것과 겸손할 것, 문학은 지식자랑이 아닌 지혜가 깔린 인간 정서의 수용이라는 점, 문단 선배를 배려하는 질서 안에서 처신하기 등입니다. 이제 그렇게나마 안내를 해 주는 선배도 귀해졌습니다. 지식인 사회, 정보사회로 진입한 지금, 신인작가는 사회적으로 명망 있는 엘리트들이 대부분이고, 전공 분야에 엄청난 경력이 쌓인 신인부터 경제력을 갖추고 해외여행은 물론 다양한 문화 경험을 한 계층이 유입되는 상황입니다. 작가 세계에 지각변동을 일으키며 문학 단체의 임원으로 영입되기도 합니다. 이렇듯 작가가 될 수 있는 유리한 사항들을 모두 갖추었다 해도, 어쨌든 문단에서 가장 중요한 반석은 자신의 이름으로 된 작품집입니다.

몇 년 전 프랑스 대표적 문예지 NRF(La Nouvelle Revue Francaise) 미셸 브도르 편집장이 한국에 와서 한국 문단의 특이한 점을 지적했습니다. 한국에는 작품집도 없으면서 작가라고 소개하는 이상한 현상이 있다라고요. 서사성이 없어 세계시장에서 경쟁력이 떨어지는데도 안이한 태도로 일관하는 한국 문학계에 체질 개선을 요구한 것입니다.

단편 한 편으로 등단하고 작가라 할 수는 없지 않느냐고 반문하며, '자신의 이름이 박힌 장편집'을 강조했습니다. 작가에게 자신의 이름을 단 작품집은 생명이나 마찬가지라 할 수 있습니다. 작품집이 없는 것은 요리사가 요리를 해 본 적도 없으면서 요리 사직함을 갖고 있는 것과 같다 하겠습니다. 물론 건축 분야에 자기 이름의 건축물이 없으면서 콘셉트 아티스트처럼 생각을 조직하고 전시기획으로만 이름을 날린 건축가 엘리자베스 딜러가 있지만 좀 다른 이야기라 하겠습니다.

이제 막 한 권의 작품집을 출간하면서 '누가 내 책을 읽어주겠냐'는 한탄도 접어주시기 바랍니다. 무슨 일이든 정성과 진심, 적극적 태도가 필요합니다. 패션 디자이너는 상상할 수 없는 엄청난 돈을 쏟아 부으면서 전혀 안 팔릴 수도 있는 옷을 디자인하여 패션쇼를 하고, 화가는 작가보다 더 많은 돈과 시간을 들여 전시회를 준비합니다. 무용가나 음악가 또한 오는 사람 없어도 비싼 대관료를 들여 공연 활동을 벌입니다.

자신을 사랑하는 만큼 문학 활동도 열심히 하시기 바랍니다. 아무리 신변잡기라 비하해도 남의 이야기를 써내는 일보다, 자신만의 경험이 자기의 글 속에서는 창작의 완벽한 소재가 된다고 생각합니다. 다만 경험을 기억력으로 나열하는 것이 아닌 사색으로 잘 버무려내는 노력은 필요하겠지요. 반복은 반전을 불러온다 했습니다. 마라톤 정신으로 끈기 있게 정진하기 바랍니다.

여러분에게 창의력을 더해 주는 몇 권의 책을 소개합니다.

생각의 폭을 넓혀주는 도서 추천
1. 『생각의 탄생 』
2. 정민의 『다산 선생의 지식경영법』
3. 조지오웰의 『나는 왜 쓰는가』

피렌체 단테 생가

크로노토프와 수필의 시공성

박양근 _ 수필가(부경대 영문과 교수)

    인간은 시간과 공간 속에서 태어나 살다가 죽는다. 그동안 인간의 행동이 자유의지에서 비롯한다고 할지라도 시간과 공간의 영향을 받기 마련이다. 삶이란 끊임없이 이동하는 유기체이므로 누구나 지나가버린 시간과 떠나온 장소에 향수를 품는다. 문학이 다루는 상실감과 그리움이 여기에서 비롯한다. 헤어진 사람을 기억하는 감정조차 기본적으로 시간과 장소에 대한 아쉬움이라고 말할 수 있다. 이것을 문학에서 크로노토프라고 부른다.

    크로노토프chronotope는 그리스어로 시간인 Chronos크로노스와 장소인 Topos토포스를 합친 시공간을 의미한다. 러시아 철학자이자 문학이론가인 미하일 바흐친은 시간과 공간이 상호 분리될 수 없다고 믿고 시간－공간

(time-space)이라는 용어 대신에 크로노토프라는 합성용어를 만들었다. 시공간은 원래 지리학과 수학에서 사용되었지만 문학과 예술에 도입되면서 시간과 공간의 연관성을 일컫는 용어로 발전하였다. 바흐친도 크로노토프는 장르를 규정하는 기능뿐만 아니라 이것들이 결합하는 비율에 맞추어 인생이 달라진다고 말함으로써 크로노토프를 문학 속에 용해시켜 나갔다.

크로노토프가 문학 연구에서 지닌 의의는 '문학을 인식하는 독특한 방법론적 틀'이라고 하겠다. 방법론적 틀은 서사시에서 스토리의 세계로 옮겨가는 과정에서 사용된다. 등장인물과 액션이라는 요소가 끼어들고 시공성이라는 연관성이 고스란히 나타난다. 화자가 자신의 체험을 반추하는 장르에서는 시공성의 상관성으로서 크로노토프에 대한 해석이 반드시 필요하다. 그것을 미학적으로 체계화하는 패러다임이 서사산문이라는 점에서 시와 소설의 중간에 자리하는 수필에서 남다른 효용을 지닌다고 말할 수 있다.

시공성에 대한 반응 중의 하나가 향수이다. 인간은 특정 시기의 사람이나 사물이나 사건을 기억할 때 그리움과 아쉬움을 품는다. 장소와 시간에 대해서는 개인적인 느낌을 초월하여 역사적, 문화적 감각마저 자각한다. 산업화·도시화·개발화가 이루어질수록 공간에 대한 인식 체계에 변화가 일어나 향수라는 심리는 시공성과 관련을 맺는다. 문학작품에 기록되는 향수가 시공간에 대한 인식을 재현하면서 크로노토프는 수필의 서사를 결정하는 중요한 요소가 되는 것이다.

권남희의 〈터〉

권남희는 '터'라는 시공성을 남다르게 인식한다. 그녀는 터의 공간성을 풀어낼 뿐 아니라 그것이 지닌 서정적이며 감성적인 이미지를 치열하게 추적하고 있다. 터는 대지와 구별된다. 터가 지니고 있는 원래의 의미는 사람이 살기 위해 선택한 장소를 지칭한다. 터에는 공간성·선택성·존재성이라는 의미소가 끼어들고 토포필리아라는 장소애가 부각된다.

토포필리아는 서술자가 특정 장소에 품는 애정과 그리움을 지칭하는 단어이다. 예를 들면, 김소월이 노래한 강변마을과 산 너머 남촌은 낭만적인 장소로 매김

되고 있다. 권남희에게는 그러한 터가 더 이상 존재하지 않는다. 그가 태어나 살았던 추억 속의 강남거리는 '터를 빼앗긴 폐허의 얼굴'이 되어 버렸다. 이곳은 '돈, 환락, 수십 동의 유리건물, 불야성, 하룻밤 문화, 허무의 축제'의 언어로 변질하면서 마르셀 뒤샹이 그려낸 변기 같은 곳이 되어 버렸다. 그러므로 산업화로 빚어진 강남 거리를 걸을 때마다 그녀는 아프고 쓸쓸한 기분을 숨길 수 없다.

크로노토프의 가치를 복원시키고 향수를 되찾을 수 있는 길은 무엇인가. 오늘의 강남 거리를 허물고 심미적으로 재설계하는 것이다. 비록 생각뿐일지라도 — 문학은 상상이니까 — 도시 건물을 심미적으로 재설계하는 것이다. 성형외과병원, 커피 체인점, 네일샵, 모텔, 유학원, 스마트폰 대리점, 패션상점을 허물어 버리고 예전처럼 '눈을 뒤집어 쓴 초가집'과 '모내기 끝난 논물에 별빛이 찰랑거리는' 시간과 공간을 다시 불러오는 것이다. 이러한 재현은 작가의 상상으로 구성되는 수필에서 이루어질 수 있다. 그때면 강남 거리는 사람을 위한 '터'로 되살아날 수 있다.

내가 태어났던 곳에서 부모님과 영원히 살 줄 알았던 때 나는 그곳이 절대 변하지 않을 줄 알았다. 부모님이 자리를 잡은 그 터에서 단단한 믿음을 가지고 내 모든 존재의 형태를 만들고 있었다. 날마다 눈을 뜨면 보게 되는 마당의 꽃들과 열려 있는 대문, 학교 가는 길, 내 이름이 불리고 우정을 쌓고 서로를 사랑으로 품어주어야 한다는 것을 배우던 장소였다.

권남희에게 터란 출생의 장소일 뿐 아니라 가족의 행복과 안전과 평화를 보장한다. 자연이 훼손되지 않은 전원주의를 구현하면서 공동사회의 가치를 지켜가는 점에서 보면 이상향에 가깝다.

하지만 터라는 이상공간을 지켜내는 일은 순탄하지 않다. 공간의식에서 터는 대지의 상징을 지닌 여성과 연관된다. 태어난 곳에 대하여 강렬한 향수를 품을수록 집터를 지키기 위한 노력이 필요하다. 어느 날 집 앞에 자동차가 다니는 큰길이 생기게 되었을 때 그녀의 어머니는 생존공간을 지키기 위해 밤낮으로 일인시위를 벌였다. 집터는 가족의 행복과 미래를 보증하는 안식처이므로 대지의 딸로서 그녀는 전력을 다하여 지킬 수밖에 없었다. 그녀의 어머니는 터의 존립을 위해 필사적으로 싸운 투사이다. 그래서 어머니를 기억하면 강남 거리에 있었던 집터가 생각나고 집터를 회상하면 일인시위를 마다하지 않았던 어머니가 떠오른다.

일인시위는 시공에서 이루어진다. 그것은 가족, 사랑, 가정, 행복이라는 언어에 일치하며 크로노토프라는 모티프를 지닌 한 폭의 그림으로 완성된다. 하지만 그 터의 풍경이 바뀌어버렸다. 오늘날의 강남 거리가 화려한 네온사인으로 밤낮없이 번쩍거리고 있지만 삶의 진면목이 보이지 않는다는 것이다.

빌딩과 자동차가 논밭과 집터를 점령해버림으로써 자연과 어울렸던 일상적 삶이 무너져버렸다. 그렇다고 권남희는 과거로의 회귀를 굳이 고집하지 않는다. 자신이 태어났던 터가 되돌아 올 수 없음을 알고 있으므로 실현성 있는 크로노토프를 선호한다. 그것은 인공 농업과 건축이 함께 하는 애그리택쳐 agritecture 시대를 상징하는 빌딩을 세우는 것이다. 이러한 건물이 건축될 때 강남 거리는 진정한 시공성의 대상으로 이야기될 것이다.

사람은 바흐친이 말한 크로노토프라는 영역 안에서

살고 살아갈 수밖에 없다. 시간과 공간의 포로가 되는가, 아니면 적극적으로 대응하는 주인공이 되는가는 전적으로 당사자에게 달려 있다. 따라서 시공성과 자아를 재정립하는 자만이 후자의 길로 나설 수 있다. 수필은 삶을 기록하는 전傳이므로 시공성의 관계를 제대로 정립하지 못하면 제대로 서사 구도를 잡을 수 없다. 과거의 체험에 묶여버리면 더더욱 크로노토프를 피동적으로 해석하게 된다.

오늘의 한국 수필이 당면한 문제가 있다면 그것은 삶에 대한 회의적인 반추에 머물고 크로노토프에 피상적으로 접근하는 것이라고 볼 수 있다. 수필은 과거의 행위를 반추하는 것이 아니라 비전을 제시하는 글이다. 이 점에서 앞으로 한국 수필은 크로노토프에 보다 긍정적이고 적극적으로 대응할 필요가 있다고 여겨진다.

- 〈수필과 비평〉 2013년 9월호 '이달의 문제작 평'

체험하는 힘으로서의 수필
- 수필 〈터〉에 대한 작품평

허상문

1. 체험의 힘, 수필의 힘

　문학작품의 다양한 양상들은 기본적으로 작가의 체험에서 우러나는 것이라 할 수 있다.

　체험은 작가의 물리적 삶의 환경이나 대상에 대한 인식과 경험으로부터 이루어지는 것이지만, 이런 체험은 대상과 관계를 맺고 그에 대한 의미를 부여하면서 의식적이든 무의식적이든 문학작품의 바탕이 되기 때문이다. 그런 의미에서 작가가 경험하는 매 순간의 체험들은 궁극적으로 '작품의 생명력'이 되기도 하고 진정한 작가의 모습이기도하다. 따라서 작가가 어떠한 삶의 환경에서 어떻게 대상과 관계를 맺고 체험을 이루었는가를 밝히는 것은 문학작품에 대한 수용적 심미 체험을 위해서도 대단히 중요한 의미를 갖는다.

체험은 일차적으로 작가들에 의해 이 세상 만물과의 관계 맺음으로부터 이루어진다. 그러나 세계 내에서 사물과의 독특한 관계 맺음을 통해 이루어지지만, 이것이 문학작품으로 다시 태어나기 위해서는 사물이나 대상으로부터 초월적 의미를 보는 것, 즉 즉자적 초월을 경험해야 한다. 말하자면 사물을 내려다보는 위치에서가 아니라 동일한 차원에서 감정이입의 과정을 이루면서 그들과 조우해야 하는 것이다. 작가는 때로 무욕과 무념의 자세로 사물을 관조하고 그를 바탕으로 사물을 자신의 용도로 전환시켜야 한다. 이러한 의식적 변형을 통해 유보적 잠재적 상태로 존재하는 사물들을 새롭게 재탄생시켜야 하는 것이다.

작가의 의식과 눈을 통해 그 자신의 원래의 용도로부터 자유로워지고 역할을 부여받은 사물은 새로운 의미를 부여받게 된다. 다양한 변형을 이룬 대상들은 작품의 전체로 혹은 작품 속의 이미지나 상징으로 사용되기도 한다.

결국 체험은 문학에서 물리적 측면에서 뿐만 아니라 의식적 측면에서도 대단히 중요한 역할을 한다. 원

래 인간 존재에게 있어 의식과 물질은 반드시 이분화
되거나 이중적인 구조로 되어 있지 않고 유기적으로
연결되어 있는 하나의 전체이다. 그런 의미에서 존재
의 두 가지 측면인 의식과 물질, 영혼과 육체가 온전히
'지금 여기'에 참여될 때 체험은 온전하고 진실하게 된
다. 그것은 니코스 카잔차키스가 추구했던 육체와 영
혼, 물질과 정신의 임계상태 저 너머에서 일어나는 변
화, 즉 '메토이소노(거룩하게 되기)'를 경험하는 단계이기도
하다. 예컨대 포도가 포도즙이 되는 것이 물리적인 변
화이고, 포도주가 사랑의 '성체'가 되는 것이 바로 '메
토이소노'이다(이윤기, "작가론─20세기의 오뒷세이우스", 〈그리스인 조
르바〉) 그 과정에서 의식과 물질, 영혼과 육체는 동등하
게 자리잡아서 동시에 중요하고 거룩하게 된다. 카잔
차키스의 '메토이소노'의 개념에 입각한 체험은 사물과
의 만남을 통해 이루어지는 의식적, 물리적 변형으로
만물을 자유자재로 포섭할 수 있는 정신을 가능케 한
다. 이런 정신이란 관념이나 지식이나 목적을 내려놓
은 텅 빈 '초월'의 상태와 같은 것이다. 관념이나 목적
을 내려놓은 지금 여기에 '과거'와 '현재', '영혼'과 '육
체'는 별개로 존재하지 않는다. 비유컨대 그것은 마치

춤을 추는 것과 같다. 춤을 추는 동안 나는 사라지고 이 순간에 존재함으로써 이루어지는 체험의 산물이며, 끊임없이 진행되는 과정의 어떤 순간들에 대한 증거이다. 이는 해체주의 관점에 빗대면 자크 데리다가 미의 순수화를 위하여 탈구축을 시도한 '파레르곤'의 개념과도 상통한다. 요컨대 우리의 문학은 이 땅 위의 구석구석에서 보고 느낀 냄새와 촉감과 빛깔들을 세포의 구석구석에 담아두고, 인간과 세상의 모든 만물들과 애정을 나누는 행위에 다름 아니다. 그리하여 다시 한 번 카잔차키스의 표현을 빌리면 , 우리의 문학은 "맨몸을 땅과 바다에 밀착시키고 이 사랑스러운, 그러나 덧없는 것들의 존재를 확인"하는 것이어야 하고, 그리고 "거짓이 없는 맨몸으로, 그 온전한 전체로, 그저 느끼고 받아들이고 존재하며 이 어머니 대지 위에서 춤추는 것"(니코스 카잔차키스 〈그리스인 조르바〉)이 된다.

수필은 다른 어떤 문학 장르보다 체험의 힘에 의해 이루어지는 '체험의 문학'으로 알려져 있다. 수필에서 이러한 체험의 힘이 어떻게 문학적으로 형상화되어 나타나는 것이 바람직할 것인가.

2. 체험의 수필적 형상화

수필이란 궁극적으로 자신의 삶의 체험에 대한 기억을 통하여 현재의 나의 삶을 재현하는 문학이라고 할 수 있다. 그런 점에서, 최근의 많은 수필들은 체험적 묘사의 기능과 가능성을 재확인시켜 주면서 그 절실함과 진정성을 보여준다. 독일의 낭만주의 시인 F.W. 쉘링은 "미는 유한한 가운데 무한한 것을 보는 것이다"라고 한 적이 있지만, 이는 예술이 형이상학적인 초월이 아니라 즉자적인 초월, 즉 매순간의 감각 세계로부터 더 나아가 사물로부터 초월적 의미를 보는 것을 말한다. …장자에게 있어 초월 정신이란, 만물을 떠나서는 안되며 결코 세속을 떠나서도 안되는 것이다. 그리고 최고의 예술정신과 맞닿아 있는 이러한 장자의 정신은 예술적 초월 역시 명상적이고 사변적인 형이상학의 초월에 맡겨질 수 있는 것이 아니라, 반드시 보고 듣고 만질 수 있는 것 중에서 존재를 발견해 낼 수 있는 것이라고 할 수 있다.

권남희의 〈터〉는 눈앞에 보이는 현재적 삶을 통하여

새로운 삶의 체험을 가능케 하는 의미 있는 작품이다.

　건물 외벽에서 번쩍이는 광고전광판을 보며 나는 별
쏟아졌던 외가의 마당을 떠올린다. 대나무 숲 뒤란과
평상이 있던 마당, 여름 방학이면 나를 반겨주던 외할
머니, 소여물을 썰던 외삼촌, 외숙모와 그곳 친구들….
더 이상 돌아갈 고향이 없다는, 터를 잃고 떠돌아야 한
다는 불안 때문에 상실감이 사라지지 않는다.

– 권남희 〈터〉 중에서

　권남희의 〈터〉는 현대적 삶에 있어서 삶의 공간의
모습과 의미를 성찰하는 작품이다. 작품의 화자에게
강남 거리는 '터'를 빼앗긴 폐허의 얼굴과 같다. 그곳은
사람을 위한 공간이 없다. 별빛을 삼킨 불야성 거리가
존재할 뿐이다.

　"이곳이 뉴욕인가, 이태원인가? 클럽과 카페, 탈출
구를 찾는 젊음이 뜻을 합해 하룻밤 미치는 문화만 살
아남는 장소일 뿐이다. 시대의 울기鬱氣를 발산하기 위
해 날마다 축제가 벌어지는" 곳이다. 거리에서는 매일
빌딩을 지어올리고 또 새로운 건물을 짓기 위해 빌딩

을 해체한다. 화자가 절망적으로 말하듯이 이제는 "대나무숲 뒤란과 평상이 있던 마당, 방학이면 나를 반겨주던 외할머니, 소여물을 썰던 외삼촌, 외숙모와 그곳 친구들"이 사라지고 더 이상 돌아갈 고향이 없다. 〈터〉에서는 원초적인 고향을 잊지 못하는 생래적 의식이, '터를 잃고 떠돌아야 한다는 불안' 의식으로 나타나고 있다. 사람 사는 근본이 되는 '터'로서의 고향은 우리들에게서 자꾸자꾸 멀어지고 있다.

권남희의 〈터〉는 현대적 삶의 체험 과정에서 '경계 없음'의 태도를 취한다. 권남희는 〈터〉에서, 붕괴되고 타락한 도시에서 순수하고 아름다운 시골의 모습을 찾고자 한다. 이러한 의식적 체험은 어떤 대상도 분별하지 않는 태도이며, '무경계의' 의식 상태로 나타난다. 그것은 무한의 의식적 체험과 통하는 것이며, 칸트의 숭고미와도 연관된 것이라 할 수 있다. 칸트가 주장하는 숭고미는 절대적인 것에 대한 인간의 인식이 균열과 불일치로 인해 파생되는 것이라고도 할 수 있다. 현대 기술문명의 형식주의, 절대성 등은 본질적으로 재현할 수 없는 것이라 할 수 있다. 말하자면 여기서의 '경계 없음'은 정신과 육체 혹은 형식과 무형식을 조화하고 통합하는 단계를 의미한다.

현대의 인간들은 경계와 형식과 물질에만 갇혀 살아가고 있다. 모두가 최대의 독점적 이윤을 얻기 위해 분투해야 하는 한탕주의자일 뿐이다. 그들은 부대끼며 살아온 정든 '터'와 이웃을 생각하지 못하기 때문에 자기를 키워준 고향땅을 쉽게 허물어버리고 '한 알의 쌀'도 소중하게 생각하지 않는다. 현대의 지배적인 자본주의와 산업문명의 횡포와 그 동력으로 과학기술의 오만함이 수천 년간 지속되어온 우리들의 삶의 방식을 송두리째 바꿔놓는 결과를 가져온 것이다. 그리하여 마침내 현대인들은 힐링 체험을 이야기하고 힐링문학을 이야기하는 단계에까지 이르게 되었다.

– 〈수필과 비평〉 2013년 10월호 월평

남자에 대한 환멸과 경멸, "놈놈놈"
– 권남희의 〈나쁜 놈, 이상한 놈, 좋은 놈〉

박양근 _ 수필가(부경대 영문과 교수)

권남희의 〈나쁜 놈, 이상한 놈, 좋은 놈〉은 영화 '퐁 네프 여인'과 영화 '놈, 놈, 놈'을 퓨전하여 "오작교 연인"이라는 현대판 러브스토리를 만들어낸다. 그가 생성한 사랑의 기록은 달콤하고 감미로운 내용이 아니라 배신과 모욕이 엉킨 하루치기 연사(戀詞)이다. 권남희의 글쓰기는 서구 연인들을 한국화하고 동서양 로맨스로 풍자하여 흥미 있는 변용을 보여준다.

수필 화자는 캄캄한 그믐밤, 다리에 서서 사내를 만나려는 기대에 부풀어있다. 적어도 순애보에 눈 먼 "여전사"이다. 권남희는 사랑을 획득하기 위해서는 다른 여자와 암투를 벌이고 식어버린 사랑은 망각할 능력을 가져야 한다고 말한다. 그러므로 배경으로 등장하는 오작교는 견우직녀가 1년에 한 번 만나는 비련의 다리가 아니라 가볍고 값싼 사랑을 쫓아다니는 남녀들이 오가는 속물적 다리이다.

사랑을 기준으로 남자를 구분하면 어떤 유형이 나타날까. 권남희는 영화 "놈, 놈, 놈"에 등장하는 사내를 빌려와 "나쁜 놈, 이상한 놈, 좋은 놈"으로 구분한다. 나쁜 놈은 사랑에 눈 먼 여자를 헛되이 기다리게 하는 작자이다. 사내가 나타나느냐, 나타나지 않느냐는 남자가 아니라 여자가 정해야 한다. 그 딜레마를 풀어내는 담론은 "놈은 오지 않는다"가 아니라 "놈은 오지 못한다"이다. 전자는 그놈의 의지를, 후자는 그놈이 오지 못하는 불가피한 상황을 뜻한다. 그래야 남자를 만나지 못하는 굴욕감을 합리화할 수 있다. 더욱이 "애인이 한 명 생기길 바라는 30대 아줌마"일 경우 변명거리를 찾을 수밖에 없다.

이상한 놈은 보란 듯이 자기 여자를 다른 여자들에게 과시하는 놈이다. "오작교에 먼저 가서 기다려"라는 놈의 화법 속에는 여성을 마음대로 다룰 수 있다는 오만감이 노출된다. 오작교라는 낭만적인 다리도 싸구려 모텔로 가는 접선지점으로 전락한다. 이상한 놈은 다른 여자들로 둘러싸이는 포위망을 엔조이함으로써 여자를 정복하기보다는 여자의 자존심을 희롱하는데 더 즐거움을 느끼는 메조키스트적인 사내다. 어쩌면 그는 성불구자일지도 모르고 말로써 상대 여성을 희롱하는 변태자일지도 모른다. 이상한 놈과 만나는 여자는 화려한 불꽃놀이에 숨겨진 외로움만 갖는다.

권남희가 기대하는 "좋은 놈"은 누구일까. 좋은 놈은 유머러스한 남자, 키 큰 아저씨, 연하의 훈남, 다정다감한 남자, 감언이설의 남자들이다. 그들은 여자를 유혹하는 재능을 한 가지씩은 가진 놈들로서 여자들의 관심을 끈다. '퐁네프의 연인'도 "놈, 놈, 놈" 중의 하나에 불과하다. 첫사랑을 잊지 못하는 미셸과 알렉스처럼 가장 좋은 놈은 "다시 만나자는 편지를 보낸 놈"이다. 그는 적어도 한 해 한 해를 살아갈 희망을 준다. '퐁네프의 연인'들은 가난하지만 결코 양도할 수 없는 첫사랑을 간직한다.

그러나 오늘날의 연인들은 어떠한가. "잔뜩 거머쥔" 작자들이다. 그들은 지금 가진 것을 버릴 수 없으므로 견우와 직녀처럼 다리를 건너 반대편으로 갈 수 없다.

여자가 앞으로 만나는 놈들도 이와같은 범주를 벗어나지 못할 것이다. 문제는 그런 남자를 만나는 자신에게 있다. 결국 여자는 사랑 학습을 통하여 남자의 정체를 알아야 하지만 곧 망각한다. 그래서 수필화자는 겨울눈을 계기로 만났던 사내들을 오작교에 암매장한다. 사랑에 대한 추억과 꿈도 포기한다. 사랑을 단념하면 여자는 어떻게 되는가. 자신도 암매장한다. 그래서 작가는 말한다. 눈이 내리지 않아 놈들과 만날 수 없게 된 것이 아니라 놈들과 만나는 기대를 포기함으로써 눈도 내리지 않는다고.

　권남희의 수필은 실제적인 남녀관계를 다룬다. 미화할 필요도 없고 경멸할 필요도 없다. 일어나는 현상을 있는 그대로 붓으로 표현한다. 권남희는 남성의 속성을 정확하게 간파하고 있다. 남성은 사랑에 대해서 거짓말을 하지만 죄의식을 느끼지 않는다. 이것이 현실이다. 그렇지 않다고 생각한 것이 여성의 잘못이다. "놈놈놈"들은 철없는 여성이 만들어낸 것이니까

이름짓기
–제목으로 본 수필의 문학성

강호형 _ 수필가(좋은 수필 주간)

문학작품에서는 제목도 상품의 일부가 되어야 한다.

월간문학 3월호(2013년도)에서 가장 눈길을 끈 작품은
〈못을 뽑다〉–권남희–였다.

〈월간문학〉 3월호에 실린 수필 20편의 제목을 살펴
본다. 못을 뽑다. 함께 가는 길. 안 주사. 세월 나들이.
천상은 어디고 천하는 어디멜까? 장고개. 노란 볶음밥
마크부스. 무너진 돌탑과 소나무, 앞모습, 뒷모습. 문
장은 결과이지 목적이 아니다… 등 평소 같으면 읽지
않았을 작품이 대부분이다. 그만큼 독자의 구미를 당
길 만한 제목이 드물었다. 몇몇 작품을 제외하고는 대
개가 설명문, 견문록, 관찰보고서, 감상문 류의 중학생
작문 제목 같을 것들이어서 관심이 가지 않았다. 이런

글들은 읽지 않고도 그 내용을 짐작할 수가 있다.

다달이 배달돼 오는 문예지이며 단행본들이 너무 많아 도저히 다 읽을 수가 없다. 책을 받으면 잡지일 경우 목차부터 펼친다. 먼저 아는 이름이 있는지 더듬어 보고 다음으로는 제목을 살펴 호기심 가는 글 몇 편만 읽게 된다. 이번 월간문학 3월호에는 20편의 수필이 실렸고 모두 정독을 했다. 읽고 나서 느낀 것은 평소의 내 선택에 큰 잘못이 없다는 것이다.

수요공급으로 보면 글쓰기도 장사와 다름없다. 장사는 같은 업종이라도 주인의 성격이나 영업방침에 따라 상호 또는 상품의 특성에 따라 이름을 짓는다. 'ㅇㅇ 맛집' 하면 왠지 음식이 맛깔스러울 것 같고 '욕쟁이 할머니집' 하면 인심이 푸근할 것 같은 친근감이 드는 것이다. 글도 상품이라면, 잡지에 신든, 단행본으로 내든 독서시장에 내놓고 손님의 선택을 기다리는 수밖에 없다.

그렇다면 저서나 글의 제목은 점포의 간판이나 상품의 이름에 해당한다. 지은이의 이름 석 자만 보고 골라도 후회가 없을 유명작가도 있지만 그런 경우는 흔치 않다. 또 그런 작가들은 간판(제목)을 다루는 솜씨도 대가급이라 시비를 가릴 여지가 없다. 하지만 수많은 문예지들이 쏟아내는, 아직은 미숙한 신인작가들이 그 많은 저서며 작품들을 무슨 기준으로 골라서 사고 가려 읽겠는가. 게다가 일반상품들은 살아가는 데 없어서는 안 될 실용적인 것들인데다가 형체가 있어 구매 욕구를 이끌어내기가 쉽지만, 문자로만 된 문학상품은 형체가 없을 뿐더러, 있으면 좋고 없어도 그만인 비실용품이어서 쉽지 않다.

아무리 몸에 좋은 보약도 안 먹으면 소용이 없다. 필자는 어느 글에서 수필 쓰기를 당의정에 비유하여,'쓴 약에 당의를 입히는 작업'이라고 적은 일이 있다. 약효는 유지하면서 먹기 좋고 흡수가 잘되게 하는 일, 그것이 문학적 장치인 것이다. 글을 많이 읽은 사람들은 제목만 보고도 그 글 속에 그런 장치가 되어 있을지 여부를 알아차리고 지레 외면한다. 제목의 중요성을 간과해서는 안 되는 이유다.

가장 눈길을 끈 〈못을 뽑다〉를 본다.

벽이 갈라진다. 너무 큰 못을 벽에 겨누고 두드려 박은 것이다. 오래된 벽이 더 이상 감당할 수 없다는 것을

왜 깨닫지 못했을까

이렇게 시작되는 이 작품에서 저자는, '못'과 '벽'이라
는 매우 상징적인 두 사물의 관계를 부부간의 심리적
갈등구조로 그로테스크하게 그려 보이고 있다. 그녀도
처음부터 벽에 못질을 한 것은 아닌 모양이다.

새집을 계약하고 이사했을 때 벽들은 얼마나 순결했던
가. 저 눈밭에 사슴이라더니, 벽들은 손대면 절대 안 될
것처럼 잡티 하나 없는 뽀얀 얼굴로 우리를 맞이했다.
하얀 실크 벽지로 마감한 그 우아함에 매혹당해 벽을
보고 맹세를 했다. 오래도록 벽의 순결함을 지켜 주고 그
어떤 상처도 내지 않을 것이라고. (중략) 지중해를 연상
시키는 쪽빛 그림의 커다란 액자를 건 다음 아무것도 걸
지 않았다. 대부분 액자는 조심스럽게 벽에 기대어 두거
나 창고에 넣어 두었다. (중략) 벽은 한동안 그 존재만으
로 충분한 사랑을 받았다.

이렇듯 순결한 벽에 슬슬 못질이 시작된다.

한 해 두 해 지나면서 슬슬 못을 찾기 시작했다. 벽을 위한 순결서약서는 지킬 수 없는 약속이었다. 지쳐가던 나는 지루하다는 핑계를 댔다. 그 어느 것도 걸어둘 수 없는 벽은 바보 같고 할 말 있는 것들이 그동안 참을 만큼 참았다고 얼굴을 내밀었다. (중략)

벽은 못을 거부하는 것으로 말을 하고 새해 아침 못박는 소리가 거슬렸는지 남편은 정초부터 왜 못을 박느냐고 불평을 한다. 그의 소리를 무시한 채 못을 더 세게 두드린다. (중략) 서로는 못이나 박는 벽이 되어버리고 상처받은 벽은 비명을 지르며 여기저기 뚫린 구멍으로 담아 둘 수 없는 말들을 쏟아놓기도 한다.

부부는 남남이다. 독립된 인격체다. 갈등이 있을 수밖에 없다. 그래서 서로 상처를 주고받으며 사는 동안 면역력도 길러지게 마련이다. 저자의 결론은 이렇다.

이제 나는 못박기를 그만두어야 한다고 생각한다. 장도리를 살펴본다. 박기 기능도 있지만 못을 뽑을 때도 필요한 장치가 있다.

잘못 박았거나 불필요한 못은 뽑기도 해야 하는 것이 인생살이다. 뽑을 때 필요한 장치, 그래서 제목을 '못을 박다'가 아니라 '뽑다'로 달았을 것이다.

– 〈월간문학〉 2013년 4월호 수록

문학이란 무엇인가를 생각하게 하는
수필 〈못을 뽑다〉를 읽고

이관희 _ 문학평론가(계간 「창작문예수필」 발행인)

 비평자는 권남희 작가를 모른다. 이 작품이 비평자
가 읽은 첫 번째 권남희 작가의 작품이다. 그럼에도 이
작품을 보았을 때 너무나도 반가웠다. 마치 오랫동안
만나지 못했던 고향 친구를 기적적으로 우연히 마주치
게 된 것처럼, 온몸에 전율이 느껴질 정도로 반가웠다.
어떻게 그럴 수 있는가? 권남희라는 작가가 여자인지
남자인지, 젊은 사람인지, 나이 든 사람인지도 모르고,
어디 사는 누구인지도 모르는데 어떻게 그가 쓴 이 한
편의 글이 전율할 듯 반가울 수 있었단 말인가.
 그 까닭은 '이것이 바로 문학이다'라는 생각이 들었
기 때문이다. 내가 중학 시절부터 사귀어 온 평생의 친
구, 애인 같은 문학. 그것은 김소월이고, 김동인이고,

김동리이고, 황순원이며, 이범선이고, 정현종이다. 내가 어찌 김소월이 낯설 수 있으랴. 내가 어찌 김동리와 이범선이 낯설 수 있으랴. 저들 나의 평생의 친구들이 낯설지 않다면 권남희도 낯설 수 없는 것이다. 그래서 전율할 듯 그의 작품이 반가웠던 것이다.

한마디로 지칭할 수 있는 저들 김소월과 김동리와 이범선의 문학이라는 것은 대체 무엇인가? 문학의 무엇이 권남희라는 낯선 작가의 작품도 중학 시절부터의 오랜 친구를 만난 듯 기뻐하게 할 수 있을까. 다름 아닌 예술성이라는 것이었다.

그렇다면 예술성이 없는 문학은 문학일 수 있는가?

왜 세상이 처음부터 수필을 향해서 '여기의 문학', '서자문학'이라고 손가락질하기 시작해서 지금까지도 '신변잡기'에 '수필도 문학이냐'고 조롱하고 있는가? 수필가들은 어찌하여 저들의 손가락질에 합당한 항변도 내어놓지 못하고 있는가? 그 모든 원인은 다른 데 있지 않다. 이유도 똑같은 한 마디에 있으니, 곧 수필이라는 글의 절대다수에는 예술성이 부족하기 때문인 것이다.

'수필도 문학이냐'는 세상의 조롱에 '왜 수필이 문학

이 아니란 말이냐' 항의하기 위해서는 수필이 창조하고 있는 예술을 들어 보여야 할 텐데, 바로 그 예술이 없는 글을 써 온 것이 지난 1세기 수필문학이라는 것의 역사였으니.

예술이란 이 작품에서 볼 수 있는 것처럼 상상적·허구적 세계를 창조하는 일이다. 이 한 가지 사실이 빠진 예술이란 천하에 없다.

수필가들이 모르는 것이 무엇인가? 바로 이 한 가지 사실이다. '수필이란 작가가 경험한 이야기를 진솔眞率하게 쓰는 글'이라고 세뇌 받아왔기 때문이다. 그 위에 '진솔하게'의 뜻은 '붓 가는 대로' 즉 써지는 대로 쓰는 것이라는 주석까지 달아준 결과가 예술성이 없는 글이 된 것이다.

예술이란 진솔하게 즉 '진실하고 솔직하게' 그리는 것이 아니다. 예술이란 '진실하고 솔직하게' 노래 부르는 것도 아니다. 예술이란 '진실하고 솔직하게' 쓰는 것도 아니다. 예술이란 예술적 거짓말의 세계다.

작가가 경험한 이야기를 참으로 진실되고 솔직하게 기록한 기록물이 있다면 그것은 대한민국 8도 강산 없는 곳이 없다는 CCTV일 것이다. CCTV보다 더 정확한 논픽션물은 없다.

그러나 예술이란 CCTV처럼 작가가 경험한 이야기를 곧이곧대로 쓰는 것이 아니다. 그 반대로 예술이란 예술적 거짓말을 만들어 내는 일이다.

예술적 거짓말을 문학 이론 용어로는 상상적·허구적 세계를 만들어 내는 일, 즉 예술이란 본질상 상상적·허구적 세계를 창조하는 일이다. 그렇다면 수필도 진정 문학이라면 어떻게 써야 되겠는가? 여전히 작가가 경험한 이야기를 진술하게 쓸 것인가?

그렇다면 상상적·허구적 작품을 어떻게 만드는가? 그 기본 작법이 〈소재에 대한 비유 창작+구성법〉에 있다는 것이 이 작품 〈못을 뽑다〉가 보여주고 있는 작법이다.

〈못을 뽑다〉의 원관념 소재는 인간관계다. 인간관계 중에서 남편과 아내와의 관계로 초점을 집중하고 있다.

예술 창작의 목적과 방법은 주제의 형상화에 있다.

주제는 어디에 있는가? 주제는 어디서 찾아낼 수 있는가? 예술 작품의 주제는 선택한 소재 속에 들어 있다. 그러므로 만약에 어떤 소재 속에서 주제를 발견하지 못하였다면 그것은 아직 예술작품의 소재가 될 수 없는 것이다.

주제란 소재의 이야기 자체의 흥미가 아니다. 그러나 지난 1백 년 동안 절대다수의 수필이라는 글들은 소재 자체의 흥미 외에 무슨 주제를 말하여 왔는가? 하나의 소재를 놓고 '재미있는 이야기' 이상 무엇을 더 고민한 일이 있는가?

작가란, 예술가란, 재미있는 이야기에 놀아나는 자들이 아니다. 작가란, 예술가란, 주제를 놓고 고민하는 사람들이다. 그들이 돈도 안 되고, 어떤 사람처럼 갑자기 유명한 정치인이 될 확률도 완전 제로 상태임에도 그림을 그리고, 노래를 부르고, 글을 쓰는 이유는 오직 이 주제에 대한 예술적 고민 때문인 것이다.

이 작품의 원관념 소재인 인간 관계가 비로소 작품 창작의 소재가 되게 된 계기는, 그 막연한 인간관계라는 소재 속에서 '서로 못을 박고 사는 삶의 양상'이라는 형상적 주제를 이끌어내게 되었을 때인 것이다. 여기서 주의해야 할 것은 에세이의 주제와 창작 에세이의 주제는 본질적으로 다른 양상을 띤다는 사실이다. 에세이의 주제는 개념적이다. 그러나 창작문학의 주제는

본질적으로 형상적이다. 왜냐하면 창작문학은 인간의
삶의 양상을 형상화하는 문학이기 때문인 것이다.

　문학의 독자 중에는 '이 작품의 본래 소재는 벽에 못
질하는 이야기가 아니냐'라고 생각할 사람이 있을 것
이다. 맞는 말이다. 그렇게 생각해도 조금도 잘못이 아
니다. 작가가 마침내 이 작품을 쓰게 된 동기는 아마도
'벽에 못을 박는 일'이 작가의 창작발상(영감)을 흔들어
깨웠기 때문일 것이다.

　그러나 '벽에 못 박는 일'이 창작발상을 흔들어 깨우
기 전에 작가의 뇌리 속에 아무것도 들어 있지 않았다
면 '벽에 못 박는 일'이 무엇이 될 수 있었겠는가? 즉
작가의 뇌리 속에 '벽에 못 박는 일'이라는 보조관념이
나타났을 때, 자신을 꾸며주기(형상화)를 오랫동안 기다
려 온 '아내와 남편의 관계'라는 원관념에 대한 문학적
고민(주제)이 들어 있지 않았다면, 무엇 때문에 '벽에 못
박는 일'이 충격을 주어 창작발상이 되었겠느냐는 말
이다.

　작가는 '벽에 못 박는 이야기'가 창작 시야에 띄기 전
에 인간관계, 그중에서도 남편과 아내 사이의 관계에
대한 갈등 경험을 해 왔던 것이다. 그것이 일주일 전부

터 그래왔든 10년 된 일이든 작가의 뇌리 속에서 '벽에 못 박는 일'이 창작 시야에 띄자 곧장 그 속에서 '벽에 못질하듯 서로의 가슴에 못을 박고 사는 존재의 양상'이라는 주제가 형상적 존재로 발견되었던 것이다. 그래서 이 작품을 쓰게 되었던 것이다.

권남희는 지난 1세기 동안 절대다수의 수필가들처럼 소재의 흥미 자체에 이끌려 '붓 가는 대로' 끄적대는 신변잡기 작가가 아니었던 것이다.

소재 속에서 주제를 발견한 후에는 그 주제를 어떻게 형상화할 것인가가 창작에 임한 작가의 다음 차례 작업이다. 형상화란 어떤 사실을 문자화하는 일, 즉 문자로 기록하기만 하면 되는 일이 아니다. '봄비가 내리면 마음이 촉촉하게 젖는 느낌이다.'는 형상화가 아니다. 왜 이것은 형상화가 아니란 말인가? 봄비가 내리면 마음이 촉촉하게 젖는다고 느끼는 주체는 작가 자신이기 때문이다.

형상화란 작가가 느낀 느낌을 독자가 느낄 수 있도록 봄비의 느낌을 형상화하여 독자가 작품 속에서 직접 봄비를 맞고 마음이 촉촉하게 젖는 정서적 체험을 할 수 있도록 해 주는 것이다.

그런데 지난 1세기 동안 절대다수의 수필이라는 글은 작가가 직접 작품 속에서 '나는 봄비가 내리면 공연히 마음이 촉촉하게 젖는 느낌이 들곤 한다'는 식의 글을 써 놓고 문학작품이라고 발표하여 왔던 것이다. 물론 그것은 일반산문 작품일 수는 있지만 창작 작품은 아니다.

'봄비가 내리면 마음이 촉촉하게 젖는 느낌이다'는 작가 자신에 대한 묘사이지 형상화가 아니다. 이런 의미에서 대한민국의 수필은 참 오래 묵은 나르시시즘의 글이라고 할 수 있을 것이다.

이 작품의 주제는 서로의 가슴에 못을 박고 사는 존재로서의 인간의 삶의 양상이다. 그 가운데서 작가의 창작 포인트는 남편의 가슴에 못을 박는 아내, 아내의 가슴에 못을 박는 남편에 맞추어져 있다.

그러면 서로의 가슴에 못을 박고 있는 남편과 아내를 어떻게 형상화할 것인가? 만약에 작가가 '남편과 나는 언제부턴가 서로의 가슴에 못을 박으면서 살아오고 있었다는 사실을 깨닫게 되었다.'라고 서두 문장을 쓰기 시작하였다면 어떻게 되었을까? 그렇게 썼다면 말할 것도 없이 왜, 어떻게 서로의 가슴에 못을 박게 되었는지에 관해서 그동안 '작가가 경험한 이야기를 진솔하게' 쓰게 되었을 것이다. 그 내용은 독자들의 경험이나 거의 같은, 그러므로 굳이 그런 사소한 이야기, 그리하여 진부하기 짝이 없는 일상사를 굳이 글로 써서 발표할 이유가 어디 있는지 알 수 없는 글이 되고 말았을 것이다. 그런 글을 써놓고 '수필작가'라고 명함을 파서 들고 다니게 되었을 것이다. 세상에 서로의 가슴에 못을 박지 않고 사는 부부가 어디 있단 말인가? 그런 진부한 이야기나 써 놓고 작가라고 얼굴 들고 다니기 때문에 '수필도 문학이냐'는 조롱을 듣고 있는 것이 아닌가.

　그러나 권남희는 그렇게 쓰지 않았다. 권남희의 글쓰기는 단순히 문자화로서의 글쓰기가 아닌 형상화 작업이었다. 글은 쓰는 것이고, 작품은 만드(창조)는 것이다. 권남희는 글을 쓰지 않고 작품을 만들었던(창조) 것이다. 권남희는 어떻게 작품을 만들었는가?

　위에서 형상화란 작가가 느낀 느낌을 독자가 직접 체험(정서적 체험)할 수 있도록 보여 주는 일이라고 하였다. 이 작품의 경우 작가가 해야 할 다음 단계의 작업은 '서로 못을 박고 있는 남편과 아내라는 존재'를 만들어서 독자가 직접 만나보는 정서적 체험을 할 수 있게 해 주는 일인데, 문제는 작가 자신과 남편이 어떻게 작품 속에 들어와서 독자가 직접 '서로의 가슴에 못을 박는 남편과 아내'라는 존재로 보이게 할 수 있느냐는 것이다. 그 같은 일은 신만이 할 수 있는 일이다. 인간은 신적인 창조를 할 수 없다. 그렇기 때문에 예술창작이란 상상적·허구적 창작일 수밖에 없는 것이다.

그렇다면 대답은 나오지 않았는가. 실제의 인물, 즉 서로의 가슴에 못을 박고 있는 화자 나와 남편을 대신할 수 있는 어떤 상상적·허구적 사물이나 존재를 만들어서 그것을 통해서 독자가 주제를 경험할 수 있게 해 주면 되는 것이다.

시란 무엇인가? 소설이란 무엇인가? 시란 바로 시인이 말하고자 하는 주제를 시적 존재인 시어를 창작하여 독자가 경험할 수 있게 해 주는 문학 양식이고, 소설은 허구의 인물을 만들어서 그의 이야기를 통해서 작가가 말하고자 하는 주제를 체험할 수 있게 해 주는 문학 양식인 것이다.

수필도 시·소설 같은 창작문학이 되려면 어떻게 해야 되겠는가? 시가 시어를 만들어 내고, 소설이 허구의 인물이야기를 만들어 내듯 창작 에세이도 무엇인가 상상적이고 허구적인 제3의 매체로서의 사물·대상을 만들어 내야 되는 것이다. 그 기본 작법이 위에서 말한 〈소재에 대한 비유창작〉인 것이다.

이 작품은 '서로의 가슴에 못질하고 있는 남편과 아내의 관계'라는 주제를 벽에 못질하는 이야기, 벽과 못이라는 사물과 그 행위를 끌어다 접목시켜서 '남편과 아내의 관계'를 '벽과 못의 관계'로 만들어 내고 있는 작품이다.

여기서 주목해야 할 일은 '서로의 가슴에 못질한다'는 일상생활에서 누구나 다 사용하고 있는 너무나도 잘 아는 사유라는 점이다. 그럼에도 이 작품을 신선한 창작물로 감상할 수 있게 해 주고 있는 그 방법이 무엇일까 하는 점이다.

필자의 창작문예수필 이론 중에 '산문적 은유는 운문의 직관적 언어 창조 은유와는 달리 산문적 구성법에 의해서 만들어져야 비로소 하나의 은유로 탄생할 수 있다.'는 말을 한 일이 있다. 이 작품은 산문문학이 어떻게 그 비유를 창작할 수 있는가를 실제 작품을 통해서 소상하게 보여주고 있는 작품이라고 할 수 있다. 더

구나 '서로의 가슴에 못질'하는 실생활 속의 사유(死喩 : 죽은 비유, 즉 진부한 비유)를 창조적 은유로 재탄생시키고 있다는 점에 주목해야 할 것이다. 그 구체적이 방법이 다름 아닌 산문적 구성법에 있는 것이다.

만약에 이 작품이 "새해 아침 못 박는 소리가 거슬렸는지 남편은 정초부터 왜 못을 박느냐고 불평을 한다." 이하를 서두에 가져오고, "벽이 갈라진다. 너무 큰 못을 벽에 겨누고 두드려 박은 것이다."를 그 뒤에 붙였다면 어떻게 되었을까? 그렇게 되었다면 '만세! 대한독립' 격이 되지 않았을까. 대한독립 만세는 '대한독립 만세!'가 되어야 감정에 맞는다.

'서로의 가슴에 못을 박는' 일상화된 사유가 신선한 창작물이 될 수 있었던 방법은, 아리스토텔레스 이래 지구촌 문학이 한결같이 연구, 개발하여 오고 있는 창조적 구성법에 있었던 것이다. 독자가 서두에서부터 작품 중후반까지 읽는 동안 작품 후반부에 등장하는 서로의 가슴에 못질하는 남편과 아내의 관계를 벽에 못질하는 이야기로 읽을 준비가 충분히 될 수 있었던 이유가 바로 구성법의 작용에 있었던 것이다.

그러니까 예술창작이란 본질적으로 상상적·허구적

세계를 창조하는 일이라 할 때 그 기본 방법이 구성법에 있었던 것이다. 이 같은 사실을 통해서 우리는 무엇을 배울 수 있는가? 운문의 시 창작과는 달리 산문의 서사문학에서는 사유도 하나의 소재로 선택될 수 있고, 신선한 비유로 새롭게 탄생할 수 있다는 사실이다.

시가 운문적 구성법 위에 시어를 창작하고, 소설이 허구적 이야기(스토리)에만 매달리지 않고 창조적 인물을 만들어 내듯, 창작 에세이는 〈구성법＋사실의 소재에 대한 비유 창작〉이라는 제3의 새로운 창작양식의 문학으로 등장하게 된 것이 찰스 램 이후 에세이문학의 뚜렷한 창작문학화 현상이다.

〈못을 뽑다〉는 이 같은 창작 에세이의 기본 작법을 통해서 모든 예술 창작이 보여주고 있는 상상적 예술성을 구현하고 있기 때문에, 작가는 낯설지만 작품은 구우舊友를 만난 듯 반가웠던 것이다.

－〈창작문예수필〉 2013년 여름호 수록

권남희 에세이집

목마른 도시

초판인쇄 2016. 3. 05
초판발행 2016. 3. 15

지은이 권남희
펴낸이 노용제
펴낸곳 정은출판
주   소 서울특별시 중구 창경궁로 1길 29 (3F)
전   화 02-2272-9280
팩   스 02-2277-1350
E-mail rossjw@hanmail.net
ISBN 978-89-5824-299-4 (03810)

값 14,000원